금인의 전설

3권

금인의 전설

3권

김용길

뱅크북

머리말

'세종 임금이 한글(훈민정음)을 창제했다.'

이는 세상 사람 모두가 믿고 있는 상식이다.

여기에 대해 '훈민정음은 4천여년 전부터 존재해온 가림토 문자를 간추리고 이에 음가(音價)를 붙여 세상에 반포한 것이다. 그러므로 세종 임금의 창제설은 잘못된 것이다'라고 주장하는 사람들도 있다.

인간의 무지에서 비롯된 천동설(天動說)은 중세까지 유럽 사회를 지배해온 불변의 상식이었다.

즉 오늘날 우리들이 알고있는 한글과 중국문자에 대한 상식 역시 무지와 오류 그리고 역사 왜곡에 따른 잘못된 믿음일 수도 있다는 말이다.

30여년 전 필자는 근대중국의 금문(金文)학자인 낙빈기 선생의 ≪금문신고(金文新考)≫를 한국고문자학회 김재섭 회장으로부터 접할 수 있었다.

중국인인 낙 선생의 고대금문해석은 도저히 믿을 수 없는 충격적인 것이었다.

'중국 땅엔 오제시기(五帝時期 4300~4500여년전) 이전부터 혈통과 언어 및 생활습관이 근본적으로 다른 양대민족이 살고 있었다. 신농씨(神農氏)로 대표되는 양족(陽族:羊族)과 곰족(熊族)과 호족(虎族)의 연합체인 황제족(黃帝族:漢族의 조상)이 그들이다. 이들 중 한국인의 선조인 양족은 오제시기부터 본격적인 농경사회로 진입했고 청동 야련 기술도 보유하고 있었다. 그러나 황제족은 아직도 채집과 수렵 및 목축 위주의 생활에서 벗어나지 못한 후진 종족이었다. 따라서 중국의 문명과 중국문자는 후일 동이족(東夷族)으로 불린 양족에게서 비롯된 것이다. 한국인의 선조들이 중국 대륙에서 주도한 이러한 상고사(上古史)는 성인으로 받들어진 공자(孔子)가 꾸며낸 만이활하설(蠻夷滑夏設:미개한 夷족이 夏나라를 침탈했다)에 따라 한족 위주의 중국 역사인 것처럼 왜곡시킨 것이다.'

그 당시의 기록이기도 한 고대 금문자를 해석한 낙 선생의 학설은 필자에게 크나큰 혼란을 주었다. 그래서 선생의 이론이 사실인지 아닌지를 확인해 보기로 했다. 즉 낙 선생의 주장이 사실이라면 모든 문화문명의 근간이 되는 중국문자 속에 한국인의 생활습관과 언어가 들어있을 것이고 이를 분석해 보자는 것이었다. 그래서 고대금문과 상나라 때의 갑골문(甲骨文) 그리고 전서와 진서(秦書) 등을 20여년간 연구했다. 결과는 낙 선생의 주장이 사실로 받아들여졌다. 아, 참으로 슬기롭고 위대한 우리 민족! 그런데도 엉터리 역사만을 배워 거짓을 진실이라 여기고 있었다니~

필자는 이를 널리 알리기 위해 고명하다는 국어 및 한문학자들을 찾아가 검토를 부탁했다. 그러나 상대조차 해주지 않는 외면과 기피를 받았다. 차라리 재미있는 소설을 써서 유명인이 되면 필자의 주장이 먹혀들 것 같았다.

2001년 명상출판사에서 출간했으나 겨우 7만권 정도만 팔렸다. 필자의 의도는 실패했다.

거짓이 진실이 되고 진실은 어둠 속에 묻혀 있는 세상!

그래서 던져버리고 있었다. 그런데 서울에 사시는 고소현이란 여성이 우연히 이 책을 보게 되고 필자를 찾아왔다. 진실된 우리 역사가 어둠 속에 묻혀 빛을 보지 못하고 있는 이 현실이 너무나 안타깝다 했다. 그러면서 재출간하여 슬기롭고 진실된 우리 역사를 널리 알리는 계기가 되도록 하자고 권유했다.

그녀의 똑바른 안목과 마음에 필자는 감동했다. 그래서 재출간하게 되었으며 다시 한 번 더 고소현님께 깊고 깊은 감사를 표하는 바이다.

2022년 12월

한밝 김용길

목차

주요 등장 인물

금인(金人)

춘추 시대 진(秦)의 9대 임금 목공(穆公) 임호(任好)가 혁사만하(赫使蠻夏, 미개한 하족을 벌벌 떨게 하자)의 기치를 내걸며 만든 진(秦)의 지보(至寶), 동이족(東夷族)의 이상(理想)인 큰 밝음과 불변의 민족 정신을 상징한다. 천부금인(天符金人)이라고도 불렸으며 여기에서 제천금인(祭天金人, 쇠로 사람을 만들어 놓고 하늘에 제사지내다)의 의식이 생겨났다.

김 알(김 처사)

세종 임금과의 인연줄을 만들기 위해 운종가에서 주역 및 측자점을 치며 때를 기다린다. 이징옥, 성삼문, 김시습의 스승으로 축지(縮地)와 차력(借力)을 터득한 이인(異人), 천부금인의 후계자이나 불우하고 파란만장한 일생을 보낸다.

대불이

김알의 아비. 가보(家寶)를 탈취해 간 정요상 아버지를 쫓아 고려로 들어온 여진인. 가보를 되찾기 위해 정요상의 집 머슴이 되어 10여 년을 기다린다.

이징옥

경상도 양산에서 태어났다. 마고 할미를 만나 금정산(金井山)에 있는 금샘(金井)의 물을 마시고 절륜한 용력을 얻게 된다. 백두산 호랑이를 잡으러 갔다가 여진 제일 용사 바로한을 만나 한바탕 겨룬 후 의형제를 맺고 기구한 인연으로 금인을 얻는다.

바로한

장백산 천지(天池)에서 천신(天神, 하느님)의 아들로 태어났다고 알려진 여진 청년. 살만(巫師)인 부그런의 명으로 여진인들의 회맹(會盟)을 주선하다가 명나라 첩자인 초 통령의 간계에 빠져 오욕의 이름을 쓰고 죽었다 살아난다. 나중에 김알(김 처사)의 아들로 판명되며 짧은 부자 상봉이 이루어진다. 청나라 태조 누르하치의 증조부.

하니

고려 유신의 후예로 성삼문 가(家)의 노비로 있다가 김알(김 처사)을 만나게 된다. 가림토 문자 연구에 빠진 김알을 지극 정성으로 모시는 가련한 운명의 여인.

이헌규

김알(김 처사)의 스승으로서 구월산에서 도를 닦다가 경박호(만주)에서 가림토 38자를 탁본하는 작업을 한다. 이때 빈사지경에 처한 바로한을 되살리기 위해 자신의 생명마저 단축한다. 고려 때의 이름난 학자 문정공(文貞公) 이암 선생의 손자.

세종 임금

내관 엄자치와 갑사(甲士) 이징석만을 데리고 미복 잠행을 나갔다가 새우젓 파는 떠꺼머리 총각이 내민 이상한 그림의 뜻풀이 때문에 김알(김 처사)을 만나게 된다. 이때부터 세종의 머리 속에 훈민정음이 그려지기 시작한다.

차만이

구월산 삼성사(三聖寺)의 신녀(神女). 문화현 사또 이팔조의 아들인 이탁의 꼬임에 넘어가 순결을 잃고 핏덩이 하나만 남긴 채 자살하는 비련의 여인으로 김알(김 처사)의 외조모가 된다.

성삼문

스승인 김알(김 처사)이 해독하여 정리한 가림토 28자를 세종에게 전해 준다. 단종 복위 운동을 하다가 일족 몰살을 당하는 사육신(死六臣) 가운데 한 명.

김시습

스승인 김알(김 처사)과 함께 조식의 칠보시를 읊어 수양대군을 응징하려는 징옥의 마음을 저쪽 드넓은 만주 대륙으로 돌리게 한다. 김알의 도맥을 이었으나 불의와 거짓이 활개치는 세상이 싫어 기행으로 한 세상을 살다 간 인물.

만득

이팔조의 사주를 받아 삼성사(三聖寺)의 신모와 시녀들을 겁탈하고 죽인 흉악범. 이헌규의 깨우침에 의해 참회하게 된다. 해룡방의 두령으로 있다가 불문에 귀의한다. 빈사지경에 빠진 대불이 부자를 구해 주었고 왕타오에게 뺏겼던 금인을 찾아 준다.

이조화

요동 총관의 앞잡이 노릇을 하는 고려인. 자신의 영달을 위해 여진인들을 무수히 학살한다. 이성량(명나라 장군 이여송의 아비)의 조상.

초 통령

금의위(錦衣衛)총령으로 명나라의 이이제이(以夷制夷) 정책을 수행하는 첩자 조직의 우두머리.

왕타오

명나라의 유학자(儒學者). 제자를 따라 고려 땅에 왔다가 금인을 보고 탐욕을 일으킨다. 내가 권법의 고수로, 모녀 무당과 대불이를 죽이고 금인을 탈취한다.

정구런

김알(김 처사)의 가슴속에 30여년 간 자리잡고 있던 가죽 주머니 속 물건의 임자. 김알을 그리며 홀로 살아온 우디거(野人)땅의 무당. 바로한의 이모.

부그런

갑주(甲州, 甲山)에 사는 여진족의 살만(巫師). 언니인 정구런의 사랑을 부정하게 깨 버린 여인. 회한에 찬 고통 속에 평생을 살다가 가슴병으로 죽는 바로한의 어미.

태청

발해 시조 대조영의 후예. 미친 바로한을 구하기 위해 라마승의 황금 해골을 훔치려 음산 괴기한 라마 사원으로 잠입한다. 이때 남송(南宋)의 잃어버린 보물 더미를 발견한다.

타루시

남송의 보물을 찾기 위해 라마 사원에 칩거하고 있는 라마 승. 아골타(금나라 태조)의 해골로 고루반혼법을 성취하려 한다.

금인의 행로

» **진 목공** : 동이족의 후예인 진나라 목공이 금인을 만들다.

» **진 시황** : 대대로 이어져 진시황의 손에 전해진다.

» **부소** : 태자 부소가 금인을 가지고 흉노로 망명하다.

» **휴저** : 부소의 아들인 흉노왕 휴저에게 물려주다.

» **김일제** : 휴저의 후손인 김일제에게 물려주다.

» **왕망** : 김일제의 일족 왕망이 신(新)나라를 세우다.

» **신라조정** : 신나라가 후한에 망하면서 왕망 일족이 신라로 옮겨 갖고
가 신라의 궁중 보물이 되다.

» **김함보** : 신라 마지막 마의태자 김함보가 갖고 탈출하고, 완안 씨족
을 만들어 후손에 전달하다.

» **금나라** : 아골타 대에 금나라 건국, 이후 대대로 전해진다.

» **정요상** : 장손인 대불이 아버지가 정요상과 정요상 아버지에게 금인
을 탈취당하다. 정요상 일행이 송도로 도망 가던 중 정요상의 아
버지는 죽고 정요상이 금인을 갖고 돌아간다.

» **대불이** : 정요상 집 머슴으로 들어가 10년 동안 금인을 노리다가 탈
취에 성공하다.

» **김알** : 대불이의 아들 김알이 만주로 가지고 가다.

» **송도 의원** : 만주에서 여진족에게 쫓기던 알이에게 몽혼약을 지어 주
고 탈취하다.

» **의원의 아들** : 아버지로부터 이어받다.

» **여진 계집종** : 여진 계집종을 죽이고 금인을 빼앗아 달아났으나 산삼
　　을 캐러 왔던 사람에게 탈취당하고, 그 사람 역시 호환으로 죽음
　　을 당하여 혼령이 되다.

» **이징옥** : 꿈에서 혼령이 알려 주어 이징옥이 금인을 얻는다.

» **바로한** : 이징옥이 죽으면서 금인은 바로한에게 전달된다.

22

끈질긴 인연(因緣)

동녘 산머리에서 환한 빛이 꿈틀거리기 시작하자 굳게 닫혔던 정도전 집의 육중한 대문이 활짝 열렸다. 밤새워 밀담(密談)에 참석했던 정도전의 심복들이 하나둘 밖으로 나왔다. 정요상도 이종 형인 이탁과 같이 어깨를 펴고 팔자걸음으로 나섰다.

"성님! 이제야 우리들도 큰 소리 한 번 치고 살겠군요."

"아무렴, 삼봉(정도전의 호) 선생께서 지시하신 일만 어김없이 처리한다면 일등 공신은 못 돼도 삼등 정도는 되겠지. 그런데 여보게! 저기 저쪽에서 헐레벌떡 달려오는 저 사람은 자네 집 장 집사가 아닌가? 왜 저리 헐떡거리지?"

"그렇군요. 그런데 어째서 대불이놈은 보이지 않고 장 서방이 나타난 걸까?"

정요상은 이탁이 가리키는 곳을 쳐다보며 고개를 갸우뚱거렸다.

"나으리 마님! 큰 일 났습니다요. 대불이가요, 큰 일을 냈습니다."

숨을 헐떡거리며 달려온 장 서방은 두서없는 말을 허겁지겁 내뱉았다. 타고 갈 말도 끌고 오지 않고 허둥거리는 집사의 거동에 불길한 느낌과 화가 치솟은 정요상은 발을 구르며 호통을 쳤다

"이 사람아! 무슨 사람이 이리도 경망스러운가. 무슨 일인지 차근차근 아뢰어 보게. 큰 일은 도대체 무슨 얼어 죽을 놈의 큰 일이란 말인가? 정작 큰 일은 아직 의논 중이건만."

"헉 헉 나으리 마님! 대불이놈이 간밤에 안방으로 침입하여 도련님을 해쳤습니다. 목에 칼을 맞은 도련님의 목숨이 경각에 달려 있습니다요."

"뭣이! 그 찢어 죽일 오랑캐놈이 우리 용운이를! 그래, 그 대불이놈은 잡아 두었겠지?"

정요상의 몸이 휘청거렸다.

"나으리 마님, 저도 어떻게 된 영문인지 잘 모르옵니다. 다만 피투성이가 된 도련님을 안고 '대불이놈이, 대불이놈이,' 하면서 울부짖는 안방 마님의 소리만 듣고 이리로 달려왔습죠. 소인이 그 소리를 듣고 대불이놈을 잡으러 가 보았으나 이미 그놈은 제 처자마저 미리 빼돌려 놓고 종적을 감췄더군요. 뿐만 아니라 마구간에 있는 안장마저 어디 숨겼는지 찾을 수가 없었습죠. 그래서 이렇게 맨몸으로 달려온 갭니다."

"음……, 빨리 가자."

정요상은 바람처럼 내닫기 시작했고, 이탁과 장 집사는 급히 뒤를 따랐다.

울부짖는 마누라의 곡성이 높은 대문 밖으로 넘쳐 나오고 있었다. 방

안에 들어선 정요상은 온몸에 피칠갑을 한 아들의 늘어진 몸뚱이를 보고 눈이 뒤집혔다. 그는 마누라 품에 안긴 아들의 생사 확인보다 자신의 서재에 걸려 있는 환도부터 빼어 들기에 바빴다.

"여보게! 급한 것은 자네 아들의 목숨이네. 다행히 아직도 온기가 남아 있고 맥이 가늘게나마 뛰고 있는 것 같네. 그러니 의원부터 찾는 것이 급선무네."

정요상의 아들을 살펴본 이탁이 화풀이할 대상을 찾아 이리저리 눈알을 부라리고 있는 정요상을 달랬다. 그제야 정요상은 마누라의 품 속에서 아들의 몸뚱이를 받아 들고 대문 밖으로 냅다 달려 나갔다.

그로부터 한 시진 후에 아들의 싸늘한 시신을 안고 돌아온 정요상은 이를 부드득 갈며 마누라를 불렀다.

"아이고, 글쎄……, 그 대불이놈이 용운이 목에 비수를 겨누고 금인을 요구하기에 할 수 없이 내주고 말았지요. 그런데 그놈이 우리 용운이 목에 칼을 꽂고 나까지 죽이려 하지 않겠수. 그래서 필사적으로 반항을 했지요. 다행히 그놈이 떨어뜨린 칼로 그놈의 장딴지를 찔렀기에 망정이지 그렇지 않았으면 나까지도 명줄이 끊어졌을 거요. 아이고! 그 짐승 같은 놈이 전생에 나랑 무슨 원수가 졌다고 이런 끔찍한 짓을……. 아이구! 아이구!"

마누라는 땅바닥을 쳐 가며 자초지종을 말했다.

'뚝심 좋고 날랜 젊은 사내를 마흔이 넘은 연약한 여자의 몸으로 어찌 상대할 수 있었을까? 더욱이 칼까지 꼬나 든 장정을 말이야…….'

이탁은 고개를 갸우뚱거렸다. 그러나 눈이 거꾸로 뒤집힌 정요상은 그런 것까지 생각할 겨를이 없었다.

'음…… . 그 놈이 내 집에서 스스로 종노릇을 자처한 목적이 바로 그것이었구나. 그런데 그 놈이 어떻게 금인이 내게 있는 것을 알았을까? 옳지, 그래! 그 놈은 그것을 뺏기지 않으려고 목숨까지 내놓고 덤벼든 놈과 닮았어. 내가 왜 이때까지 그것을 생각하지 못했을까? 어쨌든 그 놈을 잡아야지…… . 흥! 제 놈이 뛰어 봐야 벼룩이지. 더욱이 장딴지에 상처까지 입었다면 결코 내 손에서 벗어나지 못할 걸. 요놈의 새끼, 어디 두고 보자. 내 그 놈을 잡아 생 간을 씹어 먹으리라.'

눈에 불을 켜고 이를 갈아 붙이던 정요상이 벌떡 일어났다.

"여봐라, 장 집사! 냉큼 그 놈을 추포(追捕)할 준비를 해라. 그 놈이 제 새끼처럼 돌보던 그 백설기도 끌고 가야 한다."

"안장 없는 말을 어디다 쓰려고 그러지?"

장 집사는 나직하게 중얼거리며 물러갔다.

정요상은 백설기가 대불이를 제 에미처럼 잘 따르던 것을 기억해 내곤 백설기를 사냥개 삼아 데리고 가려 한 것이다.

"새끼줄을 준비하라. 몽둥이와 쇠스랑도 챙겨라."

부산을 떨기에 바쁜 집사에게 슬며시 다가간 마님은 낮은 소리로 일러 두었다.

"자네, 그 놈을 잡거든 두말할 틈도 주지 말고 단매에 때려 죽이게. 알겠는가?"

'이 사람 뒤를 따라가야 하나, 여기에 있어야 하나…… .'

엉거주춤한 이탁에게 정요상이 다가왔다.

"성님! 계집과 어린 새끼까지 동반한 데다가 상처까지 입었으니 그 놈이 달아나야 얼마나 달아났겠소? 그러니 성님께서는 여기서 쉬고 계십시오. 내 그것들을 추살(追殺)한 후 돌아오겠소."

"그래, 알겠네. 어서 다녀오게."

몽둥이와 쇠스랑, 낫 등으로 무장한 하인들을 앞세운 정요상이 대문 밖으로 나가자 이탁의 미간에 굵은 주름이 푹 파이고 입에서는 한숨이 길게 새어 나왔다.

"아무리 그래도 그럴 수는 없어."

입 속으로 나직하게 한 마디 중얼거린 이탁은 정요상의 뒤를 쫓아 나갔다.

"아니, 성님! 이때까지 수고해 주신 것만 해도 고맙기 이를 데 없는데 또 뭣 하러 따라오시우?"

"여보게! 우리는 이종 형제에다 좋은 벗 사이가 아닌가. 그런 사이에 어찌 나 혼자 편안히 쉬고 있을 수 있단 말인가."

"성님 고맙소. 그럼 같이 가서서 이 아우와 함께 통쾌하게 설분이나 합시다."

"여보게! 그것들을 잡으면 어떻게 설분하려는가? 그것들도 재산인데 단매에 쳐죽인다면 너무 아깝지 않은가?"

"그까짓 재산 없어도 괜찮소. 그것들을 잡으면 먼저 그 연놈이 보는 앞에서 그 새끼 놈의 목에 칼을 꽂아 주겠소. 그런 다음 아랫것들한테 그 놈의 계집을 번갈아 능욕하도록 한 후 가랑이를 찢어 죽이겠소. 그래 놓고 그 놈의 살점을 한 점 한 점 도려 내어 천천히 죽어 가도록 만들겠소. 캐액 퉤!"

섬뜩한 말을 마친 정요상은 가래를 탁 뱉어 냈다.

'평소 입만 벌렸다 하면 공맹의 도(孔孟之道)를 약방의 감초처럼 뽑아 내던 이 사람의 마음이 이렇게 독할 줄이야. 참으로 야수보다 더 잔인하고 무서운 동물이 바로 인간이구나.'

이탁의 등줄기에 소름이 왈칵 돋아났다.

"나으리 마님! 고것들이 한 시진 전에 이곳을 지나쳤다 합니다요."

북문(北門)을 벗어나자 앞장섰던 장 집사가 수탐한 것을 보고했다.

"그래, 그렇다면 미시(未時, 오후 1시~3시) 초쯤이면 천마산 기슭에서 고것들을 잡을 수 있겠구나. 여보게 장 집사! 이젠 아랫것들한테 달려가 그곳에서 한숨 돌리며 나를 기다리도록 해라."

정요상의 예측대로였다.

정요상 일행이 천마산 아래에 도착할 그 시점에 대불이네는 두 갈래 길이 있는 천마산 기슭 숲 속에 몸을 숨긴 채 쉬고 있었다.

여기서 동북쪽으로 천마산을 돌아 나가면 금곡으로 통하고 그곳에서 위천, 삭령을 지나면 이천으로 해서 여진인들이 살고 있는 함경도로 들어갈 수 있는 것이다. 그리고 여기서 서북쪽으로 난 길을 가면 금천 역말로 해서 평안도로 갈 수 있는 것이다.

뒤뚱거리며 간신히 여기까지 온 대불이는 핏물에 젖어 축축해진 헝겊을 장딴지에서 풀어 냈다. 장딴지 한복판에 한 치 정도의 상처가 있었다.

별로 심하지 않을 것 같은 상처였으나 근육을 찢어 버린 탓에 걷기에는 너무나 힘이 들었다. 옆에서 지켜보던 월이는 속옷을 부욱 찢어서 건네 주었다. 찢어진 속옷으로 상처를 동여매던 대불이의 귀가 쫑긋했다.

'휘이잉' 하는 말 울음 소리가 들려 온 것이다.

'아니, 저 소리는 백설기의 울음 소리가 아닌가.'

숲 사이로 고개를 내밀고 산 아래쪽을 살피는 대불이의 놀란 눈에 코를 실룩이며 느릿느릿 다가오는 백설기가 들어왔다. 뒤이어 멀찌감치 떨어진 데서 그 뒤를 유유히 쫓아오고 있는 정요상 일행의 모습도 들어왔다. 산 아래 가까운 곳까지 온 정요상이 말고삐를 놓아주었던 것이다.

'아차! 이걸 어쩌지. 더 이상 도망 갈 수도 없고 도망 가 봐야 얼마 못 가 잡힐 것이 뻔하니. 아…… 혈육처럼 정이 든 저 짐승이 사냥개가 될 줄이야……, 휴우.'

절망의 한숨을 길게 내쉬며 고개를 푹 숙여 버리는 대불이의 맥빠진 모습을 보고 있던 월이는 옆에 앉아 있는 알이를 꼭 끌어안았다. 부모의 심상치 않은 기색을 느낀 알이의 눈과 입에서 울음이 터져 나올 것 같았다. 그러나 알이는 울지 않았다. 이빨을 악물고 엄마의 품으로 파고들어 가슴에 고개를 묻었다. 그런 알이의 얼굴 위에 뜨거운 물방울이 뚝뚝 떨어져 내렸다. 자식과의 마지막 이별을 예감하는 에미의 가슴에서 흘러나온 눈물이었다.

월이는 자신의 품 속에 매달려 있던 가락지를 풀어 아들의 목에 걸어준 후 으스러지도록 아들을 꼭 껴안아 보았다. 그런 후 먼 하늘 저쪽을 멍하니 쳐다보고 있던 대불이에게 아들을 안겨주며 조용한 어조로 입을 열었다.

"보셔요. 우리 세 식구 중에 꼭 살아 남아야 할 사람이 있다면 바로 우리 핏줄인 알이가 아니겠어요? 우리 알이가 살아날 수 있는 방법은 내 한 몸을 희생하는 수밖에 없을 것 같아요. 내가 저쪽으로 도망가면서 저들을 유인할 터이니 그 틈에 이녁은 알이를 데리고 반대쪽으로 도망 가시구려. 알이야! 아바 손목을 놓치면 안 돼. 무슨 수를 쓰든 살아 남아야 해.

알겠지? 다행히 살아 남아 이 에미가 보고 싶거든 그 가락지를 보도록 해라. 거기에는 네 할머니의 혼백과 이 에미의 애절한 염원이 깃들여 있단다. 먼 훗날 저승에서나마 우리 세 식구 다시 만나 오순도순 살아 보자"

울먹이는 목소리와는 달리 월이의 눈은 새파란 빛으로 이글거렸다.

"안 돼, 월이! 내가 그렇게 할 테니 월이가 알이를 데리고 도망 가. 알이는 엄마가 길러야 해."

월이는 알이를 품에서 내려 놓고 앞으로 나서려는 대불이의 손을 잡았다.

"안 돼요. 이녁은 조상의 큰 뜻을 이어받아 큰 일을 해야 할 몸이잖아요. 또 그 뜻을 우리 알이에게도 전해주어야 할 책임이 있는 몸이잖아요. 그러니 아무 소리 마시어요."

말을 마친 월이는 숲 밖으로 후다닥 뛰어 나가 저쪽 길로 달려가면서 소리 쳤다.

"여보! 여보! 나하고 같이 가! 알이야! 이 에미와 같이 가자."

정요상 일행을 유인하려는 소리였다.

하얀 치마를 펄럭이며 죽을 힘을 다해 달리는 월이의 모습은 사냥개에게 쫓겨가는 한 마리 하얀 토끼 같았다.

"흥, 그러면 그렇지. 제깐 놈이 날아다녀 봤자 부처님 손바닥 안이지. 다급해지니 제 홀로 살겠다고 계집까지 팽개치고 도망 가다니. 역시 오랑캐 핏줄은 못 속인다니까."

중얼거린 정요상은 하인들에게 큰 소리로 일러 주었다.

"얘들아! 저년의 뒤를 쫓아라. 그러나 바쁘게 바짝 뒤쫓진 말고 길목 수풀 속을 살펴 가면서 쫓도록 해라. 제년이 뛰어 봐야 어디까지 가겠느냐. 저년을 잡으면 내 오늘 네놈들에게 저 계집의 살맛을 보도록 해 주마."

장 집사와 하인 세 놈이 사냥개처럼 월이의 뒤를 쫓아가자 정요상은 히죽 웃는 얼굴로 이탁을 돌아보았다.

"성님! 우리도 슬슬 쫓아가 볼까요. 그런데 성님의 안색이 왜 별안간 그렇게 창백해졌습니까?"

"그런가? 아까부터 온몸에 맥이 풀리면서 등줄기가 으쓱으쓱해지더니만……. 젠장맞을, 이것도 나이라고 요만한 일도 감당 못하고 이 모양이니, 어디 사내 구실이라도 제대로 할 수 있을지 모르겠군. 쯧쯧."

"그럴 법도 하지요. 엊저녁부터 한 잠도 못 주무신 데다가 조반까지 거르고 이렇게 먼 길을 행보하셨으니 아무 일 없을 수가 없지요. 그럼 성님께서는 여기서 쉬고 계십시오. 내 저것들을 처리한 후 돌아 오겠소."

"그렇게 하게. 나는 저 백설기나 붙들어 잡고 여기서 쉬고 있겠네. 그러다가 정 못 참겠으면 나 혼자 먼저 귀가하겠네."

여러 사람의 눈길이 월이에게 향했고, 뒤이어 월이를 쫓기에 바빠 백설기는 잠시 잊혀진 존재가 되어 있었다. 백설기는 코를 실룩거리며 대가리를 이 숲 저 숲으로 들이밀면서 저만큼 위로 오르고 있었다.

"저 위쪽에 무슨 먹을 것이 있다고 저놈의 말이 저러지?"

의심이 든 정요상의 발걸음이 백설기 쪽으로 다가갔다. 그 순간 또 한 번 울부짖는 월이의 목소리가 들려 왔다.

"여보! 정 나를 두고 가려면 알이라도 두고 가."

다급하게 들려 오는 그 목소리에 정요상은 또 주춤하며 가던 발걸음을 멈추었다. 달리 의심할 계제가 아니었다. 정요상은 소리가 들려 오는 쪽으로 발길을 돌리며 이탁에게 말했다.

"성님! 저놈의 말이 무슨 냄새를 맡고 저러는지 한 번 살펴봐 주시오."

이탁은 백설기에게 다가가 고삐를 잡았다.

나뭇등걸에 걸터앉은 이탁의 감은 눈 앞에 엉뚱한 상상이 나타났다. 거친 숨을 몰아쉬며 발가벗긴 월이의 몸에 올라탄 하인놈들의 모습이었다. 그것을 보며 입맛을 다시고 있을 정요상의 모습도 보였다. 그리고 가랑이가 찢겨져 나간 한 점 고깃덩어리로 변한 월이의 처참한 모습이었다.

"아아, 어찌 이런 일이……. 그래도 엄연히 내 핏줄인데……."

두 손으로 머리를 감싸쥔 이탁은 머리를 좌우로 몇 번 흔들어 보았다. 그렇지만 머리 속을 맴도는 그림은 지워지지가 않았다. 사라지기는커녕 그것들은 머리 속에서 광란의 춤을 추면서 여러 개의 다른 그림들을 더 그려 놓을 뿐이었다.

차만이와 한 몸이 되어 뒹굴던 황홀했던 추억, 그리고 '내 그것들을 찍소리 못하도록 영원히 입을 막아 놓았느니라'며 벌건 눈을 번들거리던 아비 이팔조의 모습, 또 언젠가 가 본 폐허가 된 당집과 주위에 봉긋하니 솟아 있는 신녀들의 무덤이었다. 이런 그림들까지 새롭게 어울린 광란의 춤은 이제 이탁의 가슴 속으로 파고들어 더욱 요란한 춤판을 벌여 놓았다.

그들이 밟고 내디디는 춤사위 하나하나는 뾰족한 바늘이 되어 이탁의 심장 이곳저곳을 쑤시기 시작했다. 끝내 이탁의 얼굴에는 굵은 주름살이 깊이 파여져 갔고 그 주름 사이사이로 송글거리는 땀방울이 맺혔다.

가슴 속에서 아니 심장 한복판에서 뜨거운 무엇이 울컥 치밀어 올랐다.

"으."

이탁은 두 손으로 가슴을 움켜잡고 괴로운 신음덩이를 내뱉었다.

이때였다.

"아니, 성님! 갑자기 웬일이십니까? 큰 신음 소리까지 내시다니……."

정요상이 되돌아온 것이었다.

"자네……! 아직도 안 갔는가?"

허둥지둥 말하는 이탁의 얼굴에 당황한 빛이 나타났다. 깊이깊이 감추고 싶었던 비밀을 정요상이 몰래 훔쳐본 것 같았기 때문이었다.

"저만큼 가다가 생각하니 고년의 가랑이를 찢어 버리려면 저 말이 필요할 것 같아 다시 되돌아왔지요. 그런데 성님께서 이렇게 신음하고 계실 줄이야. 성님! 여기 조금만 앉아 계십시오. 내 하인놈 하나를 이리 보내 성님을 모시고 가도록 조처하겠습니다."

"그럴 것 없네. 내 조금 앉아 있다 혼자 갈 것이니 염려 말고 속히 가 보게."

이탁은 별 것 아니라는 듯 벌떡 일어나 손사래를 쳤다.

"정말 괜찮겠습니까? 그렇다면 이 아우는 안심하고 저쪽으로 가 보겠습니다."

백설기 고삐를 잡고 정요상이 가고 난 한참 후였다.

"아악……악."

산새 소리만 간간이 들리고 있던 고요함을 깨는 외마디 소리가 들려왔다. 오장육부를 목구멍으로 토해내는 듯한 월이의 신음 소리였다.

나뭇등걸에 앉아 숨을 고르고 있던 이탁은 얼굴을 찡그리며 두 손으로 머리털을 움켜잡았다.

"으……흐……흠."

고통을 참는 무거운 소리가 이탁의 입에서 새어 나오는 그 순간, 위쪽 숲 덤불 사이에서도 비슷한 소리가 흘러나왔다. 악문 입술 사이로 터져 나오는 가슴 저미는 고통의 소리였다.

"아……악."

또 한 번 비단폭을 찢는 듯한 섬뜩한 비명 소리가 산기슭을 타고 날아왔다. 이어서 우렁우렁한 정요상의 목소리도 들려 왔다.

"네 이놈 대불아! 이래도 네놈이 안 나올 거냐…. 좋다, 이젠 이 년을 산 채로 찢어 죽이겠다. 그런 다음 숨어 있는 네놈을 찾아 내리라. 상처 입고 새끼까지 데리고 있는 네놈이 내 손아귀를 벗어날 수 있을 것 같으냐, 흥. 얘들아! 이젠 저년의 한쪽 다리는 저 나무 기둥에 묶고 나머지 하나는 이 말에다 묶어라."

한 마디 한 마디 또렷이 들려 오는 정요상의 목소리를 들은 이탁의 몸이 흠칫흠칫 몸서리를 치기 시작했다. 몸서리를 치는 것은 이탁 뿐만이 아니었다. 저만큼 위쪽에 있는 숲 덤불 역시 몸서리치듯 풀썩거리고 있었다.

덤불 속에 몸을 숨긴 대불이의 꼭 다문 입술 사이로 새빨간 피가 흘러 나왔고 아비의 큼직한 손에 입을 막힌 알이의 눈에서 피에 젖은 눈물이 줄지어 흘렀다.

얼마나 시간이 흘렀을까?

말 볼기를 힘차게 때리는 소리가 있자마자 드디어 '크악'하고 염통 터지는 듯한 소리가 터져 나왔다. 그리고 이내 산새 소리 하나 들리지 않는 정적이 이어졌다. 그쪽은 그랬지만 이쪽 이탁의 입에서는 울음인지 신음인지 모를 소리가 '우……우욱' 하고 쏟아져 나왔다.

이와 동시에 풀썩 숲 덤불이 찌그러지는 소리가 울렸다. 숲 덤불 위에 무거운 몸뚱이가 자빠지는 소리였다. 비애에 젖어 정신마저도 반쯤은 빠져 버린 이탁의 귀에도 들릴 만큼 또렷한 소리였다.

'무엇일까?'

고개를 들고 눈을 뜬 이탁의 마음 속에 하나의 생각이 번쩍했다.

"옳지. 백설기가 저리로 가더니만, 대불이와 그 아이는 저곳에 있었던 게로군. 저들의 목숨이나마 구해 주어야 이 마음의 고통을 조금이나마 달랠 수 있을 거야. 그래, 그래야지."

이탁은 일어났다.

위쪽 숲 덤불에는 눈을 부릅뜨고 피에 젖은 입술을 꼭 다문 대불이가 혼절한 아이를 껴안고 송장처럼 누워 있었다.

"여보게! 여보게! 여기서 이러구 있다간 얼마 안 가 잡히고 마네. 그리 되면 자네 처의 희생이 아무런 의미가 없지 않겠는가. 그러니 어서 정신을 차려 이곳을 벗어나야 하네."

이탁이 나직한 어조로 말을 하며 몇 번인가 대불이의 얼굴을 토닥거려 주자 대불이가 겨우 정신을 차렸다.

"자, 빨리 서두르세. 이곳 지리는 내 손금 보듯 훤하다네. 어서 아이를 들쳐 업고 나를 따르게. 의심할 것 없네. 자네들을 해칠 것 같으면 소리쳐 저들을 부르기만 하면 끝날 것인데 내가 왜 이러겠나. 나를 믿고 어서 나를 따르게."

저들과 함께 온 이 사람을 믿어야 될지, 안 믿어야 될지 잠시 동안 망설이던 대불이는 이탁의 마지막 말을 듣고서야 발걸음을 옮겼다. 이탁의 발길은 평안도 쪽인 금천 역말로 향하는 것이 아니라 얼토당토 않은 서쪽으로 난 오솔길로 접어들었다.

'내가 갈 곳은 북쪽 여진 땅인데……'

대불이의 의아한 눈빛을 받은 이탁은 말했다.

"정요상이는 자네가 가야 할 곳을 알고 있네. 조금 후 속은 것을 알아차린 그는 틀림없이 금천 역말 쪽으로 자넬 추적할 걸세. 그러니 그 길로는 갈 수 없고 예성강 쪽으로 나가 뱃길로 북행(北行)하는 방법을 찾아야 안전할 걸세."

오솔길을 지나 산등성이를 넘어서자 또 산이 앞을 가로막았다. 가로막은 산 옆구리 쪽에 뚫린 소로(小路)를 한 시진쯤 걷자 '으르릉 퍽퍽' 하고 물줄기 떨어지는 소리가 들렸다.

여기까지 오는 동안 앞장선 사람과 뒤따르는 사람 모두가 말 한마디 내뱉지 않았다. 그렇지만 그들의 머리 속에는 내뱉고 싶은 말들이 오락가락하고 있었다.

'비록 명분은 없었지만 그래도 저들은 엄연히 내 외손자며 사위가 아닌가. 저들에게 내 신분을 말해 주고 저 가엾은 아이라도 한 번 껴안아 볼까. 안 돼! 그럴 순 없어! 그리 되면 눈 앞에서 딸 자식의 무참한 죽음을 방관했던 비정한 애비가 될 뿐만 아니라 저들의 따가운 눈총마저 받게 될 거야. 또 저 무거운 짐덩이마저 둘러메게 될 테지. 그리고 사람들한테서 종년의 아비, 오랑캐의 장인이란 손가락질과 비웃음을 받게 되겠지. 그래, 아무 말없이 그저 이대로 입 다물고 있는 것이 좋아. 저들의 생명을 구해준 것만으로도 내 할 일은 다 한 거야.'

이탁의 발걸음은 이제야 좀 가벼워졌다.

대불이 또한 생각이 없지 않았다. 그 역시 갑자기 친절을 베푸는 이탁을 의심했다.

'자신에게 득이 된다 싶으면 온갖 친절을 다 베풀다가도 별 볼 일 없어지면 언제 봤냐는 듯 고개를 획 돌려 버리는 것이 세상 인정이 아닌가. 그런데 주인놈과 한 패거리가 되어 있는 저 사람은 도대체 무슨 까닭으로 이런 친절을 보이는 것일까? 자칫 잘못하면 자신에게 큰 해가 될 수도 있는 이런 일을 말이야. 혹시 내 품 속에 있는 이 물건 때문이 아닐까? 그래, 그렇다. 이것 말고는 그럴 까닭이 없지. 그렇다면 조심 또 조심해야겠군. 어떻게 되찾은 것인데……. 옳지! 내 품 속에 넣어 두는 것보다 알이의 뱃가죽에 동여매어 놓아야겠군.'

이런 생각과 함께 대불이는 앞선 사람을 쳐다봤다. 이탁의 뒷모습은 이제 막 길모퉁이 저쪽으로 자취를 감추고 있었다. 대불이는 등에 업었던 아들을 내려 놓았다.

길 앞쪽과 뒤쪽뿐 아니라 풀숲밖에 보이지 않는 곳에서 좌우까지 조심스레 살펴본 대불이는 자신의 뱃구레에 감겨져 있던 금인(金人)을 풀었다. 다시 한 번 주위를 살펴본 대불이는 아들의 옷을 헤치고 금인을 아들의 뱃가죽에 꽁꽁 감았다.

"아바! 목말라, 물 좀."

이때껏 죽은 듯이 혼절해 있던 알이가 몸을 더듬는 아비의 손길에 깨어난 것이다.

"그래, 저 아래쪽에 가서 줄게. 알이야! 이것은 아비의 목숨보다 더 귀중한 것이란다. 그러니 잃어버려서도 안 되고 남에게 절대로 보여줘서도 안 된다. 알겠느냐?"

알이의 배에 숨겨진 금인을 가리키는 대불이의 손끝이 떨렸다.

'쇳덩이 같은 이 물건이 무엇이기에 아바의 목숨보다 더 귀중하다고 하지?'

알이는 이해할 수 없었으나 맑은 두 눈만 몇 번 깜박거린 후 고개를 끄덕였다. 이탁은 갈림길 어림에서 뒤처진 대불이를 기다리고 있었다. 알이의 손을 잡은 대불이가 가까이 오자 이탁은 아무 말없이 앞장서 걷기 시작했다. 세 사람의 발길은 두 손을 활짝 벌린 형상으로 길을 막듯 서 있는 아름드리 느티나무를 돌아 산 아래로 내려섰다. 그러자 우르릉 꽝꽝거리는 소리가 세 사람의 귓속을 파고들었다. 오른쪽에는 하얀 물보라를 안개처럼 뿜어 내고 있는 웅장한 폭포가 요란한 소리를 내지르고 있었다. 박연폭포였다.

까마득한 산마루 꼭대기에서 쉼없이 떨어지고 있는 물줄기는 마치 벽록색 물웅덩이 속에서 물장구를 치며 솟구쳐 오르는 한 마리 백룡 같았다. 서쪽 햇살에 젖은 백룡의 비늘은 오색 무지갯빛으로 뒤덮여 있었다. 폭포 주위에서 촉촉한 얼굴을 살짝 내밀고 있는 잎새들은 백룡이 토해 내는 허연 물안개에 싸여 황홀한 웃음을 짓고 있었다. 그러나 세 사람에게는 이런 풍경에 젖어 있을 여유가 없었다.

이탁만이 잠시 그쪽으로 고개를 돌려 봤을 뿐 대불이 부자의 눈은 아래쪽으로 내려가는 길을 찾기에 바빴다. 쫓기는 몸이고 목마름을 달래야 하는 일이 시급했기 때문이었다.

이때였다. 저쪽 폭포 있는 쪽으로 내려가는 길 옆에 있는 커다란 바위 밑에서 한 사람이 나타났다. 하얀 치마 저고리를 입고 머리를 길게 땋은 맵시 고운 처녀였다. 사뿐사뿐 다가오는 처녀의 하얀 치마가 심술궂은 봄바람에 펄럭거렸다. 거무튀튀한 얼굴로 장승처럼 무뚝뚝하게 서 있는 바위 옆에서 나타난 처녀의 모습은 겨울(冬)을 깨뜨리고 톡 튀어나온 하얀 봄나비 같았다. 그렇게 다가온 처녀는 대불이 일행에게 큰 절을 넙죽 올렸다.

얼떨떨해진 세 사람은 발길을 멈출 수밖에 없었다.

'이 처자는 도대체 누구기에 기다렸다는 듯이 이렇게 큰 절을 올리는 것일까? 이 근처에는 친면 있는 사람도 없고, 또 설혹 있다 하더라도 어떻게 내가 이 시간에 여기로 올 것을 알고 나를 마중하게 할 수 있단 말인가? 참으로 괴이한 일이 아닐 수 없군.'

큰 절을 받을 수 있는 사람은 사대부 계층에 있는 자기뿐이라고 생각한 이탁은 고개를 갸웃거렸다. 참으로 괴이한 일은 그 다음에 일어났다.

큰 절을 올리고 난 처녀는 이탁 뒤에 있는 대불이 부자에게 다가갔다.

"오늘 중화참부터 여기서 어른을 기다리고 있었사옵니다. 시장하실 것 같아 약간의 음식을 준비해 놓았사오니 어서 소녀를 따르시옵소서."

작은 입을 열어 말을 하는 처녀의 눈길은 알이의 얼굴에 박혀 있었다. 아닌 밤중에 홍두깨 같은 일을 만난 대불이는 멍청한 눈빛으로 처녀의 얼굴만 쳐다볼 뿐이었다. 그러나 맑은 눈을 빛내며 처녀를 올려다 보고 있던 알이는 달랐다.

"아바! 우리 저 누나를 따라가야 해. 나는 저 누나를 알아."

"……."

당황한 대불이의 눈길과 고개를 꼰 채 바라보던 이탁의 눈길이 알이의 얼굴과 처녀의 얼굴로 오고 갔다.

"아바! 뭐 해? 어서 가지 않고."

알이의 재촉을 받은 대불이의 눈길이 마침내 이탁에게 향했다. 여기까지 데려온 이탁의 의중을 물은 것이다. 대불이를 향해 고개를 한 번 까딱한 이탁은 처녀의 아래 위를 훑어보며 입을 열었다.

"처녀는 누구지? 어떻게 여기서 기다리고 있었다는 듯 마중하는 겐가?"

"예, 자세한 말씀은 잠시 후에 모두 아뢰겠사옵니다. 아무 염려 마시고 어서 소녀를 뒤따르옵소서."

고운 얼굴을 살짝 붉히며 한 마디 한 처녀가 앞장을 서자 세 사람은 뒤따를 수밖에 없었다.

"알이야! 너는 저 처녀를 어떻게 알고 있지? 그리고 왜 우리가 저 처자를 따라가야만 된다고 하느냐?"

알이의 손을 잡고 몇 걸음 걷던 대불이는 궁금증을 이기지 못해 알이를 쳐다봤다.

"아까 꿈 속에서 봤어. 저 누나는 갑옷 입고 칼을 든 할아버지와 함께 나타났어. 나보고 어서 오라며 저만큼 앞에서 손짓을 했는데, 나는 그 할아버지의 부릅뜬 눈이 무서워 가지 않겠다고 했어. 그런데 내 등 뒤에서 '알아! 두려워 말고 저 누나를 따라 가거라.'는 엄마의 목소리가 들렸어. 그러니 저 누나를 따라가야 하는 거야."

말을 마친 알이는 엄마 생각이 나는지 주르륵 눈물을 흘렸다. 알이의 손을 더욱 힘주어 잡는 대불이의 몸도 휘청했다.

'월이! 내 생명을 던져서라도 알이만은 꼭 훌륭한 장부로 키우겠소. 그대의 버시(남편)가 되어 그대를 행복하게 해 주기는커녕 그 아까운 생명마저 잃게 한 이 못난 사내! 참으로 내 처지가 원망스럽기만 하오.'

23

모녀 무당

처녀가 인도한 곳은 예성강 근처 가정 마을 어귀에 있는 당집이었다. 당집은 틈도 없이 빽빽한 대나무 숲을 등에 지고 산봉우리처럼 높다랗게 쌓여 있는 돌무더기(엡) 옆에 앙증스럽게 앉아 있었다.

그러나 입구 쪽의 금줄을 몸에 두르고 늠름한 자세로 떡 버티고 있는 몇 아름도 넘어 보이는 신당목(神堂木)과 어울린 그 모습은 엄숙하고 신비스럽기조차 했다. 방 안에는 푸짐하게 차려 놓은 음식 상이 있었고 울긋불긋한 무복(巫服)을 입은 마흔 살 정도의 여인이 있었다. 여인은 그들 일행이 방 안에 좌정할 때까지도 신당 앞에 엎드려 절을 하고 있었다.

신당 벽에는 갑옷 투구를 쓰고 허리엔 큰 칼을 차고 손엔 철퇴를 들고 있는 어떤 장군의 영정이 모셔져 있었다. 그린 지 얼마 안 되는지 그림 속의 사람이 금방이라도 튀어 나올 것 같은 아주 선명한 영정이었다. 그 아래에는 청(靑), 황(黃), 적(赤), 백(白), 흑(黑) 다섯 색깔의 옷을 입은 동자(童

子)들이 이리저리 흩어져 놓고 있는 퇴색된 그림이 붙어 있었다.

"엄니! 어른을 모시고 왔어요."

처녀의 목소리가 신당 안을 울리자 기도 속에 빠져 있던 그 여인은 절을 멈추었다.

"우선 어른들께 준비한 음식부터 올리도록 하거라."

한 마디 대답을 한 여인은 또다시 하던 절을 계속했다.

처녀의 시중 아래 대불이 일행이 허기와 갈증을 풀 때쯤에 여인의 기도도 끝이 났다.

"크윽."

트림을 뱉어 낸 이탁의 눈길이 처녀에게로 향했다. 손등으로 입술을 훔친 대불이도 처녀를 쳐다봤다. 이젠 아까의 의문을 풀어줄 때가 아니냐는 눈빛이었다. 이들의 눈길을 받은 처녀는 옆에 앉아 있는 중년 여인에게 자신의 눈길을 보냈다. 눈길이 모두 중년 여인에게 모아졌다. 갸름한 얼굴 윤곽에 코는 마늘쪽처럼 곧았고, 시원스레 크고 아름다운 눈을 지닌 여인이었다. 흠이 있다면 광대뼈가 좀 불거져 나온 것과 그 아름다운 눈동자 속에서 번쩍거리는 빛이 너무 강하게 흐르고 있다는 점이었다.

상에 놓인 냉수를 한 모금 마신 여인이 입을 열었다.

여인의 이야기는 이러했다.

유복녀인 서운이와 단둘이 살고 있는 그 여인 실단은 인근에서 알아주는 무당이었다. 풀어 내는 점괘도 점괘려니와 오동자(五童子)를 불러서 치르는 치병(治病)굿이 대단히 영험했기 때문이었다. 더욱이 딸인 서운이가 무업(巫業)에 뛰어들어 실단이를 돕고부터는 더욱 영험해졌다. 그리하여 가정 마을 모녀 무당이라면 못풀어 내는 점괘 없고, 못고치는 병 없는 신통한 무녀라고 인근뿐만 아니라 멀리까지 짜하게 이름이 났다.

실단이는 신어미[神母]에게 내림굿을 받아 무녀가 되었지만 서운이는 달랐다.

'이 일(巫業)을 하면 평생 먹고 입을 걱정을 안 하고 잘 살 수 있단다.' 라는 어미의 권유에도 한사코 머리만 가로 흔들던 서운이에게 어느 날 갑자기 신(神)이 내린 것이다.

그러니까 서운이가 열다섯 살 되던 해의 어느 봄날이었다.

또래들과 어울려 마을 뒷산에 나물을 캐러 갔던 서운이는 언덕에서 미끄러져 구르다가 큰 나무에 머리를 부딪쳤다. 인사불성이 되어 업혀 온 서운이는 혼수 상태에 있더니 나흘째가 되자 스르르 깨어났다. 깨어난 서운이는 달라져 있었다. 스스로 신당(神堂)에 들어가 무복(巫服)을 입고 무구(巫具)를 들었다. 자신의 몸에 최영 장군의 혼령이 몸주로 들어왔으니 어쩔 수 없다는 것이었다. 이렇게 되어 두 모녀는 함께 일을 하게 된 것이다.

그런데 한 보름 전 이 마을에서 강 대감으로 통하는 강인기의 집사가 찾아왔다. 강 대감의 큰 아들이자 조카이기도 한 강국주(姜國柱)란 젊은이가 원인 모를 병에 걸려 백약이 무효인 상태이니 치병 굿을 해 달라는 것이었다. 가정 마을에서 가장 큰 재력가이고 세력가인 그 댁 사정은 실단이도 잘 알고 있었다. 그 댁 주인인 강인기는 아들만 두었으나 그의 형인 강판오에게 아들이 없어 국주를 형 댁에 양자로 보냈던 것이다.

"아니! 그 인물 잘 나고 글 공부 잘 한다던 도련님이…… 지금은 북경 유학을 끝내고 대국(大國) 선생과 같이 이곳에 와 계시다던 그 도련님께서 그런 위중한 병에 걸리다니, 쯧쯧…….”

가볍게 혀를 찬 실단이는 흔쾌히 승낙하고 날을 잡았다.

닷새 후 강인기의 대청 앞마당에서 굿판을 벌였다.

“텅텅……덩더쿵.”

장구와 꽹과리 소리에 맞춰 서운이가 칼춤을 추기 시작했다. 스르르 눈을 감은 실단이도 덩실덩실 어깨춤을 추며 멍석 위로 올라섰다.

이때였다.

갑자기 강인기의 안방에서 밀고 당기는 듯한 소란이 있더니 한 사람이 후다닥 뛰쳐 나왔다. 화복(華服, 중국 옷)을 입은 젊은이였는데 바로 국주 도련님이었다.

“쏘알라 쏘알라.”

대청 위에서 알아듣지 못할 말을 크게 내지른 그는 이내 굿판으로 뛰어들었다. 그리곤 대뜸 서운이가 들고 있던 무도(巫刀)를 뺏어 드는 것이 아닌가. 돌발적인 이 일로 북과 장구, 꽹과리 소리는 갑자기 멈춰 버렸고, 이제 막 신명이 오를 것 같던 실단이와 서운이도 장승처럼 멍청하게 서 버렸다. 갑자기 시간이 딱 멈춰 버린 것 같았다.

그러나 정적은 찰나였다.

“으흐흐, 이 원수놈의 돈가(豚哥)야! 네놈이 이곳까지 도망 오더니 그래 꼴 좋다. 이제 이 어른의 칼맛 한 번 더 맛봐라.”

신음 같은 웃음 소리와 함께 호통을 친 국주는 상 한복판 떡시루 앞에 점잖게 앉아 있던 돼지 머리를 향해 한 칼질 세차게 내려쳤다.

“퍽.”

무딘 칼날은 돼지 머리에 푹 박혔다.

"이 원수놈의 모가지를 내가 잘랐다. 얘들아! 이젠 모두 나와 신나게 놀자꾸나."

국주는 돼지 머리가 꽂힌 칼을 번쩍 치켜들고 덩실덩실 춤을 추며 중얼거렸다.

"아이고 얘야! 정신 차려라! 얘들아, 어서 도련님을 안방으로 모시지 않고 뭣 하느냐!"

안방 마님이 버선발로 뛰어나와 국주의 허리를 껴안으며 하인들을 불렀다. 계집종 둘과 집사가 달려들어 국주의 몸을 잡았다. 그러나 그들은 국주의 몸부림 한 번에 모두 다 엉덩방아를 찧고 말았다.

"너희들은 빨리 거들지 않고 뭣 하느냐"

안방 마님의 호령 한 번에 옆에서 서성거리고 있던 남자 하인 두 명이 국주에게 달려들었다. 그렇지만 그들 역시 날뛰는 국주를 안방으로 모시지 못하고 어지러운 실랑이만 할 뿐이었다. 굿판이 난장판처럼 되어 버리자 사랑방 문이 열렸다. 화복(華服)을 입은 40대 남자와 함께 강인기가 나타난 것이다. 난장판 곁으로 다가온 강인기는 헛기침만 내뱉을 뿐 냉큼 나서지 않았다. 잔뜩 찌푸린 얼굴을 한 그는 옆구리 쪽을 오른손으로 누르고 있었는데 도포 속으로 핏자국이 보였다.

강 대감을 힐끗 쳐다본 화복 입은 사내가 성큼성큼 국주 쪽으로 다가갔다. 엄장한 체격에 걸음걸이는 침착했다. 화복 사내는 손을 들어 국주의 머리를 만지며 중국어로 무어라고 말했다. 그러자 그렇게 날뛰던 국주가 고분고분해지며 스스로 안방으로 들어갔다.

20여 년간 별별 굿거리를 다 해 본 실단이었으나 이런 경우는 처음이었다. 주섬주섬 보따리를 싸고 있는 실단이를 안방 마님이 불렀다. 크게 한숨을 내쉰 마님은 다시 한 번 날을 잡아 치병굿을 해주길 간곡히 청했다.

'위중한 병이 들었다던 국주 도련님이 미쳐 버린 것이로군. 그래서 대문을 걸어 잠그고 잡인(雜人)의 출입을 금했구나. 그런데 어쩐지 예사롭지 않은 연유가 있을 것같아.'

이렇게 생각한 실단이는 국주 도련님의 병세와 실성하게 된 까닭에 대해 자세히 말해 주지 않으면 응할 수 없다고 했다.

한참 동안 말없이 한숨만 쉬고 있던 마님은 절대 비밀을 지켜 달라며 무겁게 입을 열었다.

국주는 여덟 살 때에 아들이 없는 큰아버지 강판오 집의 양자로 갔다. 추밀원 부사라는 벼슬에다 송도 갑부라는 소릴 듣고 있던 강판오는 가문을 이을 어린 국주를 대단히 귀여워했다. 그래서 국주가 원하는 것이면 무엇이든 들어주었고, 국주가 혼례를 올리고 난 이듬해인 열여섯 살 때에는 중국으로 유학까지 보내 주었다. 국주가 중국 땅에서 무엇을 배웠는지는 모르지만 5년간의 중국 유학을 마친 국주는 중국인 스승과 함께 귀국했다.

국주의 스승인 왕타오는 고려에까지 그 이름이 널리 알려진 유학자(儒學者)인 데다 의술(醫術)과 무술에도 일가견(一家見)을 지닌 사람이었다. 그는 유식하다는 소문대로 고려 말에도 능통했다. 그는 당시 중원을 지배하고 있던 몽골 사람들이 솔롱고스(무지개의 땅)라 부르는 고려의 산하(山河)를 유람하기 위해 그 제자와 함께 오게 된 것이었다. 그들이 도착한 것은 석 달 전이었다.

오랜만에 돌아온 국주는 고려 말 대신에 중국 말을 자주 썼고, 고려 옷 대신에 화복(華服)을 즐겨 입었다. 주위 사람들은 이것을 보고 오랜 유학 생활 때문에 생긴 습관 탓이려니 생각했다. 하여튼 오랜만에 돌아온 귀여운 아들을 맞이한 강 씨 형제는 기쁘기 짝이 없었다. 그래서 국주의 귀국과 그 스승을 환영하는 큰 잔치를 열기로 했다. 여러 사람을 모시고 이웃 사람까지 청한 큰 잔치가 열리기 전날 밤이었다. 강판오 집의 마당에서 잔치 준비가 한창일 때 국주가 배가 아프다고 호소했다. 저녁에 먹은 쇠고기 한 점에 관격이 들어 설사를 만난 것이었다. 뒷간에 쪼그리고 앉아 있던 국주는 깜짝 놀랐다. 한 마리 시커먼 짐승이 목에서 피를 줄줄 흘리며 미친 듯이 국주의 가슴팍으로 덮쳐들었다. 멱을 따고 있던 돼지 중 한 마리가 방심한 하인의 손을 벗어나 이리저리 쫓겨다니다가 뒷간으로 뛰어든 것이었다.

"으아악!"

외마디 소리와 함께 국주는 돼지를 안고 똥통으로 떨어지고 말았다. 뒤이어 달려온 하인들이 나서서 겨우 똥통에서 올라왔지만, 이때부터 국주가 이상해졌다. 모든 행동거지는 정상적이었으나 유독 자신을 낳아 주고 길러 준 아버지와 큰아버지만 보면 이 원수님의 돼지놈아! 하며 욕설을 해 대는 광증을 나타냈다. 그리고 스승인 왕타오에게는 더할 나위 없이 고분고분할 뿐더러 '아버님', '할아버님' 이란 칭호를 썼다.

여기까지 설명한 안방 마님은 잠시 말을 끊고 입을 우물거렸다. 이런 말까지 해야 하나 말아야 하나를 고민하는 눈치였다.

이것을 느낀 실단이 슬쩍 오금을 박았다.

"마님, 이왕 말을 했으니 있는 그대로 모두를 말해야만 합니다."

그러자 안방 마님은 침을 한 번 삼킨 다음 어쩔 수 없다는 듯 말을 이어 갔다.

그런 일이 계속되자 강 대감은 왕타오와 상의를 한 후 송도에서 제일가는 명의 조찬을 불러 치료를 맡겼다. 조찬은 열흘 동안 고쳐 놓겠다고 장담했지만, 열흘이 지난 뒤에도 차도가 있기는커녕 사태는 더욱 심각해졌다.

창호지를 뚫고 은은한 달빛이 캄캄한 방안으로 스며드는 어느 날 밤이었다.

깊은 잠 속에 빠져 있던 강 대감은 갑자기 가슴이 답답해지고 숨이 꽉 막히는 아찔한 느낌을 받았다. 깜짝 놀라 눈을 뜬 그는 자기 몸뚱이를 타고 앉아 두 손으로 자신의 목을 누르고 있는 괴한의 모습을 봤다.

"누……누구 사……사람 살려!"

강 대감이 발버둥치는 소리에 옆에서 자고 있던 마누라가 깼고 옆방에 있던 계집종이 달려왔다. 그들은 간신히 강 대감의 배에 올라탄 사람을 끌어내리는 한편 등잔불을 밝혔다. 불빛에 드러난 괴한은 바로 국주였다.

이튿날 날이 밝자 강 대감은 아우를 불러 국주의 병 치료엔 조용한 곳이 좋지 않겠냐며 생가(生家)로 데려가게 했다. 아들을 가정 마을로 데려온 강인기는 백방으로 약과 의원을 구해 치료를 해 보았으나 역시 별 효험을 보지 못했다.

이때부터 표면에 나서진 않았지만 왕타오 역시 자기가 알고 있는 의술을 다 짜내 국주를 치료하기 시작했다. 그는 하찮은 나라에 사는 사람들의 솜씨로는 안 되는 병을 자신은 고칠 수 있다는 우월감을 한껏 뽐냈다. 그러나 저들처럼 실패할 것이 두려워 그 동안 표면에 나서지 않았던 것이다.

"그까짓 광증쯤이야 며칠이면 말끔하게 끝낼 수 있어."

이런 그의 자부심과는 달리 국주의 광증은 여러 날이 지났지만 전연 차도가 없었다. 뿐만 아니라 국주는 또 한 번 자신의 생부(生父)에게 칼을 휘둘러 상처를 입히는 사건까지 일으키게 되었다. 이리 되자 어지간한 왕타오도 의기소침해져 제 나라로 돌아갈 기회만 기다리게 되었다.

더 이상 별 뾰족한 수가 없는 절망적인 상태에 이르렀다. 그래서 최종적으로 굿이나 한 번 해 보려고 실단이를 부른 것이었다.

여기까지 말을 한 안방 마님은 애원하는 눈빛으로 실단의 손을 잡았다.

"여보게! 오늘 일은 환자를 붙들어 놓지 못한 내 잘못이네. 그러니 다시 한 번 수고해 주게. 비용은 얼마든지 대겠네."

안방 마님의 간곡한 부탁과 우리 모녀가 모시는 신령님이 어떤 분인데 이까짓 일로 그 영험함을 중단하겠나 하는 오기가 나서 실단은 고개를 끄덕였다. 사흘 후 그 자리에서 또다시 굿판이 벌어졌다. 이번에는 국주를 꽁꽁 붙들어 매 놓았는지 전번과 같은 소동은 없었다. 그러나 비지땀을 흘리며 북 장단, 꽹과리 소리에 맞춰 덩실덩실 춤을 춰 봐도 대를 잡은 실단 모녀의 몸에는 전연 신령이 내리지 않았다. 이때까지 겪어 보지 못한 이상한 일이었다.

'왜 이럴까? 아무런 부정도 없는데 참으로 이상하구나. 혹시 영험하

신 우리 신령님께서 이 몸을 떠나신 것은 아닐까?'

실단 모녀는 풀이 죽은 얼굴로 짐을 챙길 수밖에 없었다.

"여보게들! 오늘은 몸수가 안 좋은 것 같으니 다음 번에 다시 한 번 해 주게."

안방 마님은 실단 모녀의 처진 어깨를 두드려 주었다. 그렇지만 마당 저쪽에서 뒷짐을 지고 있는 왕타오의 입가에는 얄팍한 웃음이 서렸다.

신당으로 돌아온 실단 모녀는 밤새워 기도를 올렸다. 초저녁부터 시작된 기도였다. 첫닭이 우는 소리가 서운의 귀에 얼핏 느껴졌다.

그때였다. 서운의 눈 앞이 갑자기 훤해지더니 무지개를 탄 늙은 장수가 나타났다.

"할아버지! 어제는 왜 안 오셨어요?"

서운이의 원망기 어린 눈길을 향해 신령(神靈)은 말했다.

"얘야! 너의 정성을 내 어찌 잊었겠느냐마는 내가 현령(顯靈)치 못할 까닭이 있었단다. 그러니 내가 시키는 대로 행하라. 그러면 네 몸에 강령할 수 있느니라."

"어서 빨리 말씀해 주시와요"

"얘야 지금부터 목욕 재계한 다음 사흘 밤을 지내고 박연폭포 앞에 가거라. 그러면 나보다 몇십 배 더 거룩한 힘을 지닌 어른을 만날 것이다. 그분을 청해서 굿판에 모시고 굿판을 벌이면 모든 것이 잘 이뤄질 것이니라. 그런데 그 어른은 뿌리 박을 땅을 잃어버리시고 이리저리 떠돌고 있는 중이란다. 그러니 그분의 뿌리가 조금이나마 남아 있는 구월산으로 모셔 드려야 하느니라. 알겠냐?"

"예! 그런데 어떻게 생긴 어른인지요"

서운이의 소리없는 물음에도 불구하고 신령은 사라지고 말았다.

'누굴까? 도대체 어떤 어른이기에 우리 몸주인 최영 신령님보다 엄청 난 영험을 가지고 있을까?'

눈을 깜박이며 중얼거리던 서운이의 눈이 스르르 감겼다.

서운이의 망막 속으로 웅장한 소리의 함께 허연 물줄기가 떨어지고 있는 박연폭포가 나타났다. 폭포 주위에는 물줄기에서 피어 나온 물안개 로 허연 막이 쳐져 아무것도 보이지 않았다.

'저 뒤에 무엇이 있지?'

서운이의 눈길이 머문 구름덩어리 같은 그 막 사이로 홀연히 한줄기 눈부신 금빛이 쏟아져 내렸다. 그러자 허연 구름 같은 그 막도 금빛을 빨 아들여 주황색으로 물들여졌다. 이윽고 저녁놀 같은 그 막을 째고 금빛 을 번쩍번쩍 내뿜는 한 명의 동자(童子)가 나타났다.

금빛은 동자가 안고 있는 황금 인형(黃金人形)으로부터 쏟아지고 있었 다.

'아! 할아버지가 말씀하시던 거룩한 어른이 저분이란 말인가.'

놀란 눈으로 중얼거리던 서운이는 눈을 떴다.

잠이 든 것 같지도 않은데 꿈을 꾼 것인가! 그야말로 비몽사몽에 나타 난 황홀한 환상이었다.

서운이는 에미에게 기도 중에 보고 들은 모든 것을 말했다.

"사연인즉 이렇게 된 것이옵니다."

말을 마친 실단은 자리에서 일어나더니 알이에게 정중하게 큰 절을 올렸다.

'음……, 그랬었구나. 그런데 어린 저 애에게 무슨 큰 힘이 있다고 저들이 저리도 받들고 있지? 아무튼 기분은 괜찮군.'

이탁은 황당한 꿈 얘기이지만 아니 믿을 수 없었다.

대불이는 말없이 고개만 끄덕거렸고, 알이는 어미 잃은 시름을 잠시 잊은 듯 천진한 눈동자를 반짝거렸다.

신당에서 밤을 새운 이튿날 아침, 이탁은 대불이의 손을 조심스럽게 만지며 입을 열었다.

"여보게! 자네 상전은 지금쯤 북녘으로 가는 길목에 모두 기별을 보냈을 걸세. 그러니 무턱대고 북녘 땅으로 가기보단 무녀의 말대로 구월산에서 한숨 돌리는 것이 안전할 듯하이. 더욱이 저 어린 것을 데리고는 먼 길을 어찌 가겠는가. 자, 몸조심하고 저 애를 잘 보살피게. 나는 내 갈 길로 가네. 그리고 참…… 이것을 저 아이에게 주게."

이탁은 옷소매에서 옥통소를 끄집어 내었다. 엎드려 절을 올리는 대불이를 한 번 굽어본 이탁은 알이의 머리를 쓰다듬어 주곤 신들메를 매었다. 실단이가 가져다 준 옷으로 갈아입은 대불이 부자는 마치 딴사람이 된 듯했다.

실단이 일행이 강 대감 집 대문 앞에 도착한 것은 사시(巳時, 오전 9시~11시)초쯤이건만 저녁에 연통을 받은 강인기의 집 마당에는 벌써 모든 준비가 되어 있었다. 대불이는 건성으로 북채를 잡고 징잡이 옆에 앉았다. 알이는 실단이가 부축하여 상 앞에 모셔졌다. 장구 소리가 운을 떼자 징이 뒤를 따르고 날라리는 종달새 같은 목청을 신나게 뽑아 냈다. 그러자 실단이 모녀는 먼저 알이 앞에 엎드려 세 번 절을 올리고 대를 잡았다.

"둥둥, 덩더쿵……쾅쾅, 콰이캉……삐리릭 삐리릭."

박자에 맞춘 하얀 버선발 네 개가 휙휙 바람을 가르기 시작했다. 아비인 대불이가 치는 북소리를 눈을 껌벅거리며 듣고 있던 알이의 눈까풀이 무거워지기 시작했다. 대를 잡고 훌쩍훌쩍 뛰고 있던 서운이의 눈도 점점 크게 벌어졌고, 이내 눈알은 번뜩이는 빛을 내뿜기 시작했다. 이윽고 크게 뜬 서운이의 눈 속으로 한 줄기 장렬한 빛이 비쳤다. 알이의 뱃속에서 나오는 황금빛이었다. 그러나 그 빛은 서운이의 눈에만 보이는 빛이었다. 이윽고 크게 벌어졌던 서운이의 눈빛이 게슴츠레 줄어들었고, 얼굴에는 저녁놀 같은 홍조가 어렸다. 이제 서운이는 황홀감에 녹아 가는지 온몸을 부르르 떨기 시작했다. 드디어 서운이의 손에 있던 기다란 대가 푸르르 푸르르 몸서리를 쳤다. 그 장단에 맞춰 서운이의 입이 열리기 시작했다. 공수였다.

"어허, 어허. 우리 한님이 오셨구나. 우리 한님이 오셨구나. 구만리 저 창공에서 달님처럼 햇님처럼, 밤낮으로 우리 후손 비춰 주시던 조상이 오셨구나. 청동 투구 무쇠 갑옷 큰 칼 차고 큰 활 들고 천리준마 채찍질해 이곳까지 오셨구나. 칠흑 같은 어둠 깨는 아침 햇살 등에 지고 바람처럼 오셨구나. 북두칠성 쉬고 있는 북녘 땅 저곳에서 천부삼인(天符三印) 품에 안고 구름 타고 오셨구나. 큰 땅덩어리 잃고 초라한 이 땅으로 쫓겨온 후손들이 불쌍해서 우리 한님 오셨구나. 어허…… 어허. 네 이놈 토귀왕(土鬼王)아! 들짐승처럼 떠도는 네 신세가 가련하여 밥도 주고 옷도 주고 사위까지 삼았는데 무슨 억하심정으로 우리 후손 괴롭혔느냐. 어허…… 어허, 배은망덕한 소전(小典)의 자식놈아! 벽력불 일으키는 우리 한님의 활솜씨 무섭지도 않더냐. 우레 같은 칼질 소리 두렵지도 않더냐. 동두철비(銅頭鐵臂) 그 모습이 겁나지도 않더냐!"

여기까지 사설을 읊어 낸 서운이는 대를 던지고 신칼(神刀)과 방울을 손에 들었다. 그런 다음 멍석 위에서 몇 번 칼바람을 일으키고 대청으로 휙 뛰어올랐다. 그런 후 국주가 누워 있는 안방을 향해 칼춤을 추며 방울을 흔들었다.

"네 이놈! 토귀왕아! 어서 빨리 물러가라. 한님의 분신(分身)인 삼황(三皇, 복희 수인 신농)께서 오셨느니라! 백만대군 거느린 치우님도 오셨느니라!"

이윽고 안방에서 찢어지는 듯한 비명 소리가 들렸다. 마지막 발악 같기도 했고, 혼비백산하여 내지르는 소리 같기도 했다. 사랑방 문틈 사이로 서운이가 읊어 낸 이때까지의 사설을 듣고 있던 왕타오의 얼굴에 경련이 일어났다.

'흥! 그런 엉터리 소리로 겁을 준다고 국주의 병이 나을까. 참으로 웃기는 수작들을 하고 있군.'

그러나 안방에서 국주를 지켜보던 마님의 얼굴에는 한 가닥 희망의 빛이 실낱처럼 어른거렸다. 신음 소리 같기도 하고 비명 소리 같기도 한 소리를 크게 내지른 국주의 몸이 덜덜 떨리기 시작했다. 그러더니 몸이 축 늘어지면서 한숨과 함께 감았던 눈을 부스스 뜬 것이다. 그러나 그 눈은 아직 힘이 없고 맑지 못했다.

이때까지 여러 방법으로 치료를 해 보았지만 이런 반응이라도 나타낸 것은 처음이었다. 국주의 입에서 큰 소리가 터져 나오자 서운이는 마당으로 뛰어 내려왔다. 그러고는 알이 앞에 벌렁 누워 버렸다. 이것을 기다렸다는 듯 실단이의 입이 열리며 주문(呪文)을 읊기 시작했다.

"하늘은 애비요, 땅은 에미인데 인간은 그 사이에서 태어났다.

(天爲父 地爲母 人於其間)

귀신이란 형체는 없으나 그 흔적은 있으니 어둔 밤에 정기가 모여 그 축적된 기운이 움직이는 것이로다.

(鬼神者 無形有跡 昏夜會精 運氣所儲)

이 주문을 세 번 외우고 난 실단이는 이어서 ≪동자경(童子經)≫을 외우기 시작했다.

"청의동자 학건아! 적의동자 미행아! 황의동자 기곤아! 백의동자 길록아! 흑의동자 매불장아! 너희 다섯 동자는 변함없이 내 몸을 지키며 길(吉)이 있을 때나 흉(凶)이 있을 때나 내가 알고자 하는 일에 일일이 응하거라. 이젠 큰 귀신은 물러갔으니 안심하고 말하거라."

≪동자경≫을 한동안 외우고 난 실단이는 흠칫흠칫 몸서리를 쳤다.

그리고 난 후 보이지 않는 어떤 존재에게 무엇을 묻는 듯 입술을 달착거리고 귀를 기울여 듣는 시늉을 했다.

그러던 실단의 입이 크게 벌어지며 한 소리 크게 내질렀다.

"이 집 주인은 이리 나와 우리 동자의 영험함을 들으시오."

머쓱거리며 강인기가 멍석 앞으로 나왔다. 그러자 실단은 동자 영신(靈神)을 향해 물었다.

"얘들아! 이 집 도련님에게 무슨 귀신이 씌었는지 그 존재를 말해다오."

"엄마! 예전에 이 할아버지가 황 씨(黃氏) 성을 가진 사람의 명당을 뺏은 후 그 자리를 자기 유택(幽宅)으로 삼았어. 그래서 원한을 가진 그 황씨 아들이 이 댁 할배 유골을 파내어 버린 후 자기 애비의 유골을 대신 넣었어."

"학건아! 고맙구나. 또 없느냐?"

"엄마! 이젠 학건이 대신 내가 말할게. 대신 요번 보름 날에는 예쁜 빨간 옷을 사 줘야 해, 알겠지?"

"그래 그러구말구. 어서 말해 보렴."

실단이는 자기의 본성(本聲)과 어린애 소리를 한 입에서 번갈아 내며 문답을 계속했다.

"엄마! 그 아들 황 씨가 유골을 파낸 후 그 해골 바가지에다 나무못을 박으며 저주를 했어, 그래서 그 염령(念靈)이 이 댁 도련님에게 들러붙은 거야."

"오! 그랬구나. 정말 고맙다. 그런데 그 무덤은 어디에 있지? 누구든지 빨리 대답해 봐."

"요번엔 이 길록이가 말할 거야. 그 무덤은 왕옥산 자락 볕 잘 드는 곳에 있어. 큰 바위가 병풍처럼 둘러싸고 있는 곳이야. 엄마! 앞으로는 절대 돼지 고기를 먹지 마. 우리 형제들은 돼지 고기를 잘게 썰어 먹으면 괜찮다. 하지만 나는 그것마저 싫어. 알겠지, 엄마."

"그래, 내 앞으론 절대 돼지 고기는 먹지 않으마."

머쓱한 태도로 실단이의 입만 바라보고 있던 강인기는 이 말을 듣자 눈에 빛을 번쩍 내며 이빨을 꽉 깨물었다.

"저런 육시랄놈이 있나. 내 그놈을 그냥……."

그의 조부(祖父) 무덤의 위치가 동자가 말한 대로였기 때문이었다.

"애들아! 마지막으로 하나만 더 묻자. 그런 다음에 우리 그놈의 염령(念靈)을 사로잡자꾸나."

"야! 신난다. 오랜만에 재미있게 놀겠구나. 그럼 빨리 물어 봐."

"애들아! 이 댁 할아버지 유골은 어디에 있지?"

"이젠 이 매불장이 말할 테야. 엄마! 그 두개골은 병풍 바위 아래쪽에 있는 웅덩이에 있어. 요번 보름 날에는 내게 정화수를 떠다 줘. 난 그것을 마셔야 힘이 난단 말이야."

여기까지 듣고 난 강인기는 즉시 집사를 불러 말을 준비하라 일렀다. 집사가 말을 대령하자 강인기는 집사와 건장한 하인 두 명을 데리고 왕옥산으로 출발했다.

강인기의 뒤를 쫓아 굿판 가까이에서 어슬렁거리던 왕타오는 깜짝 놀라지 않을 수 없었다. 어려서부터 유가(儒家)의 심법(心法)과 내가권법(內家拳法)까지 익힌 왕타오였다. 그래서 기(氣)야말로 모든 운동의 원천인 것을 잘 알고 있었다. 따지고 보면 오늘 저 이름없는 일개 무녀(巫女)가 행한 이 오동자 술법도 동서남북중(東西南北中) 청백적흑황(靑白赤黑黃)으로 나타낼 수 있는 다섯 개의 기를 응집시켜 행하는 고도의 기공(氣功)에 속하는 것이다. 곰곰이 이런 점을 생각하던 왕타오는 더럭 의심이 생겼다.

'전번에 벌인 두 차례 굿으로는 이런 기적 같은 일을 행하지 못하더니 어째서 오늘은 이렇게 성공을 하게 되었지? 아마도 이것은 저기 저 상 앞에 앉아 있는 어린 놈의 기(氣)를 빌렸기 때문이 아닐까? 그렇다. 전번과 똑같은 굿판에 달라진 것이라곤 저것뿐이다. 그렇다면 저 아이의 정제는 무엇이고, 어떤 기(氣)를 지니고 있을까? 내기(內氣)를 펼쳐 내어 저 어린 놈을 한 번 살펴봐야겠군.'

왕타오는 슬며시 대청 쪽으로 가 앉았다. 스르르 눈을 감고 호흡을 조절한 왕타오는 초점을 알이에게 보냈다.

'아니! 이럴 수가!'

왕타우는 깜짝 놀랐다.

그것은 바다 저쪽에서 솟아오르는 눈부시도록 강렬한 밝은 빛덩어리였다. 온 세상의 모든 어둠을 말끔히 씻어 버릴 엄청난 빛살이었다. 그리고 그것은 만장(萬丈) 계곡에 두텁게 얼어붙은 큰 얼음덩어리라도 쉽게 녹여 버릴 것 같은 거대한 뜨거움이었다. 그것은 어린아이의 뱃속에서부터 뿜어져 나와 온 천지를 뒤덮고 있었다.

'흥! 어린 놈이 제 에미 뱃속에서부터 수련을 했다 한들 30여 년간이나 수련한 나보다 공력이 깊을까?'

이런 질투심으로 오기가 생긴 왕타오는 또 한 번 놀랐다. 왕타오의 내기(內氣)가 이글이글 타오르는 용광로 속에 던져진 한 조각 쇳덩이처럼 흔적 없이 사라지고 만 것이다.

'어디 이번에는……'

이빨을 악문 왕타오는 냉한지기(冷寒之氣)를 세차게 뿜어 냈다. 바로 수극화(水剋化)의 원리로 알이한테서 나오는 양기(陽氣)를 제압해 보려 한 것이다. 그러나 그가 쏘아 낸 음기(陰氣)는 바짝 마른 모래더미 위에 쏟아진 한 그릇의 물처럼 흔적 없이 사라졌다.

뿐만 아니었다. 시뻘건 철판 위에 부어진 한 모금의 물처럼 온몸의 진기가 메말라 버리는 듯한 현상과 가슴이 오그라드는 듯한 충격이 왔다.

"으윽."

가슴을 움켜잡고 황급히 내기를 거둔 왕타오의 입가로 가느다란 핏줄기가 흘러나왔다.

'도저히 있을 수 없는 일이야. 믿을 수 없어! 도저히 믿을 수 없어!'

자는 듯 눈을 감고 앉아 있는 알이를 보는 왕타오의 빛 잃은 눈동자에는 공포의 그늘이 짙게 어렸다.

이제 굿판은 막바지로 접어들고 있었다. 부르르 부르르 떨고 있는 대를 잡고 춤을 추던 실단은 단지 하나를 멍석 위에 내놓은 다음 상 아래에 있는 짚으로 만든 인형 하나를 손에 들고 소리쳤다.

"자, 애들아! 이젠 그 고약한 영(靈)을 잡으러 가자."

춤추는 듯한 걸음걸이로 대청 위에 오른 실단은 안방 문을 홱 열어젖혔다. 그러자 멍청한 눈빛으로 누워 있던 국주가 일어났다. 문 앞을 막아선 실단의 번뜩거리는 눈을 본 국주의 눈에는 두려움이 가득했다. 이리저리 눈알을 굴려 두리번거리던 국주는 슬금슬금 꽁무니를 뺐다.

"난 안 갈 테야. 나는 못가."

방구석까지 뒷걸음질을 한 국주는 더 이상 갈 곳이 없어지자 두 손으로 얼굴을 가리며 소리 쳤다. 힘없고 떨리는 목소리였다. 이러는 국주를 향해 잎사귀 몇 개 달린 대나무를 휘저으며 실단은 소리 쳤다.

"얘들아! 저 녀석이 제 집도 아닌데 안 나가겠다고 억지를 부리는구나. 얘들아! 우선 팽이치기 맛부터 보여 주어라."

이 말이 떨어지자 웅크리고 있던 국주의 몸이 데굴데굴 구르기 시작했다. 실단의 입에서 동자들의 소리가 터져 나왔다.

"동쪽으로만 굴리지 말고 이쪽으로도 굴려 줘."

"애들아! 너희들끼리만 놀지 말고 이리 좀 보내 줘."

"학건아! 팽이가 쓰러지려 한다. 더 세게 쳐라."

이쪽저쪽 사방으로 굴러다니던 국주의 몸이 마침내 축 늘어졌다.

"얘들아! 그만 그 정도 해 두자."

국주에게 다가간 실단은 자신의 쪽진 머리에 꽂혀 있던 바늘을 뽑아 국주의 새끼 손가락을 찔렀다. 그런 후 인형에다 그 피를 바르며 호령했다.

"네 집도 아닌 남의 몸에 계속 있겠다면 이보다 백 배 천 배 더 매운 맛을 보게 해 줄 테다. 그러니 어서 고분고분 나와라. 동서남북중앙 모두를 우리 영특한 동자들이 지키고 섰으니 네가 도망 갈 곳도 없다. 내 너를 위해 의탁할 수 있는 몸과 포근히 쉴 수 있는 집을 준비해 놓았다. 그러니 망설이지 말고 어서 나와라."

이렇게 말한 실단은 들고 있던 인형을 방문 앞에다 던져 놓으며 들고 있던 대로 국주의 몸을 두들겼다. 그러자 방문 앞에 엎어져 있던 인형이 저절로 일어섰다. 그 순간 늘어져 있던 국주의 입에서 긴 한숨 소리가 새어 나왔다.

"그래 착하지. 이젠 나를 따라 너희 집으로 가자. 어서 따라오너라."

인형 앞에 선 실단이가 손짓을 하며 대를 흔들었다. 옆에서 보고 있던 사람들이 눈을 크게 뜨며 놀랐다.

'어찌 이런 일이 가능할 수 있단 말인가?'

왕타오의 눈과 입도 크게 벌어졌다.

두 발뿐인 짚인형이 저절로 서 있는 것만 해도 놀라운 일인데 이젠 그 것이 펄쩍펄쩍 뛰면서 실단의 손짓에 따라 움직이는 것이었다. 이렇게 따라간 인형은 실단이가 가리키는 단지 앞에서 잠시 망설이더니 실단의 재촉 한 번에 폴짝 단지 안으로 뛰어 들어갔다.

"그래 착하구나. 이것이 네 집이다. 내 너에게 밥도 주고 옷도 주고 짝까지 지어 주마. 이 속에서 오래도록 편안히 살아라."

이렇게 말하면서 밥과 옷가지, 그리고 또다른 인형을 단지 속에 던져 넣었다.

"안방 마님! 이제 이것을 사람이 잘 다니지 않는 곳에 깊이 묻으세요. 이 단지가 깨지면 또 한 번의 재변이 생기니 명심하세요."

창호지로 단지를 봉하고 그 위에 덮개까지 씌운 실단은 이마에 맺힌 땀방울을 닦았다. 이렇게 혼령을 잡아 가둔 후에야 알이도 잠에서 깨어 났고 서운이도 일어났다.

"아바! 아까 적에 신기한 것을 보았어."

대불이에게 다가오는 알이가 휘청하더니 멍석 위에 엎어졌다. 옆에 있던 서운이가 얼른 알이를 안아 일으키려 하자 그보다 먼저 알이의 몸을 안아 드는 사람이 있었다.

그는 왕타오였다. 그는 알이를 일으키는 척히며 알이의 온몸을 더듬었다. 알이의 배 부분에 머물렀던 그의 손길이 알이의 옷 속으로 파고들었다.

'그럼 그렇지. 이것이 요 녀석의 몸에서 신통 조화를 일으켰던 게로군.'

입가에 실낱같은 웃음을 흘린 왕타오의 손길은 염치 불구하고 알이의 옷을 헤치기 시작했다.

"나으리! 점잖으신 나으리께서 무엇 때문에 내 속살을 더듬고 있나요?"

알이의 앙칼진 목소리가 나오자 대불이가 벼락처럼 달려 왔고, 서운이와 실단이도 달려왔다. 뿐만 아니라 주위에 있던 여러 사람들의 수많은 눈동자까지도 달려왔다.

"얘야! 별일 아니다. 네가 어디 아픈 것 같기에 잠시 살펴본 것뿐이란다."

벌게진 얼굴을 하고 허둥지둥 말꼬리를 둘러댄 왕타오는 물러날 수밖에 없었다. 그러나 그의 마음은 온통 그 신비한 힘을 내는 쇳덩이 같은 물건에 꼭 붙어 있었다. 정말 두렵기조차 했다.

'무엇일까? 쇳덩이로 만든 인형 같던데, 도대체 무엇이었을까? 정말 그것이 내 30년 공력까지 가볍게 빼앗는 그런 엄청난 힘을 발휘한 것인가? 내 무슨 수를 써서라도 이 비밀을 꼭 밝혀 내리라. 그것이 그런 신비한 힘을 지녔다면 내 것으로 만들어야지. 그래야 잃어버린 30년 공력을 보상받을 수 있겠지.'

사랑방에 들어앉은 왕타오의 머리 속엔 한 가지 생각만이 꽉 차 있었다.

이렇게 오시(午時)에 시작된 굿은 신시(申時)에 끝났다. 그러나 짐을 챙긴 실단이는 가지 않고 강인기를 기다렸다. 강인기가 와야 국주의 병이 완치됐는지 확인할 수 있기 때문이었다. 강인기는 유시(酉時, 오후 5~7시) 말이 되어서야 돌아왔다. 강인기의 얼굴에는 분노와 안도의 빛이 동시에 서려 있었다. 상기된 얼굴을 한 강인기는 대문을 들어서자 제일 먼저 국주에게 달려갔다. 제 에미와 도란도란 얘기를 나누고 있던 국주는 강인기가 들어서자 얼른 일어나 꿇어 엎드렸다.

"아버님! 이 불효자가 잠시 본 정신을 잃고 하늘 아래 용서받지 못할 대죄(大罪)를 저질렀습니다. 이 불효자에게 벌을 내려 주소서."

국주의 광증은 흔적없이 사라진 것이다.

"허허허, 됐다 됐어. 어디 그것이 네 탓이더냐. 여보 부인! 이 기쁜 소식을 속히 형님께 알립시다. 그리고 신통한 모녀에게 섭섭지 않은 사례를 해야 되지 않겠소!"

참으로 오랜만에 강인기의 집에서는 밝은 웃음 소리가 흘러 나왔다.

강인기의 하인들은 강인기가 가외로 내놓은 피륙과 쌀 등을 신당 앞까지 져다 주고 갔다.

"어른들을 구월산으로 모셔다 드리라는 신령님의 분부를 받았사온데……. 어른께서는 어떻게 생각하시는지요?"

무구(巫具)를 정리한 실단이 대불이를 향해 말했다.

대불이는 아무 말 없이 눈만 껌벅거렸다.

'신령님이 있는지 없는지는 잘 모르겠으나 오늘의 일로 보아서는 신령님이 있긴 있는 것 같군. 그리고 알이를 데리고 기찰이 심한 먼 길을 가기란 어려운 일이지. 또 몇 년 전 야밤에 그림자처럼 찾아온 할아버지께서도 무슨 일이 있으면 구월산으로 찾아오라고 당부했지. 아마도 이 일을 미리 아시고 하신 말씀인가 보다. 그래! 이들이 신령님의 명을 받고 우리를 인도한다 하니 구월산행은 신령님의 가호로 안전할 거야. 그러니 이들을 따라 구월산으로 가 허벅지의 상처나 치료한 후 기찰이 잠잠해지길 기다린 다음에 떠나는 것이 상책이겠다.'

대불이가 고개를 끄덕이자 실단이 모녀는 잠자리를 보아 준 후 사가(私家)로 물러갔다.

깊은 밤이었다. 어느 새 신당 앞 느티나무를 못살게 굴던 밤바람도 잠이 들어 고요해졌다. '사르락 스스스' 소곤거리던 신당 뒤 대나무 숲도 숨소리 하나 내지 않았다. 그러나 대불이는 잠이 오지 않았다. 멍에가 되었던 전가(傳家)의 가보(家寶)! 이 때문에 소가 되고 말이 되어 흘려 보냈던 10여 년의 긴 세월. 드디어 가보를 손에 쥐고 우리를 벗어났지만 지금 대불이의 가슴은 찢어질 듯한 아픔에 몸부림치고 있었다. 짐승과 같은 삶이었지만 월이와 같이했던 7년의 세월은 혹한을 뚫고 살짝 고개를 내민 하나의 작은 꽃망울이었다. 그러나 활짝 피어 보지도 못한 그것은 무지막지한 발자국에 무참히 짓밟혀 산산이 으깨어지지 않았던가.

'아! 이럴 줄 알았으면 차라리 이 가보를 포기하고서라도 꽃망울을 활짝 피어나도록 해 보는 건데. 아! 월이! 월이!'

이리저리 뒤척거리던 대불이는 알이를 꼭 껴안아 보았다.

이때였다. 갈대 하나가 창호지를 뚫고 소리없이 방 안으로 찔러 들어왔다. 갈대 속에서 허연 가루가 뿜어져 나와 방 안으로 흩어져 내렸다. 잠시 후 향긋한 향기가 온 방 안을 맴돌았다. 고통과 회한 속에 잠 못 이루던 대불이의 콧속으로도 이 향기는 스며들었다. 대불이는 아득한 잠 속으로 미끄러져 들어갔다.

잠시 후 방문이 열리고 그림자가 들어왔다.

"팟팟."

거침없이 부시를 쳐 등잔에 불을 밝힌 그림자는 알이의 옷 속으로 손을 밀어 넣었다.

"어?"

가벼운 소리와 함께 손을 뺀 그림자는 대불이 품 속으로 손을 넣어보았다. 그러나 거기에서도 그림자가 찾는 것은 나오지 않았다.

'어디 있을까?'

잠시 생각하던 그림자는 방 안 구석구석을 뒤지기 시작했다. 드디어 그림자는 영정이 모셔져 있는 선단 아래 단지 속에서 그 물건을 찾아 냈다. 신단 위에 놓여진 등잔 밑에서 보자기를 푸는 그림자의 손길이 가볍게 떨렸다. 갑자기 온 방 안이 환해지는 듯했다. 어른 손바닥보다 조금 더 큰 황금 인형이 황홀한 금빛을 토해 내며 나타난 것이다.

그림자는 넋 나간 듯한 눈빛으로 황금 인형을 살폈다. 살아서 움직일 것만 같은 정교한 인형이었다. 눈으론 새파란 빛을 줄기줄기 내쏘고 있었다. 그리고 왼손은 손가락 한 개를 뻗치고 있었으며 오른손은 엄지, 식지, 중지 세 손가락을 굽혀 원을 그리고 있었다.

금인이 내뿜는 황홀한 금빛에 빠져 있던 그림자는 무엇을 생각하는지 두리번거렸다.

'이것이 정말 그것일까?'

흠칫 가볍게 몸을 떤 그림자가 등잔불을 향해 '훅' 하고 입김을 내뿜자 등잔불이 꺼졌다. 그렇지만 방 안은 전연 어둡지 않았다. 등잔 불빛보다 더 밝은 빛이 금인의 눈에서 쏟아져 나오고 있었다. 금인의 두 눈알은 야광주(夜光珠)였다. 금인을 잡고 있는 그림자의 두 손이 부들부들 떨렸고 그의 입에선 놀람의 소리가 흘러 나왔다.

'아! 이럴 수가. 손가락이 나타내고 있는 일즉삼(一則三) 삼즉일(三則一)의 표시, 그리고 천 년 묵은 청룡(靑龍)의 눈알이라 전해지는 야광주가 박힌 이 두 눈. 그렇다면 정녕 이것이 장량(張良)과 한 고조(漢高祖)가 손에 넣고자 그토록 찾아 헤맸던 전설의 천부(天符) 금인이란 말인가…… . 참으로 믿을 수 없군. 어디 다시 한 번 이 금인의 어깨 쪽을 살펴보자. 거기엔 글

자 네 개가 새겨져 있다고 했지!'

그림자는 다시 한 번 부시를 쳐서 등잔불을 켰다.

등잔불을 가까이 당겨 비춰 본 금인의 어깨에는 종이지혼(宗夷之魂)이라는 네 글자가 파자(破字)로 새겨져 있었다. 그리고 그 아래 등판 쪽에는 몇 구절의 글자가 행서체로 쓰여 있었다.

'틀림없구나……. 그러나 참으로 알 수 없는 일이로다! 2천여 년 동안 제왕가(帝王家)의 전설로 전해 내려오던 천하의 지보(至寶)가 어째서 이 작은 나라 이름 없는 사람의 손에 있단 말인가? 그런데 이것은 좀 수상쩍은데? 우리 중국의 보물인 이 금인의 어깨와 등에 쓰여진 이 글자의 뜻은 왜 이럴까. 마땅히 종하지혼(宗夏之魂)이라 쓰여 있어야 하지 않은가. 그리고 그 아래 몇 구절의 글귀도 이렇게 쓰여 있으면 안 되지 않은가? 그래 이것은 이 금인을 훔친 오랑캐놈들이 예전에 있던 글자를 지워 버리고 새로 새겨 넣은 것이 분명할 거야. 어쨌든 국주 녀석을 따라 이 땅에 오기를 참 잘 했어. 역대 제왕(帝王)들이 그토록 갖고 싶어 하던 천자(天子)의 신물(信物)을 얻게 되었으니 말이야. 그래, 이것은 하늘의 뜻이야. 그렇지 않고서야 이토록 쉽게 내 손에 들어올 리 만무하지. 그렇다면 이 왕타오도…….'

고개를 갸우뚱거리고 입맛을 다시며 부르르 떨기도 하면서 여기까지 생각한 왕타오는 그만 솟구쳐 오르는 흥분과 감격을 한 소리 웃음으로 뽑아 내었다.

"하하하…. 그래, 빨리 이곳을 떠나 내 나라로 돌아가자."

금인을 품에 넣고 일어서던 왕타오의 눈이 철퇴를 들고 부릅뜬 눈으로 내려다 보고 있는 최영의 영정과 마주쳤다. 움찔 놀란 왕타오의 몸이 흔들렸고 이내 등줄기가 서늘해졌다. 살아서 금방이라도 튀어나올 것 같은 그 사람이 여태껏 자신을 말없이 내려다보고 있었던 것 같았다. 그리고 당장이라도 자신의 머리 위에 철퇴를 내려칠 것처럼 느껴졌다. 황급히 눈길을 돌린 왕타오는 생글거리는 또다른 눈동자들을 보았다. 다섯 동자의 영정이었다. 그들 역시 자신의 비겁한 행동을 비웃고 있는 것 같았다.

'기분 나쁜 이곳에서 어서 빠져 나가야지.'

발길을 돌리려는 왕타오의 귀에 천둥 같은 소리가 들렸다.

"이놈아! 가지 마! 가면 안 돼!"

이 소리는 '엄마! 가지 마! 가면 안 돼!' 하는 알이의 잠꼬대였는데 왕타오의 귀엔 그렇게 들린 것이다. 왕타오의 등골에 소름이 왈칵 끼쳤고 발길은 얼어붙은 듯 꼼짝도 안 했다. 왕타오는 본래 이렇게 허약한 사람이 아니었다. 오히려 어느 누구보다 자부심 많고 당찬 사람이었다. 그런 그가 이렇게 놀랄 수밖에 없는 것은 낮의 굿판에서 믿어지지 않는 신령(神靈)의 힘을 본 데다가 그 힘에 의해 쌓아온 30년의 공력이 사라졌기 때문이었다. 그리고 하오문(下五門, 좀도둑)이나 쓰는 비열한 짓거리를 한 유학자로서의 꺼림칙함이 남아 있었고, 뜻밖의 보물을 손에 넣은 감격과 흥분이 그의 정신을 산만하게 만들었기 때문이었다.

'이크! 빨리 나가야지.'

그러나 급한 마음과는 달리 아랫도리엔 힘이 없었고 숨만 가빠졌다.

눈부시게 하얀 해는 연못 위에 앉아 있었고 투명해진 연못은 벽록색으로 빛났다. 그 속에서 놀고 있는 색색의 물고기들은 현란한 색깔의 춤판을 벌이고 있었다. 연못 저쪽 살구나무 숲에선 이름 모를 새들이 지저 귀고 있었다. 그 소리는 초동(草童)의 풀피리 소리 같기도 하고, 구슬발이 서로 부딪치는 소리 같기도 했다. 거기엔 파란 하늘 위를 유유히 흐르는 하얀 구름 같은 포근함이 감돌았다.

연못 이쪽엔 꽃밭이 있었다. 꽃들은 초록색 옷 위로 고개를 내밀고 있 었다. 얼굴을 활짝 펴고 고개를 젖히고 있는 것도 있었고 수줍은 듯 살짝 고개 숙인 것들도 있었다. 파란 옷깃으로 얼굴을 반쯤 가린 것들도 있었 다.

"호호호, 까르륵, 하하하."

그들은 모두 웃고 있었다. 그들의 머리 위로 하얀 나비들이 웃음 소리 에 맞춰 사뿐사뿐 하늘하늘 춤추고 있었다. 나비가 된 서운이도 그들 속 에서 춤추고 있었다. 밤마다 서운이는 이렇게 나비가 되어 춤을 추었다. 이런 서운이에게 다급한 목소리가 들려 왔다.

'얘! 서운아! 빨리 가자. 화급한 일이 있느니라. 어서 빨리 가자.'

서운의 몸주(身主)인 최영 장군의 목소리였다.

'할아버지 혼자 가세요. 나는 여기서 좀더 놀겠어요.'

'이 철없는 것아, 네 몸 없이는 아무것도 하지 못하는 이 할아비의 처 지를 몰라서 하는 말이냐? 아니 된다. 어서 가자.'

할아버지는 서운이의 팔을 움켜잡았다.

"아니! 얘가 이 야밤에 어딜 가려는 게지? 얘, 서운아! 어디 가느냐?"

서운이의 잠꼬대 소리에 잠이 깬 실단은 밖으로 나가는 서운이를 향 해 물었다. 그러나 서운이는 아무 대답 없이 삽짝문까지 열고 밖으로 나갔다.

하얀 속옷 차림 그대로였다. 이런 일은 여태껏 한 번도 없었다.

'얘가 귀신이 씌었나?'

이상한 마음이 든 실단은 부랴부랴 겉옷을 걸쳤다. 저만큼 앞에서 흐느적흐느적 걷고 있는 서운의 하얀 모습이 눈에 들어왔다.

캄캄한 어둠을 뚫고 걸어가는 서운의 모습은 너울너울 춤추는 한덩이 하얀 구름 같았다.

후들후들 떨리는 발을 들어 간신히 문 밖으로 한 발 내디던 왕타오의 발이 또다시 딱 멈춰 섰다.

자신의 옷소매를 누군가가 꽉 잡고 놓아 주지 않는 것이었다.

'헉! 이젠 내 뒤통수에 그 험상궂게 생긴 신령의 철퇴가 퍽 내리쳐지겠지. 안 돼! 빨리 내빼야 한다.'

등골이 서늘해진 왕타오는 도망가야 한다는 일념으로 힘껏 뿌리쳤다.

'찌이익.'

고요한 밤, 비단 찢어지는 날카로운 소리가 나오며 왕타오의 몸은 섬돌 아래로 퍽 엎어졌다. 왕타오의 옷소매가 문고리에 걸렸던 것이다. 허겁지겁 일어난 왕타오가 어둠 속에 턱 버티고 서 있는 신당 나무 앞에 왔을 때였다.

"헉! 헉!"

왕타오는 그만 땅바닥에 털썩 주저앉고 말았다. 너덜너덜한 헝겊조각을 온몸에 매달고 서 있던 우람한 신당나무 뒤에서 하얀 갑옷 투구에 철퇴를 든 사람이 갑자기 나타났다. 캄캄한 어둠 속에서 별안간 툭 튀어나오는 공포, 뒤에 있다고 생각한 두려운 적이 어느 새 앞을 막고 있는 것이다. 눈에서 시퍼런 불길을 내뿜고 있는 신령은 철퇴를 높이 들고 한 발 한발 다가왔다. 극도의 공포로 왕타오의 눈엔 흰 창이 크게 드러났다.

드디어 신령은 노한 눈을 부릅뜨고 철퇴를 내리쳤다.

'꽝!'

왕타오의 머리 속에서 벼락 치는 소리가 들렸다. 그 순간 그는 아득한 벼랑 위에서 한없이 추락하는 듯한 아찔함을 느꼈고 이내 그의 몸은 스르르 허물어지고 말았다.

그제야 두터운 구름을 덮어쓰고 깊은 잠에 빠져 있던 반달이 부스스한 얼굴을 내밀었다. 자빠진 왕타오 옆엔 손을 치켜든 서운이가 서 있었다.

"애, 서운아! 이 야밤에 여긴 뭣 하러 왔느냐? 에그머니나!"

뒤쫓아온 실단이는 서운이 옆에 사람이 쓰러져 있는 것을 보고 깜짝 놀랐다.

"애야! 왜 그리 멍청하게 서 있기만 하느냐? 무슨 일로 여기까지 왔으며 어떻게 된 일인지 어서 말 좀 해 보거라."

답답해진 실단이는 서운이의 몸을 잡아 흔들었다. 그래도 서운이의 백치 같은 표정은 풀리지 않았고 단 한 마디 말도 없었다. 다만 서운이는 대답 대신 손을 들어 쓰러져 있는 사내의 가슴께를 가리킬 뿐이었다. 인사불성이 되어 있는 사내는 화복(華服)을 입고 있었고 가슴께가 불룩했다.

'아니, 이 남정네는 국주 도련님의 스승이라던 대국 사람이 아닌가. 그런데 이 사람이 왜 이곳에 쓰러져 있지? 품 속엔 또 뭐가 있기에 서운이

가 이러지?'

궁금하기 짝이 없는 실단이었지만 감히 외간 남자의 품 속에 손을 넣진 못했다. 이렇게 망설이고 있는 사이에 서운이의 다른 손이 사내의 품속을 파고들었다.

왕타오의 품 속에서 금인(金人)을 끄집어 낸 서운이의 다른 손은 신당을 가리켰다. 달빛을 받아 누런색 광채를 은은히 내쏘고 있는 금인과 신당 쪽을 번갈아 쳐다본 실단은 사건의 일단을 짐작했다.

음, 이 사내가 저 금덩이를 훔치러 왔다가 우리 신령님의 앙화를 입어이 지경이 되었구나. 그럼 그렇지! 여기가 어디라고 감히…… 그러구 보니 서운이가 자다 말고 예까지 온 것도 신령님께서 서운이 몸을 빌려 저보물을 지키려 한 것이구나. 그런데 이 소동에도 신당에선 왜 아무런 기척도 없지? 혹시 이 사내가 해친 것은 아닐까?'

여기까지 생각한 실단은 신당으로 뛰어갔다.

방 안에는 여태껏 맡아 보지 못한 야릇한 향기만이 맴돌고 있을 뿐 두사람은 아무 탈 없이 깊은 잠에 빠져 있었다.

하얀빛 한 줄기가 눈까풀을 마구 찔러 대었다.

인사불성이 되어 있던 왕타오는 부스스 눈을 떴다. 눈부신 태양이 중천에 걸려 있었다.

"아차"

벌떡 상반신을 일으켜 세운 왕타오는 재빨리 품 속을 더듬어 보았다. 없었다. 품 속에 묵직하게 자리 잡고 앉아 온몸을 환희에 들뜨게 해 주던 그것은 이미 사라지고 없었다.

'하 참! 이 왕타오가 제 발로 굴러 들어온 지보(至寶)를 놓치다니……'

정신을 가다듬은 왕타오는 한여름 밤의 악몽 같았던 간밤의 일을 더듬어 보았다.

'정말로 귀신의 소행이었을까? 아니면 기력이 약해진 내가 헛것을 보고 제풀에 놀라 자빠진 것일까? 아니야! 품 속의 물건이 없어진 것으로 보아 사람의 소행이 분명해. 그렇다면 누구일까? 약 기운에 곯아떨어진 그들 부자는 분명 아닐 테고…… 그래! 그 요사스런 모녀 무당의 장난이 틀림없다.'

결론을 내린 왕타오는 아랫배에 힘을 주고 신당으로 다가갔다.

지극한 보물을 지닌 그들 부자가 아직도 있는지, 그리고 어젯밤에 자신을 그토록 떨게 만들었던 기분 나쁜 그림에 대한 복수를 하고 싶기 때문이었다.

방 안엔 아무도 없었다. 그러나 그 그림들만은 그대로 있었다. 어금니를 꽉 깨문 왕타오는 성큼성큼 그림 앞으로 다가갔다.

"흥."

왕타오의 코웃음 한 번에 아무 죄도 없는 그림들이 갈기갈기 찢어졌다. 이렇게 한 차례 분을 푼 왕타오는 무녀를 찾아 나섰다. 무녀만 찾게 되면 그들 부자(父子) 역시 쉽게 찾을 수 있을 것이고, 그리되면 지보(至寶)를 손에 넣는 것은 여반장이기 때문이었다.

무녀의 집은 찾기 쉬웠다. 그러나 사람은 없었다.

"흥, 네까짓 것들이 뛰어 봐야 벼룩이지."

왕타오는 강 대감의 힘을 이용해 무녀의 행적을 수소문했다.

그날 저녁 무렵, 꼭두새벽부터 부자간인 듯한 두 사람과 같이 벽란도

쪽으로 가는 모녀 무당을 봤다는 사람이 나타났다. 고려에서 조선으로 나라 이름이 바뀌었지만 벽란도는 여전히 흥청거렸다. 넓디넓은 바다를 안고 예성강 어귀에 앉아 있는 탓으로 이곳은 가지각색의 사람들로 들끓었다. 예성강을 통해 경기도, 황해도 사람들이 오고, 연안 뱃길을 통해 평안도, 전라도, 경상도 상인들도 왔다. 그리고 먼 바다 뱃길을 따라 중국인과 왜인, 그리고 아라비아 상인들도 찾아왔다. 고려 이래 오랫동안 개성 상인들이 전국의 상권을 쥘 수 있었던 것도 이 벽란도 때문이었다.

벽란도에 도착한 실단은 몽금포로 가는 배 편을 알아보았다. 사흘에 한 번씩 있는 배 편은 이미 어제 출항했으므로 이틀을 더 기다려야 된다는 것이었다.

"이틀이나 더 기다려야 된다고? 어떻게 하지?"

어떤 죄를 지었는지는 모르지만 쫓기고 있는 사람을 피신시켜야 할 실단으로서는 초조할 수밖에 없었다. 이런 실단에게 선창가를 어슬렁거리던 잡배 하나가 접근했다. 수소문하러 다니던 실단 일행을 유심히 살펴보던 자였다. 어수룩하게 생긴 궐자는 진지한 어조로 수작을 걸었다. 몇 푼의 인정전(人情錢)만 쓰면 내일 아침에 출항하는 몽금포행 배 편을 주선해 보겠다는 것이었다.

24

신비한 노승(老僧)

선창가의 아침은 지칠 줄 모르는 어린애들의 놀이터 같았다. 왁자지 껄 떠들썩한 소리 속에 많은 짐바리들이 하륙(下陸)되었고, 상선(上船)되었 다. 짐바리를 확인하는 물주(物主)들의 눈알이 바쁘게 움직였고, 거간꾼들 의 발걸음은 그 사이를 바쁘게 오갔다.

실단이 일행을 등 뒤에 매단 잡배는 수직 군막(守直軍幕) 안으로 들어갔 다. 눈꼽을 떼고 있던 군교의 귀에 뭐라고 몇 마디 속닥거린 궐자의 오른 손이 군교의 옆구리를 찔렀다. 은밀하게 손을 뻗어 궐자의 손에 든 것을 받아 쥔 군교는 고개를 끄덕였다. 씩 웃으며 밖으로 나온 궐자는 실단이 에게 눈짓을 했다. 빨리 따라오라는 신호였다.

잰걸음으로 걷던 궐자의 발길은 짐바리를 싣고 있는 제법 큰 돛배 앞 에 멈추었다. 궐자는 바쁘게 움직이고 있는 사람들 중의 누구에게 손짓 을 했다. 그러자 누런 수건으로 머리를 동여매고 상반신엔 배자 하나만

달랑 걸친 40대 장한이 배에서 내려왔다. 가슴팍엔 한줌 누런 털이 나 있었고 고슴도치처럼 뻣뻣한 구레나룻을 지닌 사내였다.

실단 일행을 힐끔거리며 궐자와 수군거리던 사내의 손이 자신의 허리 전대(錢臺) 속을 더듬다가 나왔다. 사내의 손에서 은자 한 줌을 받아 얼른 품 속에 감춘 궐자는 실단 일행 앞으로 왔다.

"서로 교대하는 수직 군사들에게 들키면 도로아미타불이오. 그러니 빨리 상선하여 짐 더미 속에 몸을 감추고 있으시오."

궐자는 이 한 마디를 남기고 슬며시 사라졌다. 배는 실단 일행이 짐바리 사이에 웅크리고 있은 한참 후에 돛을 올렸다.

"혹시, 뭔가 잘못된 것이 아닐까?"

돛을 올린 배가 바다 어림에 왔을 때부터 실단이는 불안해졌다. 선상에 오가는 거친 말소리 모두가 조선 말이 아닌 코맹맹이 대국 말이기 때문이었다. 실단은 짐 더미 밖으로 살그머니 고개를 내밀었다. 선상에서 바쁘게 움직이는 사람들은 모두가 누리끼리하고 능글능글해 보였다.

"아차! 큰 일 났구나!"

실단의 가슴이 철렁했다. 실단 역시 이런 식으로 쥐도 새도 모르게 대국에 팔려 간 사람들의 얘기를 숱하게 들어 왔기 때문이었다.

심상치 않은 어미의 표정을 본 서운이의 열굴에도 불안감이 감돌았다. 그러나 세상 물정 모르는 대불이 부자만은 생전 처음 보는 바다 풍경에 얼이 빠져 실단의 불안감을 눈치채지 못했다. 이런 실단 일행의 귓속으로 유창한 조선 말이 들려 왔다.

"그 동안 안녕하셨소이까?"

쑤알라 소리만 들리는 곳에서 불쑥 튀어 나온 이 소리는 반갑다 못해 정답게까지 들렸다. 실단 일행 모두는 반가운 얼굴로 고개를 돌렸다. 그러나 그 얼굴들은 금방 새파랗게 질리고 말았다. 머리 위에서 왕타오 그 사람이 비릿하게 웃고 있었던 것이다.

하늘은 맑았고, 해는 중천(中天)에 떠올랐으며, 배는 이미 바다 한복판에 있을 때였다.

'배는 산동(山東) 진가 선방(船坊)에 소속된 것이고 행선지는 산동이라. 흐흐흐 저것들이 스스로 그물 속으로 기어 들어왔으니 정녕 하늘은 나를 돕고 있군. 이젠 저것들의 품 속에 있는 지보(至寶)를 감쪽같이 내 수중에 넣는 일만 남았군……'

서쪽 바다를 바라보며 궁리를 하던 왕타오는 우두머리 수부(水夫)를 찾았다. 고슴도치 구레나룻을 지닌 자가 왕타오에게 다가왔다.

"나으리께서 이 몸을 찾았다고요?"

"그렇소이다. 이 몸은 북경에 사는 왕타오라 하오. 미미한 내 이름은 듣지 못했을지라도 금의위(錦衣衛) 참령으로 있는 왕진이란 이름은 들어보았을 게요. 바로 이 몸의 큰 아들이라오."

"어이쿠! 대인께서 바로 그 유명한 왕진 나으리의……"

왕타오의 말을 들은 사내는 입을 크게 벌리고 죽는 시늉을 했다.

"그런데 저기 저 조선 것들은 얼마에 인수했소이까?"

"대인께서 이미 알고 계시니 모두 털어놓고 말씀 올립지요. 여기 이 배에 있는 형제들의 총재산인 1백 냥이올습니다."

"좋소! 내 이 자리에서 2천 냥을 드릴 테니 내게 넘겨주시오. 단, 한가지 조건이 있소."

은자 1백 냥이 금방 20배로 늘어나자 사내는 더없이 황공한 몸짓을 하며 굽실거렸다.

"대인께선 어떤 분부라도 내려 주십시오. 즉각 실행하겠습니다."

"그렇다면 됐소. 저기 저것들 중 젊은 사내놈이 눈에 거슬리니 이 자리에서 처치해 주시오. 자, 여기 북경 노 씨 전가(錢家)의 2천 냥짜리 어음이오"

밤이 길면 꿈이 길다고 산동 땅에 닿기 전에 지보를 손에 넣을 결심을 한 왕타오는 먼저 걸림돌을 없애기로 했다.

"저 대국놈이 우리들을 뒤따라온 목적은 뻔하구나. 아, 망망한 바다 한복판에서 날 수도 없고 숨을 수도 없으니 도대체 이 일을 어떡한단 말인가, 휴……"

왕타오가 나타난 순간부터 실단 일행의 마음은 더욱 불안해져 공포가 깃들인 눈동자로 주위를 두리번거리기만 했다.

왕타오와 수군거리던 구레나룻이 동료 두 명을 불렀다.

실단 일행에게 성큼성큼 다가오는 그들의 손에는 번쩍번쩍 햇빛을 퉁겨 내는 칼이 들려있었다.

알이는 대불이 품 속으로 파고들며 눈을 감았고 서운이는 오들오들 떨었다. 대불이는 이빨을 악물고 그들을 노려보았다. 반항해 봐야 별도리가 없다는 것을 알고 있기 때문이었다.

'아이구! 신령님요. 신령님이 시킨 대로 했는데 이 일이 웬일입니까? 참말로 신령님이 있다면 어서 우리를 구해 주소서.

실단은 마음 속으로 신령님을 원망했고 또 한편으로 신령의 가호를 빌었다. 그러나 칼 든 사람들의 발길은 멈춰지지 않았다. 마침내 가까이 다가온 세 사내의 손이 대불이의 뒷덜미를 잡아 끌었다.

"아바! 아바!"

이 소리와 함께 알이는 필사적으로 애비의 품 속을 벗어나지 않으려 했다. 그렇지만 우악스런 사내들의 손길을 당해 낼 길이 없었다. 사내들은 알이를 떼어 내고 왕타오 곁으로 대불이를 끌고 갔다. 꼼짝도 못하고 있던 대불이의 몸 구석구석을 만져 본 왕타오는 고개를 끄덕였다. 죽여서 바다에 던지라는 신호였다.

구레나룻이 먼저 칼을 쳐들었다. 이때 보퉁이 하나를 집어든 실단이가 후다닥 뱃가로 붙어 서며 앙칼진 소리를 질렀다.

"그 사람의 몸에 손 하나라도 까딱하면 이 보퉁이를 물에 빠뜨리겠소."

목적이 금인에 있다는 것을 느낀 실단의 순간적인 기지였다.

깜짝 놀란 왕타오의 손이 대불이의 목을 내리치려는 칼등을 잡았다. 모든 사람의 시선이 실단 쪽으로 모였다.

"허 참! 저 요사스러운 년이 이런 수를 쓸 줄이야!"

서둘러 대불이를 풀어주도록 시킨 왕타오는 실단 쪽으로 서서히 다가가며 말을 걸었다. 은근하고 다정스런 어조였으나 실단이가 알아듣지 못하는 중국 말이었다.

"이보시오 아낙, 내 어찌 귀중한 인명을 함부로 해치겠소. 내 잠시 그대들의 정(情)을 시험해 보았을 뿐이오. 내가 정말 이 사내를 죽이려 한다면 그까짓 보퉁이 백 개라도 아니 천 개라도 소용없을 거요. 예부터 미인은 성을 내도 아름답다 하더니 아낙의 그 얼굴이 더욱 아름답게 보이는구려. 자, 염려 말고 자리에 앉으시오."

한 걸음씩 한 걸음씩 표나지 않게 발을 옮기며 뱉어낸 왕타오의 말에는 다른 뜻이 있었다.

'2천 냥이나 되는 막대한 돈을 지불하고, 또 한 사람의 목숨을 끊어가면서까지 손에 넣으려는 것은 다름 아닌 실단이란 미인이다'라는 것을 나타내려 함에 있었다. 바로 자신의 참 목적을 남이 눈치채지 못하게끔 하려는 것이었다.

왕타오의 그 말에 실단의 손에 들린 보따리를 쳐다보던 선원들의 눈에 어려 있던 의혹의 빛이 사라졌다. 그렇지만 실단은 몸을 바다 쪽으로 더욱 기울이며 여전히 앙칼진 소리를 질렀다.

"다가오지 말고 물러서시오. 그렇지 않으면……"

"알았소! 알았소! 내 다가가지 않으리다."

왕타오는 손사래를 치며 발을 멈출 수밖에 없었다.

이들이 이런 실랑이를 하고 있는 사이에 먼 바다 저쪽에서 쌍돛을 단 큰 배 한 척이 점점 그 모습을 크게 드러내었다. 10여 명 되는 수부(水夫)들도 왕타오도 그쪽으로 시선을 던졌다.

무엇인가 터지는 소리와 함께 큰 배에서 화전(火箭) 하나가 하늘로 솟구쳤다. 공중 높이까지 치솟아 올라간 화전은 '펑' 하는 소리와 함께 파란 연기를 뿜어 냈고, 이내 연기들은 한 마리 용으로 변했다.

그러자 큰 배 쪽을 보고 있던 수부들 입에서 한 마디 경악하는 소리들이 터져 나왔다.

"해룡방(海龍幇)!"

조선인들에게 당황선(唐慌船)으로 불리는 중국 해적선이 나타난 것이다."

"빨리 선수(船首)를 조선 땅으로 돌리지 않고 뭐하는 게요!"

그들에 대해 잘 알고 있는 왕타오의 입에서도 겁에 질린 한 마디가 튀어나왔다.

　그러나 배는 머리를 돌리지 않았을뿐더러 오히려 속도를 늦추었다. 단돛배로서는 도망가 봐야 얼마 못 가 잡힐 것이고 그리 되면 지니고 있는 재물뿐 아니라 목숨까지도 내놔야 하기 때문이었다.

　드디어 가까이 다가온 쌍돛배의 전경이 드러났다. 뱃머리 쪽 돛대 꼭대기엔 하얀 바탕에 꿈틀거리는 청룡이 그려진 깃발이 나부꼈다. 옆구리 쪽엔 화포 두 개가 시커면 입을 벌리고 당장이라도 포탄을 내쏠 것 같았다. 배 위엔 가지각색의 복장을 한 사람들이 엄숙한 표정으로 늘어서 있었다. 그들이 가지고 있는 병창기 역시 가지각색이었다. 줄 달린 갈고리를 들고 있는 사람들이 먼저 움직였다. 그러자 줄 달린 갈고리들이 휙 날아왔고, 이어서 널판때기 여러 개가 동시에 걸쳐졌다. 살기등등하게 건너오는 그들을 본 사람들은 숨조차 제대로 못 쉬고 후들후들 떨었다. 왕타오의 다리도 한 차례 휘청거렸다.

그러나 실단이 등의 표정에는 아무런 변화가 없었다. 늑대 굴이나 호랑이 굴이나 들어앉아 있기는 매한가지였기 때문이었다.

"으험."

헛기침 소리를 한 번 내고 심신을 가다듬은 구레나룻 사내가 앞으로 나가 포권을 하며 입을 열었다.

"산동 진가 선방에 소속되어 있는 진복이 여러 영웅님께 인사 올립니다. 무엇이건 하명만 하시면 그대로 거행하겠습니다."

떨리는 목소리로 구레나룻이 항복 선언을 하자 긴 자루 달린 청룡도를 짚고 있던 사내가 앞으로 나왔다.

머리가 홀랑 벗겨졌으며 부리부리한 눈에 체격이 비대한 자였다.

"됐소! 그대가 이 배의 주사(舟師)인 모양이구려. 우리들은 마안도에 있는 해룡채 식구들인데 한 가지 부탁이 있어 그대들의 배를 세웠소이다."

흉흉하기만 한 수적(水賊)들의 목적이 밝혀지자 진복 등은 암암리에 안도의 한숨을 내쉬었다.

"영웅께선 서슴지 말고 말씀만 내려 주십시오. 이 진복이 기꺼이 견마지로(犬馬之勞)를 다하겠습니다."

진복의 말투가 제법 의젓하게 나오자 장창을 들고 대머리 옆에 서있던 험악해 뵈는 사내가 창대로 뱃전을 '탕' 내리찍었다.

"흥! 여기 있는 모든 재물과 하나뿐인 여러 목숨을 대신할 일인데 조금치의 착오도 있어선 안 돼. 만일 그랬다간 너희들의 개 같은 목숨뿐 아니라 진가 선방의 모든 목숨마저 어육으로 변한다는 걸 명심해."

"알겠습니다, 알겠습니다. 영웅께서는 어서 분부를 내리십시오. 절대 어김없이 받들겠나이다."

식은땀을 닦으며 진복이 허리를 굽히자 대머리가 쌍돛배를 향해 소리쳤다.

"형제들! 이젠 어르신을 모시고 이리 건너오시오"

'이들이 부탁하려는 엄중한 일은 무엇일까? 그리고 이들에게 극진한 대접을 받고 있는 사람은 어떤 인물일까?'

모두의 눈길은 쌍돛배로 향했다. 두 수적의 호위를 받으며 한 사람이 천천히 걸어 나왔다.

승모를 머리 깊숙이 눌러쓰고 바랑을 멘 50대로 보이는 스님이었다. 건널판을 딛고 스님이 이쪽으로 옮겨 오자 해적들은 모두 한 번씩 고개를 숙여 예를 올렸다. 진복 등도 덩달아 스님에게 고개를 숙였다.

"진복 형제! 부탁이란 다름 아니고, 이 어른께서 명하시는 대로만 하면 된다네. 우리는 그대들의 배를 멀리서 지켜보고 있을 터이니 그리 알고 차질없도록 하게. 알아듣겠는가?"

대머리는 한 번 더 다짐을 받고 스님에게 엎드려 큰절을 올린 다음 자기들 배로 물러갔다.

"대사께서는 소인에게 어떤 일이라도 분부만 하십시오."

조마조마한 마음으로 머리를 조아리는 진복을 내려다보던 스님은 고개를 돌려 주위를 휘 둘러보았다. 스님의 눈이 번쩍했다.

"여보게! 우선 저기 저쪽 구석에 있는 조선 사람을 이리로 데리고 오게."

말이 떨어지기가 바쁘게 진복은 실단 일행에게 달려갔고, 순간 왕타오는 고개를 꼬았다.

"이놈의 땡중이 무슨 맘을 먹고 저 보물단지들을 부르지. 혹시 보물 때문이 아닐까? 아니야! 그럴 리 없어. 저들이 지니고 있는 보물에 대해선 나밖에 아는 사람이 없지 않은가. 그렇다면 도대체 뭣 땜에 낯선 조선 연놈을 부를까?'

실단 일행이 스님 앞으로 오자 승은 입을 열었다.

"그대들은 어디로 가는 길인가?"

정체를 알 수 없는 스님의 입에선 조선 말이 다정하게 흘러 나왔다.

"스님! 저희들은 몽금포로 가는 길이었습니다."

실단은 바삐 대답했으나 그 이상은 말하지 않았다.

실단의 대답을 들은 스님은 진복을 쳐다봤다.

모든 내막을 안다는 듯 힐책하는 스님의 눈길을 느낀 진복은 왕타오를 힐끗 한 번 쳐다 본 후 고개를 숙였다. 마치 '나는 죄가 없고 저 사람에게 책임을 물으시오.' 하는 듯한 태도였다. 스님의 눈길은 실단과 서운의 얼굴로 옮겨졌다. 한참 동안 두 모녀의 얼굴을 번갈아 쳐다보던 스님의 입에서 긴 한숨이 흘러나왔다.

"대사께선 또다른 분부는 없으신지요?"

두 손을 비비며 진복이 묻자 스님의 입에서는 뜻밖의 말 한 마디가 나왔다.

"이 몸을 몽금포로 데려다 주게."

그렇게 엄중한 부탁이 고작 누워서 떡 먹기보다 더 쉬운 일이라니! 뜻밖이라도 너무나 뜻밖이었다. 사람들은 눈을 휘둥그레 뜨고 도저히 믿을 수 없다는 듯한 얼굴을 했다. 왕타오의 머리 속에서는 뭉게구름 같은 의아심이 일어났다.

'이까짓 일로 그렇게 엄중한 태도로 부탁을 하다니? 여기엔 틀림없이 어떤 음모가 숨어 있던지, 아니면 저 땡중에게 어떤 비밀이 있을 거야. 혹시 저 땡중이 메고 있는 부풀은 바랑 속에 귀중한 물건이라도 들어 있는 것은 아닐까?'

속 시원한 해답 없이 맴돌기만 하던 왕타오의 생각과는 달리 선수를 돌린 배는 파란 물결을 가르고 힘차게 나아갔다.

'아차! 내 정신 좀 봐라. 이 배는 저 조선 땅으로 향하고 있지. 에잇 참! 그 망할 놈의 해구(海寇)들, 아니 저 중놈만 나타나지 않았다면 이미 보물은 내 품에 들어 있을 건데. 쯧쯧……"

이때서야 비로소 왕타오의 생각은 금인에게 되돌아왔다. 그러나 아무리 머리를 굴려 봐도 뾰족한 수가 생각나지 않았다. 밤새도록 출렁거리는 물결만을 가르던 배가 몽금포에 도착한 것은 이튿날 해 돋을 무렵이었다.

군교가 졸린 눈을 비비며 삼지창을 든 군졸들을 데리고 배 위로 올라왔다. 군교를 맞은 진복의 손이 허리춤 전대 속을 헤집다가 나왔다. 이것 저것, 이 사람 저 사람을 살펴보던 군교의 눈초리가 부드러워졌다. 실단이 일행이 제일 먼저 하선(下船)했다. 진복과 왕타오는 서로 눈만 마주칠

뿐 실단이 일행을 제지하지 못했다. 스님의 몸짓이 그들을 감싸고 있었기 때문이다. 실단 일행이 하선하자 무겁게 보이는 바랑을 걸머멘 스님도 따라 내렸다. 스님의 뒤를 쫓아 왕타오도 하선했다. 진복은 선창가를 한참 벗어난 곳까지 슬금슬금 쫓아오며 눈치를 살폈다. 정말 이것으로 자신의 일이 끝났는지 믿어지지 않기 때문이었다. 이런 진복에게 스님은 무뚝뚝한 한 마디를 뱉었다.

"자네 일은 끝났네."

이게 웬 떡이냐는 듯 진복은 되돌아갔다. 스님은 느릿한 걸음걸이로 실단 일행의 뒤를 따랐다. 왕타오 역시 시치미를 떼고 스님의 뒤를 쫓았다.

말 한 마디 없이 걷던 이들은 해거름에야 장연에 닿았다. 삼거리 주막에는 봉노 두 개가 남아 있었다. 실단 일행이 하나를 차지했고, 나머지 하나에는 왕타오와 스님이 들게 되었다. 밤이 이슥해져도 스님은 잠자리에 눕지 않았다. 돌부처럼 문 옆에 앉아 있을 뿐이었다. 조는 듯 숨이 끊어진 듯 그저 미동도 없이 앉아만 있는 스님, 왕타오는 숨이 막힐 듯한 중압감을 느꼈다. 그래서 숨을 죽이고 자는 척했으나 속은 부글부글 끓었다.

'염병할 놈의 화상! 전생에 나하고 무슨 철천지원수가 졌다고 다된 밥에 재를 뿌려. 흥! 네놈이 누군진 몰라도 이 왕타오의 매운 맛을 볼 날이 있을 거야. 어디 두고 보자. 아……, 30년 공력을 잃지만 않았으면 저 중놈의 대갈통을 팍 부셔 놓고 지보를 손에 넣을 수 있을 텐데.'

왕타오는 밤새 뒤척거리며 잠을 이루지 못했다.

"여보시오, 주인장! 여기서 싸리꼴로 가려면 어느 쪽으로 가야 하오?"

"스님! 싸리골은 여기서 북쪽으로 50여 리쯤 되는 곳에 있는 태자봉 아래에 있습죠. 저기 보이는 저 길로 곧장 가시면 됩니다."

'됐다! 이제야 귀찮은 혹 하나가 없어지는구나!'

빈 밥그릇만 긁어 가며 어정거리던 왕타오도 속으로 손뼉을 쳤다.

봉노를 나선 스님과 주막 주인의 문답을 들었기 때문이었다.

이때 막 조반상을 물리려던 실단이 벌떡 일어났다.

'여기서 스님은 북쪽으로 가고 우리는 계속 서쪽으로 가야 하니 방향이 다르군. 그런데도 괜히 스님을 의심하고 있었구나, 어서 나가 고맙다는 인사를 올려야지.'

실단은 밖으로 뛰어나갔다. 그러나 스님의 발길은 이미 주막 문턱을 넘고 있었다.

부랴부랴 길 떠날 준비를 한 실단 일행이 주막을 나섰다. 왕타오도 봉노에 걸터앉아 신을 신었다. 이때 투덜거리는 소리와 함께 사냥꾼 차림의 사내 세 사람이 들어섰다. 입고 있는 옷들이 축축한 것으로 보아 밤이슬을 맞아 가며 사냥을 하고 오는 모양 같았다. 그러나 들고 있는 수확물은 고작 토끼 두 마리와 꿩 세 마리뿐이었다.

'그래! 저들을 이용하자.'

주막 밖으로 나가려던 왕타오가 발길을 되돌렸다. 왕타오와 사냥꾼 간에 수군거리는 소리가 오고 갔다. 밖으로 나오는 왕타오의 손엔 사냥꾼들이 들고 있던 활과 전통이 들려 있었다. 주막 안에서 급히 술 한 병을 비운 세 사냥꾼도 밖으로 달려 나갔다.

"이봐, 아우! 그 대국 사람의 말이 사실일까?"

"성님! 우리로서는 밑져야 본전 아니오. 그리고 그 대국 사람 말이 아주 신실해 보입디다."

"그래, 맞다. 수적들이 그렇게 엄중하게 부탁했다면 보통 일은 아니야. 틀림없이 한 배 가득한 재물보다 더 귀한 뭐가 있긴 있어. 그런데 뭣 때문에 인적도 없는 저 태자봉으로 오르는 게지?"

"여보게들! 으슥한 곳으로 가 주는 것이야말로 우리들이 바라던 바가 아닌가. 그러니 아무 말 말고 눈치채지 않도록 뒤쫓기나 하세."

왕타오의 귀띔을 받은 세 사냥꾼이 수군대면서 뒤를 따랐다.

태자봉 중턱까지 올라간 스님의 시선은 얼마 동안 멀리 보이는 서해에 머물고 있었다. 그러던 스님은 바랑을 벗어 내려 놓았다. 그런다음 나무 꼬챙이 하나를 주워들고 큰 바위 밑 땅바닥을 파기 시작했다.

"자, 지금이 좋은 때야. 어서 활시위를 당기게."

"성님! 급히 서둘지 말고 저 중이 무얼 하는지 조금 더 기다려 봅시다."

"이 사람아! 숨 죽이고 기다릴 필요가 어디 있는가. 그냥 쏴 죽이고 저 바랑 속의 것을 차지하면 될 것을 말이야. 그리고 그 대국 사람이 내건 조건도 저 중놈의 목숨을 끊어 버리라는 것이었고."

"여보게! 자네는 급한 성질부터 죽여야 되겠네. 늘상 그 급한 성미 땜에 잡을 수 있는 짐승도 놓쳐 버리지 않았나. 지금의 일만 해도 그렇네. 그 대국 사람 말처럼 바랑 속에 큰 보물이 들어 있다면 그것이 금방 어디로 사라지기라도 하는가. 그리고 저 중이 바랑 속의 것을 저 땅에다 묻는다면 저 중이 가기를 기다렸다가 차지하면 될 것 아닌가. 그리되면 피 한 방울 흘리지 않게 되니 그보다 좋은 일이 어디 있겠는가? 그러니 기다려

보세.”

스님의 뒤쪽 수풀 속에 몸을 숨긴 세 사냥꾼이 이렇게 수군거리는 사이에 스님은 제법 큰 구덩이를 하나 팠다. 소맷자락으로 땀을 닦은 스님은 바랑 속에서 제법 큰 하얀 항아리 하나를 끄집어 냈다. 그런 다음 두 손으로 항아리를 안고 낭랑한 목소리로 경을 외우기 시작했다.

“신장(神將)을 불러 저 보물단지를 지키게 하려고 독경을 하는 겐가?”

수풀 속 세 사람은 크게 뜬 눈을 끔뻑거렸다.

독경을 마친 스님은 항아리를 구덩이에 묻고 정중한 태도로 합장을 했다. 그런 자세를 취한 스님의 입에서 중얼중얼 뭔가 알아듣지 못할 말들이 튀어나왔다. 합장을 거둔 스님은 세 사람이 숨어 있는 수풀 쪽을 힐끗 한 번 본 다음 가벼운 걸음으로 산을 내려갔다.

“자, 한 사람은 망을 보고 나머지는 항아리를 꺼내기로 하세.”

세 사람은 서둘렀다.

탐욕의 불길이 일렁거리는 눈길 속에 하얀 항아리가 드디어 입을 벌렸고, 순간 세 사람의 입도 크게 벌어졌다.

항아리 속엔 하얀 두개골 하나와 뼛조각 몇 개가 들어 있을 뿐이었다.

한편.

송화를 거쳐 은율 땅에까지 온 실단 일행은 구월산 끝자락에 있는 패엽사에서 하룻밤을 지냈다.

오는 동안 뒤를 유심히 살폈으나 징글맞은 대국 사람이 보이지 않은 덕분에 그들은 참으로 오랜만에 꿀맛 같은 잠을 잘 수 있었다. 어찌나 깊이 잠들었던지 그들은 부처님께 공양 올리는 사시(巳時)까지 잤다. 공양밥을 맛있게 먹고 있는 이들의 얼굴을 찬찬히 살피던 허리 굽은 노승이 쯧쯧 혀를 차며 입을 열었다.

"그대들은 어디로 가는 길이오?"

대불이가 구월산 신당골로 해서 삼성사로 가는 길이라고 대답하자, 노승은 또 한 번 혀를 차며 물었다.

"안 가면 아니 되는가?"

모두들 꼭 가야만 한다고 말했다. 그러자 노승의 입에선 '나무아미타불 관세음보살' 소리가 나왔고 이어서 '전생업연이로다.' 하는 소리가 나왔다.

삼성사 가는 길을 자세히 가르쳐 준 노승은 혀를 차며 다시 한 번 말했다.

"쯧쯧, 그대 모녀들은…… 그만 이곳에서 머리를 깎고 부처님께 귀의하는 것이 어떻겠소?"

간곡한 노승의 말에 실단은 잠시 마음의 동요를 느꼈다. 그러나 '어떻게 감히 신령님의 뜻을 저버릴 수 있으리.' 하는 마음이 들어 붙잡는 노승의 손길을 뿌리쳤다.

패엽사를 나선 이들의 발길이 문화현 신당골 어귀에 이르렀을 때 그동안 모습을 보이지 않던 왕타오가 나타났다. 구월산 자락에 땅거미가 슬며시 파고들 때였다. 문왕묘를 지나서부터 대불이는 일행의 뒤에 서서 걸었다. 여차하면 끄집어 낼 품 속의 단도를 만지면서 대불이는 뒤를 돌아보았다.

왕타오는 보이지 않았다.

폭포가 있는 고갯길에 올라선 대불이는 또 한 번 뒤를 살폈다. 이번에는 어둑어둑한 아래쪽 숲을 등지고 움직이고 있는 희미한 그림자 하나가 보였다.

'음, 아직까지 쫓아오고 있군. 그렇다면 이 소나무 뒤에 숨어 있다가 불시에 기습을 해야겠군.'

독한 마음을 먹은 대불이가 몸을 돌리려는 순간, '퉁' 하는 소리와 함께 화살 하나가 어둠을 뚫고 날아왔다.

대불이 입에서 비명 소리가 미처 나오기도 전에 화살은 대불의 오른쪽 가슴에 팍 꽂혔다. 앞서 걷던 실단이 일행은 '헉' 소리와 풀썩 사람이 넘어지는 소리를 듣고 고개를 돌렸다.

"아바!"

알이가 울부짖으며 가슴을 움켜쥐고 뒹구는 대불이에게 제일 먼저 달려갔다. 실단과 서운이도 알이 뒤를 허둥지둥 쫓아갔다.

간신히 길 옆 소나무에 몸을 기댄 대불이의 악다문 입에서 허파를 쥐어짜는 듯한 소리가 띄엄띄엄 새어 나왔다.

"어서 저 애를 데리고…… 으음. 도망 치시오. 헉헉, 빨리……"

핏덩이와 함께 새어 나온 대불이의 말을 들은 실단은 알이의 손을 잡았다. 그러나 아버지의 목을 껴안은 알이의 팔이 풀리지 않았다.

차츰차츰 대불이의 눈은 초점을 잃어 갔고 끝내 몸은 축 늘어졌다.

"이 어른은 이미 죽었으니 이 애만은 어떻게든 살려야 돼."

실단은 알이의 몸을 세차게 잡아당겼다. 알이는 발버둥을 치며 울부짖었다.

"아바! 아바! 엉엉……. 엄마도 없는 이 세상에 알이 혼자 두고 가면 안 돼! 안 돼! 안 돼! 나는 아바와 함께 있을 거야! 엉엉……."

눈물만 뚝뚝 흘리고 있던 서운이도 사태를 깨달았다.

"동생! 아바의 마지막 말씀 듣지 못했니. 어서 가야만 아바께서도 편히 눈을 감을 수 있단 말이야. 어서 가자."

두 모녀의 손이 울부짖는 알이의 손목을 잡고 한 걸음 내디뎠을 때였다.

"흥! 가긴 어딜 가."

음침한 목소리를 앞세운 왕타오가 모습을 드러낸 것이다. 왕타오는 활줄을 팅팅 퉁겨 가며 느릿느릿 세 사람 앞으로 다가왔다. 입을 삐죽거리며 웃음을 짓고 있는 그 얼굴은 섬뜩했다.

서운이의 눈동자는 도망도 못가고 멍하니 서 있는 청노루의 눈동자 같았고, 실단의 두 다리는 휘청거렸다. 그러나 알이는 조금도 겁나지 않는다는 듯 왕타오를 빤히 올려다 봤다. 지난 날 부젓가락을 들고 호통치던 정요상을 쳐다보던 바로 그 눈빛이었다.

"흥! 요놈의 새끼 눈깔 봐라."

왕타오는 확 손을 내밀어 알이의 멱살을 잡았다.

그 순간 입술을 꼬옥 깨물고 있던 실단이가 알이를 막아서며 한소리 저주와 함께 왕타오에게 몸을 던졌다.

"이 짐승만도 못한 놈! 신령님께선 절대로 네놈을 용서하지 않으실거다."

"요사스런 잡년 같으니라고! 뭐 신령님이 어떻다고! 그 전에 이 왕타오의 된맛부터 먼저 봐라."

손톱을 세우고 암고양이처럼 덮쳐드는 실단에게 왕타오의 오른 발이 획 쳐들렸다가 내려졌다. 그뿐이었다.

"으아아악!"

단말마의 비명 소리와 함께 무너진 실단의 몸은 절벽 아래로 떨어지고 말았다. 순간 허파가 파열되는 듯한 소리가 울려 퍼졌다.

"엄마!"

서운이의 목구멍을 째고 나온 소리였다. 서운이는 절벽가로 달려갔다.

"엄마! 엄마!"

그러나 실단의 대답은 없었다. 대신 '엄……마'하는 공허한 메아리만이 들려올 뿐이었다.

엎드려 계곡 아래를 보며 절규하고 있는 서운에게 왕타오가 다가 갔다. 왕타오의 오른발이 또 한 번 쳐들려졌다. 그 순간 서운이가 고개를 휙 돌려 왕타오를 노려봤다. 발을 쳐든 왕타오의 몸이 움찔했다.

서운의 눈동자 속에서 서릿발처럼 싸늘한 빛이 쏘아져 나와 왕타오의 심장을 콱 찔렀다.

"조그만 년이 기분 나쁘게 째려보긴 뭘 째려봐!"

순간적으로 움찔했던 왕타오가 다시 발을 쳐들어 서운이를 걷어차자 '악' 하는 비명이 절벽 밑으로 꼬리를 끌다가 사라졌다.

이렇게 두 모녀를 절벽으로 차 넣은 왕타오를 노려보던 알이의 입에서 한 마디가 흘러 나왔다.

"돼지보다 더럽고 말(馬)보다 못한 사람."

알이가 자라면서 경험해 본 동물 종에서 돼지는 제일 더러운 곳에서 살았고 말은 자신에게 젖까지 먹여 준 고마운 동물이었다.

어린애라고 여길 수 없을 만큼 당당할 태도로 말하는 그 말은 서운이의 눈길보다 더 뜨끔했다. 왕타오가 누군가, 북경에서 이름난 유학자가 아닌가. 그런 그가 억제 못할 욕망 하나 때문에 천진한 아이에게까지 멸시와 조롱을 받게 되었으니, 어찌 마음에 와 닿는 것이 없었을까?

그러나 그는 순간적으로 움찔했을 뿐 곧 이어 알이를 향해 손을 뻗었다. 한 손으론 알이의 멱살을 잡고 한 손으론 알이의 배 쪽을 더듬어 들어갔다. 그러던 왕타오의 입에서 '아앗' 하는 비명이 짧게 나왔다.

알이가 자신의 멱살을 잡고 있는 왕타오의 팔뚝을 꽉 깨물었던 것이다.

"이 어린 놈이 감히……!"

왕타오는 얼굴을 찡그리며 알이를 확 집어 던졌다.

퍽 소리와 함께 알이의 비명 소리가 났다. 그 다음엔 아무 소리도 들리지 않았다. 나가 떨어진 알이의 한쪽 머리가 바위에 부딪힌 것이다.

죽은 듯이 뻗어 있던 알이에게 다가간 왕타오는 금인을 꺼낸 후 알이의 몸을 한 손으로 들어 올렸다. 까마득한 계곡 저 밑으로 알이를 던지려는 것이었다.

"가만있자, 이 어린 사내놈은 제 애비 시체 곁에 던져 놓아야겠군. 그래야 계집은 계집끼리 사내는 사내끼리 짝이 되며 모녀유정(母女有情)에 부자유친(父子有親)이 될 것 아닌가. 흐흐흐."

대불이의 시체가 있는 곳으로 돌아온 왕타오는 알이의 몸을 그 위에 툭 던져 놓은 후 발길을 돌렸다. 던져진 알이가 대불이의 몸에 박힌 화살을 건드렸다. 그러자 죽은 듯이 늘어져 있던 대불이가 꿈틀했다.

대불이 입에서 아주 가느다란 신음 소리가 흘러나왔다. 벌겋게 단 쇠꼬챙이로 가슴 속을 쑤시는 듯한 아픔을 느꼈기 때문이었다.

화살을 맞고 빈사 지경으로 정신을 잃었던 대불이가 화살을 건드린 그 충격으로 정신이 들기 시작한 것이다.

'금인은? 알이는? 그리고 그들 모녀는?'

정신을 차린 대불이 머리 속에서 제일 먼저 떠오른 생각이었다. 품 속에 무엇이 안겨 있었다. 뭘까? 힘없는 손을 들어 더듬어 보았다. 피에 젖어 흥건해진 아들의 얼굴이 느껴졌다.

"안 돼! 이렇게 죽을 순 없어. 어떻게든 알이만은 살려야 해!"

대불이는 알이의 가슴팍에 손을 얹어 보았다. 다행히 심장은 뛰고 있었다. 대불이는 안간힘을 다해 일어났다. 알이를 안고 비틀거리며 걸었다. 얼마 못 가 주저앉기도 했지만 그럴 때마다 알이를 부탁하고 죽은 월이를 생각하며 일어났다. 그렇게 산길을 오르던 대불이는 잡초 무성한 어느 곳에서 또 한 번 의식을 잃고 쓰러졌다. 그러나 품에 안긴 알이만은 놓치지 않았다.

"으핫핫핫!"

금인을 손에 들고 하산하는 왕타오의 입에선 호탕한 웃음 소리가 멈추지 않았다.

"이게 꿈인가, 생시인가!"

마치 온 천하가 제 수중에 들어온 듯했다. 보름달은 흐뭇하게 웃고 있었고 시커먼 음영 속에 싸인 모든 수풀들은 자신을 환호하고 있는 듯했다.

"으하하하!"

금인을 두 손으로 받쳐 들고 왕타오는 가슴을 쭉 편 채 개선 장군처럼 걸었다. 아니 열광하는 만백성 앞에 두 손을 들어 답하는 황제처럼 걸었다.

이렇게 걷고 있던 왕타오의 입에서 느닷없이 '아이쿠' 하는 소리가 터져 나왔다. 산길 속에 얄밉게 살짝 고개를 내민 돌부리에 걸려 넘어진 것이다.

왕타오는 쿵 소리를 내면서 엎어졌다. 그 바람에 손에 들렸던 금인은 땅에 떨어져 낭떠러지 쪽으로 데굴데굴 굴러갔다.

"금인! 내 금인! 어딜가!"

왕타오는 허겁지겁 몸을 굴려 이제 막 계곡 아래로 떨어지고 있는 금인을 잡았다.

"휴, 하마터면 큰 일 날 뻔했네."

떨어지는 금인을 가까스로 낚아챈 왕타오는 다시 혼비백산했다. 자신의 몸이 시커먼 아가리를 벌리고 있는 계곡 쪽으로 떨어지고 있음을 깨달았던 것이다.

"아⋯⋯악."

왕타오의 입에서 외마디 소리가 터져 나왔다.

휘영청 밝은 달은 어둠에 덮인 온누리를 굽어보고 있었다. 꼬불꼬불한 산길도 저쪽 너머로 꼬리를 감추고 있었다.

'언젠가 한 번 밟아 본 이 산길이었지.'

달빛 내려앉은 산길을 터벅터벅 걷는 스님의 눈에서 소리없는 말이 나왔다.

별안간 컹컹 여우 우는 소리가 들려왔다. 계곡 아래쪽에서였다.

'어라! 저 소리는 생긴 지 얼마 안 된 무덤 주위를 맴돌던 여우가 동료를 불러 모으던 그 소린데.'

스님의 짐작대로였다. 계곡의 소리에 답하듯 저쪽 산허리쯤에서 여우들이 따라 울었다.

'또 무덤을 파 송장을 뜯어먹으려는 건가?'

스님은 조심조심 여우 소리가 들려 왔던 낭떠러지 아래쪽으로 다가갔다. 수풀 사이로 고개를 내민 스님의 눈에 여우 네 마리가 들어왔다. 한 마리는 주위를 살피며 시퍼런 눈으로 망을 보고 있었고 세 마리는 송장 하나를 뜯어먹고 있었다.

"쯧쯧, 인적이 없는 이곳에서 여우 밥이 되다니! 누군진 모르지만 그냥 지나칠 순 없지."

스님은 돌멩이 몇 개를 주워들었다. 팔매질 몇 번으로 여우 떼를 쫓아 버린 스님은 시신을 살폈다. 박이 터져 있었고, 군데군데 뜯겨져 나간 처참한 고깃덩어리였다. 그렇지만 입성과 그 얼굴 윤곽만은 낯이 익었다.

바로 왕타오의 시신이었다. 시신은 죽어도 놓지 않겠다는 듯 누렇게 빛나는 물건 하나를 가슴팍에 꼭 껴안고 있었다. 시신을 화장시키고 금인을 수습한 스님의 발길은 무성한 잡초 속에 겨우 네 개의 봉긋한 형체만 내보이고 있는 폐묘 앞에 머물렀다. 물끄러미 무덤을 굽어보던 스님은 바랑 속에서 향과 초를 꺼내어 불을 붙인 다음 눈을 감고 앉았다. 잠시 동안 그러고 있던 스님의 입에서 침중한 독경 소리가 흘러나오기 시작했다.

한참 동안 경을 외우던 스님의 귀가 쫑긋했다. 짐승의 소리인지 사람의 소리인지 쉽게 가늠할 수 없는 이상한 소리가 들려온 것이다. 모골이

송연해지는 느낌이었다.

'어디서 나는 소리일까? 혹시 독경 소리에 잠을 깬 무덤 속의 혼백들이 토해 내는 탄식 소리일까?'

스님은 자리에서 일어나 주위를 살폈다. 무덤 옆에서 얼마 떨어지지 않은 무성한 잡초 속에서 무엇인가 꿈틀거리며 미약한 소리를 힘겹게 토해 내고 있었다.

"아니, 이 사람들은"

스님은 급히 다가가 중상을 입고 쓰러져 있는 두 사람을 삼성사로 옮겼다.

어른의 몸은 불덩이처럼 뜨거웠고, 아이는 새우처럼 웅크린 채 오들오들 떨었다. 부자 두 사람의 입에서 끊임없이 신음 소리가 흘러나왔고 간간이 헛소리를 지르기도 했다. 어른의 입에서 나오는 헛소리는 '알이야! 알이야! 금인을 뺏기면 안 돼!' 였고, 아이의 입에서는 '아바! 아바! 혼자 가지 마.' 였다.

"여우 밥이 된 한인(漢人)이 들고 있던 금인(金人), 그리고 이들이 비몽사몽간에 내지르는 소리. 음…… 그렇게 된 것이로군."

머리를 끄덕인 스님은 장삼을 벗어 아이에게 덮어 준 후 대불이 가슴에 꽂힌 화살을 쳐다봤다.

"이 사람을 치료하려면 우선은 저 화살부터 뽑아 내야겠군."

스님은 대불이 옆에 쭈그리고 앉았다. 그런 다음 한 손으로 화살대를 잡고 한 손은 대불이의 어깨 위에 얹었다. 스님이 막 힘을 주어 화살촉을 뽑으려는 순간이었다.

"잠깐! 그러면 아니 되오"

난데없이 터져 나온 화급한 목소리에 스님은 손을 멈추었다.

대불이가 찾는 이 도사가 드디어 나타난 것이었다.

"뉘신진 모르나 이들 부자를 구해 주셔서 정말 고맙소이다. 그렇지만 이렇게 가슴팍에 깊이 박혀 있는 화살을 바로 뽑아 내면 위험해진다오."

대전으로 들어서자마자 중상 입은 두 부자의 상태를 살펴본 이 도사의 눈이 스님에게 향했다.

'아차! 그렇구나! 세모진 화살을 잡아당겨 뽑아 내면 상처를 더 크게 만들고 그리 되면 즉사할 수도 있음을 내 어찌 생각하지 못했을까? 그건 그렇고……'

고개를 두어 번 끄덕인 스님은 일어났다. 그리곤 알이와 대불이의 입에 한 알의 환약을 먹여 주고 있는 이 도사 앞에 꿇어 엎드렸다.

"어른께서는 그 동안 별태무량하셨습니까. 소승, 인사 올립니다."

졸지에 스님의 큰 절을 받은 이 도사는 두 손을 내밀어 스님을 일으키며 황망히 말했다.

"이름도 없는 이 산인(山人)이 어찌 스님의 큰 절을……. 어서 일어나시오."

"어른께선 정녕 이 몸을 못알아보시겠습니까? 하기야 벌써 25년이란 세월이 흘렀고 몸차림 또한 이렇게 변했으니 못알아보시는 것도 당연하겠지요. 이래도 소승을 못알아보시겠습니까?"

스님은 깊숙이 눌러쓰고 있는 승모를 벗은 다음 한쪽 볼을 내밀었다. 한쪽 볼 위에 당연히 있어야 할 귀가 없었다.

한동안 귀 없는 스님을 쳐다본 이 도사는 눈을 크게 뜨고 말했다.

"스님께선 그때 내 손에 귀 하나를 잃은 그 사람?"

"그렇습니다. 바로 소승이 결코 용서받지 못할 죄업을 지은 그때의 흉악한 자였습니다."

한때의 악심(惡心)으로 저지른 엄청난 죄업, 그 죄업을 참회하기 위해 불문(佛門)에 귀의한 그가 자신의 손에 고혼(孤魂)이 된 그들의 한을 풀어주기 위해 이곳에 나타난 것이었다.

이 도사는 스님의 두 손을 덥석 잡았다.

"아……. 마음먹기에 따라 악인(惡人)도 될 수 있고 부처도 될 수 있다더니, 참으로 그 말은 거짓이 아니구려. 참으로 반갑소이다."

"그런데 어른께서는 어인 연유로 이곳까지 오시게 되었습니까? 그리고 중상을 입은 채 사경(死境)을 헤매는 저들 부자와는 어떤 관계가 있으신지요?"

"예사롭지 않은 여우 소리뿐 아니라 먹이를 다투는 늑대 소리까지 들리기에 심상치 않은 어떤 일이 있구나 해서 이쪽으로 나와 봤지요. 그런데 뜻밖에도 내 핏줄과 다름없는 이들의 이런 모습을 보게 된 것이라오. 그들과 나는 이런 관계라오……."

환약 한 알을 먹고 잠 속에 빠져 있는 대불이 부자를 연민의 눈빛으로 쳐다보며 이 도사는 알이의 출생 내력을 말했다.

"그때 내 손아귀를 벗어난 생명 하나가 이렇게 생명줄을 이어 놓았고 또 이 몸과도 만나게 되었으니, 참으로 인연이란 묘한 것이로구나."

이 도사의 얘기를 들은 스님의 입에서 나지막한 불호(佛號) 소리가 여러 번 새어 나왔다.

"나무 아미타불 관세음보살. 나무 아미타불 관세음보살."

주위는 캄캄했다. 몸은 끝없는 진흙 수렁 속으로 점점 빨려 들어가고 있었다. 필사적으로 바둥거렸으나 그럴수록 칙칙하고 끈끈하게 달라붙은 수렁은 더욱더 그의 몸을 아래로 잡아 끌었다.

이때 먼 허공 어디선가 한 소리 들려 왔다.

"아바! 아바!"

비록 들릴 듯 말 듯한 소리였지만 심장 속의 모든 피를 뜨겁게 해주는 소리였다.

'아! 이것은 내 아들이 날 부르는 소리! 아직도 나는 죽지 않았구나.'

대불이의 눈 앞에 희끄무레한 빛줄기가 보이기 시작했다.

'어서 눈을 뜨고 내 아들 녀석을 봐야지.'

그러나 눈은 딱 들러붙은 듯했고 가슴 속을 찔러 대는 통증만 느껴질 뿐이었다.

또다른 목소리가 들려왔다. 언젠가 들어 본 할아버지의 인자한 음성이었다.

"알이야! 네 아바는 좀더 자야만 한단다. 그러니 이 할아비와 함께 들꽃이나 구경하러 가자."

무거운 한숨 소리를 남기고 밖으로 나가는 할아버지의 기척이 느껴졌고, 이어서 또 다른 소리가 들려왔다.

"허 참! 화살을 뽑게 되면 즉사하고 뽑지 않으면 며칠밖에 살 수 없다니……. 생명 있는 자는 반드시 죽게 되고 만남이 있으면 이별은 정해진 것이라지만 저 어린 것이 너무나 가엾구나."

중얼중얼 탄식하는 그 소리는 언젠가 한 번쯤 들어 본 듯한 목소리였다.

'며칠 후엔 이 세상을 떠나 저 세상으로 가야 한다고!'

대불이의 마음엔 조금 전에 느꼈던 끝없는 암흑의 진흙수렁이 느껴졌고, 이어서 지나간 날들의 기억이 주마등처럼 떠올랐다. 즐겁고 슬펐으며 괴롭고 기뻤던 대부분의 그림들은 금방금방 사라졌다.

그러나 금인과 알이, 그리고 월이의 그림만은 오래도록 지워지지 않았다.

'아…. 풀잎에 맺힌 이슬 같은 삶이라지만 아버지의 아들로서 한 여인의 지아비로서, 또 한 아들의 아비로서 마땅히 해야 할 일을 못하고 가는 것이 너무나 아쉽고 슬프구나.'

대불이의 감은 눈에서 뜨거운 눈물이 축축하게 배어 나왔다.

이 도사와 스님은 대불이를 일으켜 앉혔다.

자신을 돌봐 주는 두 사람에게 목례를 올린 대불이는 스님에게서 되돌려 받은 금인을 알이 앞에 놓았다. 그런 후 울먹이는 알이의 손을 잡았다.

"알이야! 이때껏 애비로서 무엇 하나 제대로 해 주기는커녕 오히려 남보다 더 큰 슬픔과 아픔만 주었구나. 그러나 나는 가시밭길이 되고 멍에가 될지도 모르는 이 금인을 조상님의 유언대로 너에게 물려줄 수밖에 없구나. 애야! 이것을 물려받겠느냐?"

"예! 아바! 이 알이는 받겠습니다."

눈물을 닦은 알이는 눈을 빛내며 또박또박 말했다.

대견스러운 눈빛으로 알이를 지켜보던 이 도사와 스님도 고개를 끄덕였다.

"고맙구나. 이젠 편히 눈을 감을 수 있을 것 같다. 그러면 이제부터 이 금인에 따른 우리 피붙이들의 얘기를 시작하마."

대불이는 가쁜 숨을 몰아쉬면서 얘기를 시작했다.

25

애신각라(愛新覺羅) 씨의 뿌리

신라 말엽 경순왕 때였다. 조정의 의논이 왕건에게 항복하자는 쪽으로 모아졌다. 그러자 항복을 극구 반대하던 마의태자는 신라 조정의 전보(傳寶)인 금인(金人)을 지니고 북쪽 넓은 땅으로 올라갔다. 망한 신라를 대신할 새나라(新國)를 건설해 보고자 하는 욕망에서였다. 물론 따르는 많은 무리들과 함께였다. 백두산 아래에 자리를 잡은 마의태자는 소문을 듣고 찾아오는 신라 망인(亡人)들과 그곳 사람들을 받아들여 점차 세력을 넓혀 갔다. 그쪽 사람(만주 사람)들은 마의태자를 함보라 불렀다. 임종 때에 함보는 후손들 앞에 금인을 밀어 놓은 후 붓을 들어 다음과 같은 글자를 크게 썼다.

'愛 覺 新 羅'

그리곤 엄숙한 어조로 유언을 남겼다.

"이 금인(金人)이 의미하는 바와 같이 너희들은 모두 신라 금 씨(金氏)이다. 따라서 언제나 우리의 뿌리인 신라를 사모하여 잊지 말라는 뜻에서 이 글을 남기는 것이니라.

그리고 이 금인은 종손(宗孫)이 대대로 물려받게 함을 원칙으로 한다. 그러나 종손이 아닐지라도 부족을 잘 이끌어 나갈 영특한 후손이 있을 시에는 그에게 금인을 물려받게 해야 한다. 세세손손 어김없이 행하라."

함보가 남긴 애각신라(愛覺新羅)라는 말이 나중에는 김 씨족(金氏族)을 뜻하는 애신(愛新, 金) 각라(覺羅, 族)로 바뀌게 되었다.

그러나 이것은 나중의 일이고, 이들이 점점 강성해져 이곳저곳을 옮겨 다니다가 안출호(安出虎) 강가에 정착할 때까지, 그리고 금나라가 망하기까지는 완안(完顔) 일족으로 불렸다. 그 당시에는 금(金)을 뜻하는 완안이란 말이 널리 쓰이고 있었기 때문이다.

함보의 유언에 따라 신라인의 기상과 혼을 지녀 가던 이들에게서 드디어 일세의 영걸이 태어났다. 바로 만주와 중국 대륙 북부, 그리고 몽골 땅까지 복속시킨 아골타가 나타난 것이다. 10만 요나라 군을 압자하에서 격멸시키고 천하를 움켜잡은 아골타는 조상이 물려준 금인의 뜻을 쫓아 국호를 대금(大金)으로 정하려 했다.

몇몇 사람의 반대 의견이 있었다. 그래서 아골타는 이렇게 여러 사람을 설득했다.

"요나라의 본 이름인 계단(契丹)은 빈철(賓鐵)을 뜻합니다. 빈철은 견고하기는 하나 끝내 변하고 삭습니다. 그러나 금(金)은 변치 않고 영원합니다. 또 금(金)은 빛이 밝은데 우리는 예부터 밝음을 숭상해 온 겨레가 아닙니까? 그러므로 국호를 금(金)으로 정하려는 것입니다."

아골타가 세운 대금(大金)은 120여 년을 이어 갔다. 그러다가 새로이 일어난 원(元)에게 망하게 되었다. 피지배자의 신세에서 지배자의 위치로 탈바꿈한 몽골인들은 완안 일족을 소탕하기 시작했다. 원(元) 조정에 빌붙은 한인(漢人)들이 상전인 몽골인들을 꼬드겨 일으킨 일이었다. 이때까지 억압을 당한 것에 대한 보복인 동시에, 언젠가는 또다시 일어나 자신들의 최대 강적이 될 것을 염려해 저지른 소행이었다.

이렇게 되자 완안 일족은 보이는 대로 붙잡혀 죽음을 당하거나 노예가 되었다. 살아남은 사람들은 뿔뿔이 흩어지기도 했으나 주맥(主脈)은 함보의 첫 터전이었던 백두산 아래 계림(鷄林) 땅으로 숨었다. 이때부터 이들은 완안이란 성(姓)과 더불어 애신각라라는 성을 쓰기도 했다.

계림 땅으로 숨어든 사람들은 점점 쇠퇴해 가는 일족의 중흥을 위해서는 먼저 일족간의 단합이 필요하다고 생각했다. 그래서 생겨난 것이 일 년에 한 번씩 각지에 흩어져 있는 일족들이 한 자리에 모일 수 있는 회합이었다. 회합은 금인(金人)을 맡고 있는 종가(宗家)에서 주선하기로 했고 날짜는 중추절로 정했으며 장소는 그때그때 상황에 따라 정하기로 했다. 그리고 회합 시엔 금인을 받들어 놓고 제천(祭天) 행사를 하기로 했다. 이렇게 시작된 완안 일족의 은밀한 회합은 매년 어김없이 거행되어 대불이 아버지 때까지 이어져 왔다.

그런데 대불이가 열여덟 살 나던 해에 큰 일이 벌어졌다.

닷새 후면 열릴 일족의 회합에 필요한 물건들을 구하기 위해 이웃 마을로 가던 대불이 부자의 눈에 이상한 광경이 들어왔다. 따뜻한 가슴을 지닌 사람이라면 도저히 그냥 지나칠 수 없는 광경이었다. 길 옆 수풀 속에 고려인으로 보이는 두 사람이 쓰러져 있었던 것이다. 대불이 부자는 누가 먼저랄 것도 없이 말에서 내렸다. 부자(父子)간인 듯한 노소 두 사람이었다. 먼 길을 여행하다가 허기와 피로에 지쳐 쓰러진 것 같았는데 인사불성이 되어 미약한 신음 소리만 흘리고 있는 그 모습은 금방이라도 숨이 끊어질 듯했다.

한참 동안 이들을 지켜보던 대불이 애비가 쯧쯧 혀를 차며 대불이를 쳐다봤다.

"행색으로 보아 몽골 땅에서 도망쳐 나오는 고려 사람이 분명하군. 그런데 제 나라를 지척간에 두고 이렇게 되었으니 참으로 안 됐군. 애야! 우리 일이 급하니 못 본 척하고 그냥 가자."

그러나 대불이는 그냥 떠날 수가 없었다.

"아바! 죽어 가는 사람을 두고 어찌 그냥 갈 수 있겠습니까? 그러니 아바께서는 어서 이들을 말에 싣고 집으로 데리고 가 보살펴 주십시오. 이웃 마을에 가는 일은 소자 혼자서도 충분히 처리할 수 있습니다."

"애야! 사람을 함부로 의심해서는 안 되지만 우리에겐 막중한 일이 있고 또 우리의 거처엔 남에게 함부로 보여서는 안 될 대금(大金)의 지보(至寶)가 있지 않느냐? 그러니 이번만큼은 그냥 지나치도록 하자. 특히나 지금 집 안에 남아 있는 사람이라곤 늙은 하인들과 여자들뿐이 아니냐?"

"아바! 따지고 보면 이들도 우리와 같은 핏줄이 아닙니까? 그리고 이렇게 숨이 깔딱깔딱하는 사람들이 무슨 힘이 있어 불측한 일을 꾸미겠습니까? 그러니 그 점일랑 염려 마시고 죽어 가는 두 목숨을 살리도록 합시다. 아바께서 마음 내키지 않으시면 소자가 이들을 구할 테니 아바 먼저 이웃 마을로 가십시오."

남다른 인정과 의협심을 지닌 아들의 조리 있는 말을 들은 대불의 애비는 더 이상 거절할 명분을 찾지 못해 승낙하고 말았다.

"네 뜻이 정 그렇다면 이웃 마을엔 네가 가고, 이들은 내가 집으로 데리고 가마."

부자가 승강이를 벌이고 있을 때 쓰러져 있던 젊은이의 두 눈까풀이 바르르 떨리더니 살짝 벌어졌다. 그러나 그 눈까풀은 이내 금방 감기고 말았다.

여기까지 힘들게 말한 대불이는 입을 닫고 숨만 거칠게 내쉬더니 끝내 피 한 모금을 토해 냈다.

그때의 회한(悔恨)이 날카로운 비수가 되어 상처 입은 가슴을 찔렀기 때문이었다.

"아바! 아바! 혼자 가면 안 돼!"

애비의 그런 모습을 본 알이의 입에서는 또 한 번 절규가 터져 나왔다.

"여보게! 마음을 가라앉히고 힘을 내게!"

이 도사와 스님은 황급히 대불이의 사지와 가슴을 주무르고 쓸어 주었다. 차 한 잔 마실 만한 시간이 지나자 겨우 힘을 차린 대불이는 알이의 머리를 쓰다듬으며 띄엄띄엄 입을 열었다.

"알이야……. 말(馬)이나 개(犬)는 믿어도 좋지만……사람만은 믿지 마라. 이 애비처럼 한(恨)을 남기지 않도록 조심해라. 알……겠지."

알이는 애비의 힘없는 눈동자를 들여다 보며 힘차게 고개를 끄덕였다.

이 도사가 재빨리 먹여 준 물 한 모금과 환약 한 알을 먹은 대불이는 끊겼던 얘기를 이어 갔다.

말 여러 필에다 짐을 가득 싣고 콧노래를 흥얼거리며 사흘 만에 집으로 온 대불이는 하늘이 빙글빙글 돌고 땅이 푹 꺼지는 듯했다.

집안 이곳저곳엔 아직도 마르지 않은 핏물 속에 수많은 시신들이 누워 있었던 것이다. 가족과 하인의 시신이었다. 아버지 역시 자신의 방에서 눈을 부릅뜬 채 난자당한 몸으로 숨이 끊어져 있었다. 구해 주었던 두 사람과 금인이 함께 사라지고 없었다. 하늘이 노래지고 눈 앞이 가물가물했다. 너무나 기가 막혀 한동안 서 있던 대불이도 시체 더미 속에 픽 쓰러지고 말았다.

두 식경쯤 후에 깨어난 대불이는 언덕 너머에 있는 이복 동생 집으로 달려가 뒷일을 부탁한 후 그 고려인 두 명을 추적했다. 토문강 건너 하륙 마을을 벗어난 호젓한 오솔길에서 들개에게 뜯기고 있는 늙은이의 시신을 발견했다. 둘 중의 한 놈이거나, 아니면 그 두 놈이 죽인 사람인 듯했다.

대불이는 근처 여진인들에게 수소문해 봤다. 젊은 고려 사람 하나가 눈언저리가 붉고 검은 말 한 필을 타고 송도로 가는 길을 묻더라는 단서를 잡았다. 이렇게 하여 대불이는 송도로 왔고, 바로 금인을 훔쳐 간 범인인 정요상 집의 종으로 들어가 금인을 되찾을 기회를 노려 왔던 것이다.

간신히 여기까지 말한 대불이는 잠시 숨을 가다듬은 다음 알이에게 몇 마디 말을 더 해 주고는 기어이 눈을 감고 말았다. 이 도사와 스님은 대불이의 시신을 구월산 제일 높은 봉우리에 묻었다. 죽은 시신이나마 북녘 땅을 굽어볼 수 있도록 해 준 것이다. 이렇게 한 달 사이에 연달아

부모를 잃고 천애의 고아가 되어 버린 알이는 구월산에서 10여 년의 세월을 보냈다.

그 동안 이 도사는 알이에게 체력을 튼튼하게 해 주는 호흡법과 자신이 알고 있는 무술(武術)을 가르쳤다.

스님은 폐묘 옆에 초막을 지어 놓고 매일매일 독경으로 속죄의 세월을 보냈다. 그러면서 틈틈이 알이에게 중국 말을 가르쳐 주기도 했고 여러 가지 신기한 세상 얘기를 해 주기도 했다.

구월산이 파릇파릇한 새 옷으로 단장을 하기 시작하는 어느 날, 이 도사는 아무 말없이 그 동안 보관하고 있던 금인을 꺼냈다. 이 도사의 뜻을 깨달은 알이는 이제 막 피어나고 있는 이름 모를 들꽃을 한아름 꺾어 들고 아버지 대불이의 무덤을 찾았다.

그런 후 이 도사와 스님에게 하직 인사를 드렸다. 도사는 아무 말없이 고개를 돌려 먼 하늘만을 바라봤다. 그러나 스님은 할 말이 있는 듯 알이를 불러 앉혔다.

"애야! 지금은 조선 사람들과 여진 사람 간에 땅뺏기 싸움이 벌어지고 있는 때다. 그러니 계림행은 육로(陸路)보다 해로(海路)를 택하도록 해라. 그리고 이것을 받아라. 이것은 내 품에 30여 년간 들어 있던 것으로 해로(海路)를 갈 때 아주 요긴하게 쓰일 수 있는 것이란다."

이 말과 함께 스님은 자신의 목에 걸려 품 속에 들어 있던 옥패 하나를 풀어 알이의 목에 걸어 주었다.

알이의 젖은 눈동자는 옥패와 스님의 얼굴을 번갈아 쳐다봤다.

'절망의 바다 한복판에서 마치 기적처럼 나타나 자신을 비롯한 세 목숨을 구해 준 스님, 그때의 스님 모습은 신비스럽다 못해 성스럽기까지 했지. 뿐만 아니라 빼앗겼던 금인을 되찾아 주었고 이때껏 친손자처럼 자상하게 대해 주셨지. 그래서 기회 있을 때마다 스님의 내력에 대해 여러 번 물어 보았지만 그때마다 스님께선, 언젠가 얘기해 주마 하며 피하기만 했지. 그런데 마지막 이별이 될지도 모를 오늘, 그토록 소중하게 지니고 있던 옥패를 내게 주는 것으로 보아 스님께선 자신의 내력을 얘기해 줄 것 같군.'

아무 말 없이 자신의 얼굴과 옥패만을 번갈아 보는 알이의 뜻을 읽은 스님은 빙긋 웃으며 입을 열었다.

"이 도사한테서 귀 한 짝씩을 잃고 목숨을 건진 갑득이와 나는 곧바로 장산곶으로 달아났단다. 그곳에서 배를 타고 멀리멀리 가 버릴 생각에서였지.

사람들 눈을 피해 가며 그곳에 도착한 우리들은 인적없는 해변 바위 동굴에서 하룻밤을 보내게 되었다. 그런데 이튿날 아침 우리는 해변 바위 틈새에 엎어져 있는 사람 하나를 발견하게 되었단다. 파도에 떠밀려 온 듯한 그 사람은 50세 정도 되어 보이는 체격이 장대한 사람이었는데 가슴팍엔 꿈틀거리는 용 한 마리가 새겨져 있었어. 우리는 못 본 척 지나치려다 그를 구했지. 뱃사람 같은 그가 도망자 신세인 우리에게 도움이 될 것 같아서였다. 기운을 차린 중늙은이는 우리의 행색을 한 번 살펴본 후 괄괄한 목소리로 물었다.

'두 분 젊은이! 구해 줘서 참으로 고맙소. 그런데 두 분은 보통 분 같지 않고 관부(官府)에 쫓기고 있는 몸 같은데 어떻소? 나 역시 관부와는 물과 기름 같은 사이라오. 그러니 이 몸의 짐작이 맞는지 사내답게 말해 보시오!'

노인이 그렇게 말하며 가슴 속을 꿰뚫을 듯한 형형한 눈빛으로 우리를 쏘아보자 머뭇거리던 우리는 고개를 끄덕이고 말았지.

노인은 너털웃음을 크게 터뜨린 후 우리에게 한 가지 제안을 했지.

'하오(好) 하오(好). 이것도 전생의 인연인 것 같소. 내 그대 두 사람을 내 의자(義子)로 삼고 싶은데 두 분의 뜻은 어떻소?'

앞길이 막막한 우리에겐 결코 마다할 수 없는 제안이었지. 우리의 대답을 들은 그는 자신의 신분을 서슴없이 말했어. 그는 여진인의 후손으로 산동에서 태어났으며, 현재는 요동반도 앞에 있는 마안도에 근거지를 둔 수적(水賊)의 대두령이고, 일을 나왔다가 큰 풍랑을 만나 파선이 되어 이렇게 된 것이라 했다.

이런 우연한 인연으로 우리는 그를 따라 마안도로 갔다. 그곳은 굉장했다. 먼 바다를 떠다니며 전문적으로 노략질을 하는 큰 배가 세 척 있었고, 조선 땅과 대륙 사이를 은밀히 넘나들며 밀무역을 하는 중선(中船)이 열 척이나 되었다. 그리고 요하와 압록강을 오르내리며 장사하는 소선(小船) 역시 스무 척이나 되었다. 모두 1천여 명이나 되는 인원이었는데 절반 정도가 명인(明人)이었고 나머지 절반은 여진인과 조선인이었다.

나막신을 신고 수건으로 살만 가린 왜인과 새파란 눈에 하얀 피부를 지닌 코 큰 사람, 그리고 검둥이들도 심심찮게 눈에 띄었다. 의부(義父)는 그곳에서 여러 두목급 사람들을 모아 놓고 정식으로 의자(義子)와 의부(義父) 관계를 맺는 의식을 올렸다. 그런 후 꿈틀거리는 용이 새겨진 옥패 두 개를 만들어 우리들에게 하나씩 나눠주면서 이렇게 말했다.

'평생 홀몸으로 지내던 내가 너희 둘을 아들로 얻게 된 것은 하늘의 뜻인 것 같다. 내 이것을 기념하기 위해 이 옥패를 주는 것이니 너희 형제

들은 이 옥(玉)처럼 영원히 변치 말고 우애 있게 지내도록 해라.'

우리들은 의부 밑에서 열심히 일했다. 일이라야 사람 죽이고 남의 것 빼앗는 일이었지만 말이다.

5년 후 의부가 병으로 죽자 우리들은 해룡방의 주인이 되었다.

대두령이 된 갑득이는 더욱 신나게 일을 했다. 그러나 나는 점점 그런 일들이 싫어졌고 그렇게 산다는 것 자체가 무의미하게 느껴졌다. 그래서 어느 날 저녁 갑득에게 말했다.

'여보게, 아우! 나는 이 생활이 점점 싫어지네. 특히 귀 없는 한쪽 볼이 만져질 때마다 우리 손에 죽은 수많은 혼령들이 내 귀청이 뚫어져라 아우성치는 것 같네. 그러니 우리 그만 이 생활을 청산하는 것이 어떻겠나?'

갑득이는 고개를 끄덕였으나 훌훌 떠나자는 데엔 반대했다. 꽃다운 색시를 얻어 토실토실 귀여운 사내 아이까지 두게 된 그의 처지로서는 당연했으나 나는 약간 섭섭했다. 그렇게 나는 마안도를 떠났고 그는 남았다. 불문에 귀의한 나는 10년이 지난 어느 날 마안도를 찾아갔다. 물론 갑득이와 그의 아들이 보고 싶어서였다.

그 동안 마안도는 많이 달라져 있었다. 목책(木柵)으로 둘러싸였던 수채는 높다란 벽을 쌓아 올린 커다란 성(城)이 되어 있었고 거주 인원 역시 전보다 훨씬 많았다.

그러나 이보다 더 달라진 것은 사람들이었다. 무자비한 살생을 일삼던 무리들이 때와 장소를 가려 살생을 하는 무리로 바뀌어 있었고, 약탈보다 명과 조선 및 왜국을 드나들며 장사하는 것을 주업으로 삼고 있었다. 10년 동안 나는 염불 소리에 맞춰 목탁만을 두들기고 있었으나 갑득이는 이런 변화를 만들어 낸 것이었다.

　나는 새삼 품 속의 옥패를 어루만져 보았다. 이따금씩 서늘한 느낌을 주던 옥패가 한없이 따뜻하게 느껴졌기 때문이다. 나는 그날 이후로 1년에 한 번씩 마안도로 가 한 달간 머물곤 했다. 그러면서 하루가 다르게 무럭무럭 자라나는 갑득이의 아들과 마안도의 모습을 즐거운 마음으로 바라보았다. 이렇게 세월은 흘렀고 드디어 갑득에게도 기다리고 기다리던 손자가 태어났다.

　'방긋방긋 웃어 주는 해맑은 얼굴, 저 귀여운 것이 내 핏줄이라니!'

　갑득이는 매일매일 하루에도 몇 번씩 손자의 얼굴을 쳐다보는 것만으로도 즐거웠고 무엇과도 바꿀 수 없는 큰 기쁨이었다. 그러나 즐겁고 기쁜 마음의 뒤안길에는 어두운 그림자 하나가 그에 비례하여 점점 짙어 가고 있었다. 드디어 손자의 첫 돌이 되자 갑득은 자신의 아들에게 두령 자리를 물려준 다음 두 가지 일로 소일하며 지냈다. 하나는 자신의 거처에 불상(佛像)을 모셔 놓고 자신의 손에 원혼이 된 혼령들의 명복을 비는 일이었고 나머지 하나는 손자와 함께 어울려 노는 일이었다.

　세상 그 어느 것보다 자신을 소중하게 여기는 할아비의 마음을 아는 듯 손자 역시 할아비를 제 에미보다 더 잘 따랐다.

　손자의 나이가 세 돌이 지난 어느 날이었다.

　불상 앞에 엎드려 절을 올리고 난 갑득은 온몸이 나른해지며 눈꺼풀이 무겁게 내려 닫히는 것을 느꼈다. 갑득은 그 자리에 스르르 눕고 말았다. 꿈일까, 생시일까? 불상 아래에 켜진 촛불이 일렁일렁 춤을 추기 시작했다. 그러던 촛불들은 점점 커지더니 하나씩 하나씩 하얀 옷을 걸치고 산발을 한 여인들의 모습으로 변했다. 모두 네 명이었는데 하얀 얼굴에 불처럼 벌건 눈빛을 토해 내고 있었다. 어디선가 본 듯한 얼굴들이었다. 그들은 잠시 동안 갑득을 삼킬 듯 노려봤다. 무엇이든 태워 버릴 것 같은 맹렬한 화염 네 줄기가 그들의 눈빛 속에서 쏟아져 나왔다. 그들은 점점 다가왔다. 뜨거운 화염 줄기 또한 다가왔다. 온몸이 불타는 듯한 고통을 느낀 갑득은 몸을 움직여 도망 치려 했다. 그러나 몸은 움직여지지 않았다. 곁으로 다가온 그들은 갑득을 에워쌌다. 그리곤 갑득의 주위를 빙글빙글 돌며 너울너울 춤을 추기 시작했다.

한동안 그러다가 그들 중의 하나가 갑득의 몸에 올라탔다. 천 근이나 되는 돌덩이가 올라앉은 것 같았다. 그렇게 올라앉은 여인은 두 손을 내밀어 갑득의 목을 조르기 시작했다. 온몸은 으스러지는 것 같았고 가슴은 터질 듯 답답했다.

'안 돼! 안 돼!'

이 소리와 함께 젖 먹던 힘까지 몽땅 다 짜낸 갑득은 배 위에 걸터앉은 여인의 몸을 확 떠다 밀었다. 답답했던 가슴이 시원해졌고 쿵 소리와 함께 떠밀려 날아간 여인은 불상에 부딪혔다.

'휴우! 꿈이었구나.'

식은땀을 흘리며 일어난 갑득의 눈에 꿈이 아닌 현실이 있었다. 불상 앞에 머리가 깨진 채 숨이 끊어진 시체가 보였다. 잠자고 있는 할아비의 배에 올라앉아 응석을 부리던 손자의 시체였다. 차디찬 손자의 시신을 껴안고 몇 날 며칠 동안 눈물만 흘리던 갑득은 방 안의 불상을 산산조각 냈다.

그런 일이 있은 후 갑득은 매일매일 독한 술만 퍼마시며 자신의 명마저 재촉하게 되었다. 그 소식을 듣고 부랴부랴 달려간 나에게 갑득은 힘빠진 목소리로 이렇게 말한 후 눈을 감았다.

'성님! 피비린내 나는 내 손을 씻기 위해 내 딴에는 한다고 했소. 그러나……, 성님이 언젠가 말한 그 망할 놈의 인과응보란 피할 수 없는 모양이구려. 성님! 내가 죽거든 내 뼈를 내 고향 뒷산 태자봉에 묻어 주오. 그리고 성님께선 우리들이 함께 저질렀던 그 악행의 현장으로 가 그들의 원혼을 위로해 주시오. 그리고……."

스님은 여기까지 말하고 눈시울을 훔쳤다.

"애야! 내 부끄러운 행적은 이러하단다."

자신의 과거와 옥패에 얽힌 얘기를 해 준 스님은 몇 마디 말을 더한 다음 목탁을 집어 들었다.

26

멀고도 먼 금인(金人)의 땅

"저곳이 바로 스님께서 말씀하신 바로 그곳이구나!"

장산 나루터 어느 주막 앞에 발길을 멈춘 알이는 주막 입구에 세워져 있는 나무로 깎은 용머리를 쳐다봤다.

주막 안 마당에는 평상 세 개가 여기저기 놓여 있었고, 그 위에 삼삼오오 짝을 지은 길손들이 앉아 있었다. 알이는 주막 툇마루에 엉덩이를 걸쳤다. 그러자 타래머리를 한 30대 중반의 주모가 쪼르르 달려왔다.

냉수 한 대접을 청해 마신 알이는 지나가는 말투로 수작을 건넸다.

"주모! 이 주막엔 나무로 깎은 용대가리도 승천을 합니까?"

스님이 가르쳐 준 암호였다. 주모는 눈을 크게 뜨고 알이의 얼굴을 빤히 쳐다보더니 아무 말없이 정주간으로 들어갔다.

얼마쯤 지나자 이마에 수건을 질끈 동여매고 맨상투 차림인 엄장한 사내 하나가 정주간에서 나왔다. 사내는 이곳저곳을 한참 어슬렁거린 다음 알이 쪽으로 발길을 옮겼다.

이때 주막 문 앞에서 웅얼거리는 염불 소리와 함께 목탁 두드리는 소리가 들려왔다. 그러자 사내는 발길을 돌려 정주간으로 들어가 한 됫박 보리쌀을 들고 나왔다. 탁발승의 바랑에다 보리쌀을 부어주고 되돌아선 사내의 눈살이 약간 찌푸려졌다. 문 입구 쪽 평상에 앉아 술잔을 나누며 잡담으로 시간을 보내고 있는 두 사내의 품 속에서 살짝 삐어져 나온 오랏줄을 봤기 때문이었다.

"흥, 변복한 포졸들이로군. 도대체 무슨 냄새를 맡았을까?"

입 속으로 중얼거린 사내는 마당 한구석에 쌓인 장작 더미를 정리하는 척하며 알이 쪽으론 시선 한 번 던지지 않았다. 주막 사내의 이러한 속셈을 알 리 없는 알이로서는 조급하기만 했다. 할 수 없이 다가온 사내에게 알이는 아까 주모에게 했던 말을 또 한 번 던졌다. 변복한 포졸 쪽으로 흘깃 시선을 한 번 보낸 사내는 시큰둥한 말투로 소리쳤다.

"여보쇼! 그것도 말이라고 묻소? 나무로 깎은 용대가리가 무슨 승천을 한단 말이오. 자고로 여의주(如意珠)를 문 해룡(海龍)만이 승천을 하는데 그것도 깊은 밤에만 하는 것이라오. 나 원 참! 별 싱거운 손님 다 있네."

이 말과 함께 주막 주인은 상대도 하기 싫다는 듯 정주간으로 들어갔다. 여러 사람의 시선이 알이에게 쏟아지자 알이는 겸연쩍은 듯 뒤통수를 한 번 긁고는 히죽 바보 같은 웃음을 지어 보였다.

알이의 암호에 대한 응답 암호는 '여의주를 문 해룡만이 승천한다'는 한 마디였다. 그런데 주막 사내의 응답은 장황했고, 그 태도 또한 은근하지 못했다. 주위 사람을 의식한 주막 사내의 이런 의도를 깨달은 총명한 알이였기에 의식적으로 그런 모자란 듯한 행동을 취했던 것이다. 또 한 번 멍청한 듯 두리번거리며 더듬는 말투로 국밥을 시켜 먹은 알이는 자리에서 일어났다. 주막 사내의 암시대로 깊은 밤에 아무도 몰래 살짝 찾아올 요량을 했던 것이다.

개 짖는 소리만이 고요한 정적을 간간이 깨뜨려 놓는 야심한 때에 알이는 다시 그 주막을 찾아갔다. 주막 안은 한 점 불빛도 없었고 코고는 소리 하나 없이 조용했다. 무언가 심상치 않은 공기를 느낀 알이는 닫힌 안채 문을 두드리며 조심스럽게 불렀다.

"주인장! 주인장! 주모! 주모!"

몇 번을 연이어 부르며 문을 두들겼으나 여전히 아무런 기척도 없었다. 안채 방문도 열어 보고 봉놋방도 살펴봤다. 그러나 모두 텅텅 비어 있었다.

'이들 부부에게 무슨 일이 생긴 걸까? 이들을 만나지 못하면 해로(海路)로 가려던 계획은 물거품이 되고 마는데……. 어떻게 하면 좋지?'

허전한 주막 안을 맴돌며 어쩔 줄 몰라 하던 알이에게 낮은 목소리 하나가 들려왔다. 늙수그레한 여인의 목소리였다.

"보시오, 그 집 주인 내외는 모두 관가(官家)로 잡혀 갔다오. 그러니 이웃 사람 잠 못 자게 떠들지 말고 다른 주막을 찾아 보시오."

이 말을 들은 알이는 재빨리 허리춤을 더듬어 은붙이 하나를 꺼내어 내밀었다.

"이웃 분이시군요. 이 몸은 이곳이 초행(初行)이라 어디에 또다른 주막이 있는지 알지 못하오. 그러니 빈 방에서나마 하룻밤 이슬을 피해 볼까 하오. 하룻밤 방값 여기 있으니 받아 두셨다가 나중에라도 주막 주인에게 전해주든지 하시오. 그런데 도대체 주막 내외는 무슨 죄로 잡혀 갔소이까? 그리고 혹시…… 그들이 무슨 말이라도 남기지 않았소이까?"

"그 난리통에 누구에게 무슨 말을 할 수 있겠습니까? 다만 오랏줄에 묶여 끌려가던 주인 사내가 혼잣말인 듯한 마디 중얼거립디다. '오늘 밤이 깊어지면 내 방에서 용봉탕을 끓여 먹고 몸보신이나 하려 했더니 아닌 밤중에 홍두깨처럼 이 무슨 재변인가.' 라고 말입니다. 그리고 그들은 며칠 전에 이곳 장산에 은밀히 왔다 간 수적(水賊) 배와 내통한 죄라 합디다."

알이의 손에서 은붙이를 받아 든 늙은 여인은 웬 횡재냐는 듯 바쁘게 씨부린 후 슬며시 사라졌다.

알이는 주인 내외가 거처하던 방으로 들어가 불을 밝혔다. 주인 사내가 남긴 말 속에 어떤 암시가 들어 있다고 생각했기 때문이었다.

알이는 방 안을 구석구석 살피며 뒤졌다. 그러나 알이가 기대했던 서찰은 없었다. 다만 하얀 벽 한복판에 숯으로 그린 엉성한 그림 몇 개가 있었을 뿐이었다.

그것은 다음과 같은 그림이었다.

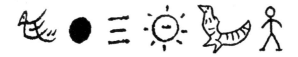

'첫 번째 그림은 새(鳥) 그림이고, 두 번째 것은 시커먼 동그라미이며, 세 번째 것은 석 삼(三) 자다. 그리고 네 번째는 하늘의 해(太陽)를 그린 것이고……. 다섯 번째 것은 누에 그림이며, 마지막 것은 사람의 모습을 그린 것이다. 도대체 무슨 뜻을 담고 있는 것일까? 분명 나에게 무언가 알

려 줄 일을 그려 놓은 것 같은데 말이야.'

알이의 짐작대로였다. 주막 사내는 해룡방의 사람으로서 문자(文字)를 모르는 사람은 아니었다.

며칠 전에 해룡방의 배가 은밀히 장산 나루에 왔다 갔고 이어서 변복을 한 낯선 포교가 출현했다. 이러자 위험이 닥친 것을 감지한 주막 사내는 남들이 쉽게 알 수 없는 그림으로 총명해 보이는 알이에게 무슨 말인가 전해 주려 했던 것이다.

'어떤 말을 전하려 한 것일까?'

그림 여섯 개는 밤새도록 알이의 머리 속을 맴돌며 눈을 붙이지 못하게 했다. 어느 새 새벽빛이 동창을 뚫고 들어오고 있었다.

'벌써 새벽이 되었나!'

손을 턱에 괴고 쪼그리고 앉아 있던 알이의 머리 속에서 빛 하나가 번쩍했다.

'새벽! 새아침! 새날! 그렇다, 바로 이것이다. 첫 번째 새(鳥) 그림은 새(新)를 뜻하는 것이고, 시커면 동그라미는 달(月)을 뜻하는 것이야. 그렇다면 새달(新月)이란 뜻이 되고, 세 번째, 네 번째 그림과도 맥이 통하게 되는군. 그래 맞다, 새달(新月) 3일(三日)이란 뜻이 분명해. 그러면 다섯 번째 그림과 여섯 번째 그림은 뭘까? 이것 역시 아까와 같은 식으로 생각해 보면 누에 그림은 뉘(누이)를 나타내는 그림이고, 여섯 번째 그림은 사람이 오는 모습이므로 누이가 온다' 라는 뜻을 나타낸 것이로군. 새달(新月) 3일에 누이가 온다고……. 그래, 오늘이 그믐이니 이틀 밤을 더 기다려 보자.'

답답하던 알이의 가슴은 이제야 시원해졌다.

그랬다. 주막 사내가 알이에게 전해주고자 하는 말은 알이가 짐작한 내용과 똑같았다. 이것은 두 사람 모두 조선 말을 하고 살아온 조선 사람이기에 그림으로 뜻을 주고받을 수 있었던 것이다.

※ 즉 새 그림을 새(新)로 읽을 수 있는 사람은 조선 사람뿐이다. 물론 그 이전에도 그렇게 쓰인 예가 있다.

새(鳥)를 그린 첫 번째 그림은 중국 오제 시기(五帝時期)의 금문(金文, 청동기에 새겨진 글자)에 처음으로 나타난 상형 문자로서 새(新)의 뜻으로 쓰인 증거 두 개가 있다.

하나는 제곡고신(帝嚳高辛) 임금이 제위에 오른 다음 산동(山東)으로 가 국제(國際)를 올린 기록인 중여존명(衆餘尊銘)이 그것이다. 그리고 나머지 하나는 사전부존(師田父尊)이라 칭하는 술그릇에 새겨져 있는 명문(銘文)인데 다음과 같다.

佳　五　月　旣　望　甲　子　王

8개 그림 밑의 해석은 중국 금문학자의 해석인데 새 그림의 뜻을 새(新)로 해석 못하고 단지 추(佳) 자로만 읽고 말았다. 이 한자를 우리말로 읽어보면 "새(新) 5월(五月) 보름날(旣望) 갑자왕(甲子王)은……." 이 되어 문맥이 통한다.

이 명문에서 보듯 새(鳥) 그림은 나중에 새 추(佳) 자로 변했다.

이렇게 한자를 우리 말로 읽어야 뜻이 통하는 경우는 더 있다.

진보(進步), 진전(進展)으로 쓰이는 진(進) 자는 쉬엄쉬엄 쉬어 간다는 뜻을 지닌 착(辶)자와 새 추(隹)자가 합하여 만들어진 회의문자(會意文字)다.

그런데 조(鳥)를 뜻하는 추(隹)와 착(辶)의 합체로서 진(進) 자를 해석한다면 도저히 진행(進行)이라는 말에서 새롭게 간다는 뜻은 나오지 않는다.

그러나 새(鳥) 그림의 변형인 추(隹)를 우리말 그대로 새롭다는 말의 첫말인 새(新)로 읽게 되면 새롭게(隹) 간다(辶)로 되어 진(進)자의 뜻이 나오게 된다.

그리고 곡식, 벼를 뜻하는 화(禾)와 추(隹)의 합체인 치(稚) 자 역시 '곡식, 나무 벼(禾)+새(隹)'로 해석해야 새 곡식(어린 곡식), 어린 벼, 어리다 등의 뜻이 된다.

이것 말고도 '엮어져 내려가다, 엮어져 내려간 것이다' 라는 뜻을 지닌 사(糸)와 추(隹)의 합체인 유(維) 자 역시 그러하고, '생각나다, 생각하다'의 뜻을 지닌 유(維) 자 또한 그러하다.

우리 말과 뜻이 들어 있는 중국 문자는 지금까지 예를 든 것 말고도 엄청나게 많다. 이것은 한민족이 중원의 주인으로 살았었다는 실증이기도 하다. 이에 대한 연구는 한자로 풀어 본 한국고대신화(정신세계사 출간)가 있다.

새달(新月) 3일(三日), 과연 서슴없이 주막으로 들어서는 30대 초반의 여

인이 있었다. 보름달 같은 얼굴에 시원스런 눈매를 지닌 당차 보이는 여인이었다. 반가운 표정으로 알이가 먼저 암호를 말했다. 그러나 여인은 조심스런 눈빛으로 머뭇거리며 선뜻 입을 열지 않았다. 알이는 품 속에서 옥패를 꺼내어 여인의 눈 앞에 내밀었다. 그러자 여인은 황급히 응답 암호를 보내며 고개 숙여 공손한 예를 올렸다.

알이에게서 자초지종을 듣고 난 여인은 즉시 알이를 구미포(九尾浦) 어느 주막으로 인도했다. 역시 문 입구에 나무로 깎은 용머리를 세워 놓고 있는 주막이었다.

그곳에서 사흘을 기다린 알이는 드디어 해룡방의 장삿배를 탈 수 있었다. 돛대가 두 개 달린 중선(中船)은 바다 한복판으로 나오자마자 승천하는 청룡이 그려진 깃발을 뱃머리에 내걸었다.

"여보시오, 도사공! 아무도 쳐다보는 이 없는 망망한 바다 한복판에 와서 이때껏 달지 않았던 깃발을 다는 이유가 무엇이오?"

뱃전에 걸터앉아 끝없는 수평선과 넘실대는 쪽빛 물결을 보고 있던 알이는 도사공을 불렀다.

"하하하, 도련님! 조선 땅 근방에선 우리의 본색을 숨겨야 하고 여기서부턴 우리의 본색을 드러내야만 안전하기 때문입지요. 아니! 그런데 저 배들은……?"

누런 이빨을 활짝 드러내며 대답하던 도사공은 이마 위에 손을 대고 북쪽 바다 저쪽을 쳐다봤다. 의아한 뱃사공의 눈길을 쫓은 알이의 눈에도 이쪽으로 다가오고 있는 물오리 떼 같은 배의 윤곽이 들어왔다.

얼마쯤의 시간이 흐르자 마주 오고 있는 선단의 모습이 선명하게 드러났다. 순간 도사공의 안색은 시퍼렇게 변했고 갑판 여기저기에서 경악

하는 목소리들이 터져 나왔다.

"바다의 이리 떼다!"

"왜구(倭寇)다!"

도사공도 황급히 소리 쳤다.

"빨리 선수를 서쪽으로 돌려라."

도사공의 말에 따라 요동 쪽으로 기세 좋게 나아가던 배는 산동 쪽을 향해 꽁지가 빠져라 내빼기 시작했다. 그러자 저쪽에서도 잽싸게 머리를 돌린 배 두 척이 추격해 왔다.

"여보시오, 도사공! 바다의 주인인 해룡방이 어찌 저들을 그리도 겁을 내오?"

왜구에 대해 잘 모르는 알이의 물음에 도사공은 쫓아오는 왜선을 힐 끗힐끗 쳐다보며 기분이 상한 듯한 말투로 대답했다.

"도련님! 백수의 왕인 호랑이도 굶주린 이리 떼를 만나면 피하는 법이 지요. 저들이 바로 인정과 이치를 따지지 않는 굶주린 이리 떼랍니다. 그러니 어쩔 수 없지 않습니까?"

이야기 도중에도 쫓고 쫓기는 간격은 점점 좁혀졌다.

드디어 칼을 휘두르며 알아듣지 못할 소리를 외치는 왜인들의 함성까지 뚜렷이 들릴 지경에 이르렀다. 짐 실은 장삿배와 경쾌한 싸움배인 왜선의 경주는 애당초부터 상대가 되지 않았던 것이다.

이빨을 갈아붙인 도사공의 입에서 한 마디 명령이 떨어졌다.

"여보게들! 뱃전에 있는 물건들을 바다 위로 던지게."

도사공의 의도를 눈치챈 사공들은 쉽게 가라앉지 않는 물건들을 골라 바다 위에 던졌다. 순식간에 바다 위엔 짐 더미들이 동동 떠다녔다.

도사공의 의도는 맞아 떨어졌다. 뱃전에서 소리 치던 왜인들은 모두 갈고리가 달린 장대로 물건을 끌어 올리기 시작했다. 그러나 두 척 중에서 한 척만이 그랬고, 나머지 한 척은 잠시 머뭇거리다가 여전히 그들을 추격해 왔다.

배 안에 있는 짐바리 절반쯤을 토해 낸 장삿배는 아까보다 빠른 속도로 달릴 수 있었다. 그렇지만 악착같이 쫓아오는 경쾌선을 떨치기엔 역부족이었다. 끝내 왜선에서 갈고리 달린 밧줄이 어지러이 날아와 뱃전 여기저기에 떨어졌고 돛대에도 밧줄이 걸렸다. 갑판 여기저기를 쫓아다니며 줄을 자르기에 바쁜 도사공과 뱃사람들에게 화살이 날아왔다. 그리고 돛대에 걸린 밧줄을 타고 왜구 두 명이 이쪽으로 날아왔다. 나무 줄기를 잡고 건너뛰는 원숭이 같았다.

이 북새통에 알이도 끼어들었다. 알이는 한 손으로 밧줄을 잡고 한 손에 칼을 들고 날아온 왜구의 복부에 주먹 한 대와 발길질 한 번을 꽂았다. 뱃전에 미처 발을 대기도 전에 급습을 당한 왜구들은 찍소리 한 번 지르지도 못하고 뻗어 버렸다. 그러나 줄을 매단 갈고리는 계속 날아왔고 화살에 맞아 뒹구는 뱃사람들도 하나둘 생겨났다. 드디어 왜선에서 내민 갈고리 장대로 장삿배는 요지부동이 되었다. 그러자 왜구들은 번쩍거리는 칼을 휘두르며 장삿배 쪽으로 뛰어들 준비를 하고 있었다. 이쪽 장삿배에 있던 사람들도 비수와 몽둥이, 그리고 낫 등을 꼬나잡고 최후의 순간을 기다렸다.

서로의 핏발 선 눈에서 살기가 오고 갔다. 이때였다.

구름 덮인 하늘 한복판에서 한 줄기 섬광이 번쩍했고 이어서 '우르릉 쾅쾅' 귀청이 터질 것 같은 우레 소리가 들렸다. 두 배에서 대치하던 사람 모두가 느닷없이 들려온 이 소리에 움찔 놀랐다. 굽 높은 게다를 신고 팔짱을 낀 채 장삿배 쪽을 노려보던 두목인 듯한 왜구가 하늘을 살폈다. 그러던 왜구는 눈살을 찌푸리며 다른 왜구들에게 뭐라고 소리 쳤다. 그러자 왜구들은 언제 그랬냐는 듯 뱃머리를 동쪽으로 돌려 황급히 달아나기 시작했다. 인간들의 아귀다툼이 못마땅한 듯 하늘은 잔뜩 찌푸린 얼굴을 하고 있었다.

도사공 역시 얼굴을 심하게 찌푸렸다. 왜구들과 상대할 때보다 더 침울하고 두려운 눈빛을 하고 있었다.

"빨리 돛을 내려라!"

황급히 소리 지른 도사공의 몸이 휘청했다. 알이의 몸도 중심을 잃고 휘청거렸다. 어느 새 소리없이 다가온 큰 파도가 배를 슬쩍 건드렸던 것이다. 그러나 이것은 시작에 불과했다. 삽시간에 장대 같은 비가 쏟아졌고 선들선들 지나치던 바람결은 매서운 소리를 질러 대기 시작했다. 그러자 잔잔하던 바다 여기저기에서 머리를 곧추세운 파도가 음산한 울부짖음과 함께 어지러이 덮쳐들기 시작했다.

배는 마치 부글부글 끓는 물 속에 들어 있는 콩깍지 같았다. 이리 뒹굴 저리 뒹굴 걷잡을 수 없이 자빠지고 엎어지는 알이에게 뒹굴며 다가온 도사공이 고함을 쳤다.

"어서 몸을 돛대에 묶으시오."

그 소리에 따라 돛대를 부둥켜안고 밧줄로 몸을 묶고 있는 알이의 귀에 정신이 아득해지는 벼락 치는 소리가 들렸다.

성난 물결 속에서 허우적거리던 배가 삼각 파도에 맞아 두 쪽으로 쪼개지는 소리였다. 지옥의 울부짖음 같은 풍파 속에서 구슬픈 비명 소리들이 가느다랗게 들리더니 이내 흔적도 없이 사라졌다.

'정신을 잃으면 안 돼! 돛대를 놓치면 안 돼!'

이런 필사적인 의지와는 상관없이 하늘 높이 붕 떠올랐다가 곤두박질 치기를 몇 번 거듭한 알이는 끝내 정신을 잃고 말았다.

얼마나 시간이 흘렀을까. 감은 눈 속으로 빛이 스며들었고 온몸이 화끈거렸다.

"내가 아직도 살아 있나?"

부스스 눈을 뜬 알이의 눈 앞에 쪽빛 바다가 펼쳐져 있었다. 바다는 똑같은 바다였으나 귀곡성을 질러 대며 사나운 뱀처럼 달려들던 그 바다는 분명 아니었다.

언제 그랬나 싶게 잔잔해진 바다 저쪽에서 배 한 척이 다가오고 있었다. 알이는 힘겹게 손을 들어 흔들었다. 가까이 다가온 배에서 늙은 어부 하나가 알이를 내려다 봤다.

알이는 또 한 번 손을 흔들었다. 그러나 늙은이는 물끄러미 알이를 쳐다만 볼 뿐 선뜻 손을 내밀진 않았다.

"사람 살려!"

알이가 소리치자 그제야 늙은이는 반응을 보였다. 그러나 보내 온 것은 잡아끄는 구원의 손길이 아니라 비정한 한 마디의 흥정이었다.

"젊은이! 그대의 생명을 구해 주면 내게 무엇을 주겠소?"

알이는 늙은이의 태도에 일말의 야속함을 느꼈지만 지체하지 않고 얼른 대답했다.

"무엇이든 요구하는 대로 따를 터이니 빨리 구해 주기나 하시오."

"좋아, 좋아! 나중에 딴말을 해선 안 되네."

한 번 더 다짐을 받은 늙은이는 그제야 알이를 뱃전으로 끌어 올렸다.

고기잡이도 팽개친 채 집으로 돌아온 늙은이는 이틀째 되는 날 알이를 산동성 엔타이에 있는 어느 곳으로 데려갔다.

유가장(劉家壯)이란 현판이 붙어 있는 큰 집이었다.

시커먼 얼굴 한복판에 칼자국이 깊게 패어 있는 주인인 듯한 중년 사내가 나타나자 늙은이는 알이를 손가락질하며 말했다.

"보다시피 이 사람은 이렇게 젊고 튼튼하니 오래도록 부릴 수 있을 거요. 이 사람 하나로 내 아들이 진 노름 빚 1백 냥을 대신할 수 있겠소? 그렇다면 이제부터 이 사람은 당신 소관이오."

'음……. 이 어린 조선 놈은 어디 내놔도 3백 냥짜리는 충분하겠군. 따라서 한 1년만 부려먹고 판다 해도 3백 냥은 쉽게 벌 수 있겠어.'

늙은이의 손가락 끝을 쫓아 알이의 몸 구석구석을 살피던 사내의 고개가 끄덕였다.

알이는 비로소 늙은 어부가 다짐까지 받아 가며 자신을 구해 준 의도를 알았다. 야박스런 인정이 슬프기도 했고 물건처럼 취급되는 자신의 처지에 분노가 치밀기도 했다. 그러나 이미 철석같이 약속을 한 일이라 어쩔 수 없었다. 다만 자신을 구해 준 그 보답으로 한 1년쯤 종살이를 해준 다음 슬며시 떠나리라 작정했다.

유가장 주인 유탕은 엔타이 열대를 주름 잡는 건달패의 우두머리로서 욕심 많고 사나운 자였다. 그는 마구간 옆 헛간에 알이의 거처를 정해 준 후 알이가 할 일을 일러주었다. 마구간 돌보는 일과 집안팎 청소, 그리고 장작패기 등의 잔심부름이었다. 그날 밤 헛간으로 돌아온 알이는 문을 안으로 잠갔다. 그런 다음 침상 밑에 구덩이를 파고 자신의 품 속에 들어 있는 금인(金人)과 옥퉁소 등의 값나가는 물건을 감췄다.

소낙비가 쏟아지고 있는 밤이었다. 옷과 손에 묻은 흙을 대강 털고 침상에 누우려던 알이의 귀에 애처로운 울음 소리가 들려왔다. 캄캄한 어둠 속을 방황하며 내지르는 영혼의 절규 같았고 황야에 홀로 버려진 갓난아기의 울음 소리 같았다. 발톱으로 헛간 문을 긁어가며 섬뜩하게 울고 있는 그 소리는 고양이의 울음 소리였다.

'이 야심한 때에 뭣 땜에 저러구 있지?'

벌떡 일어난 알이는 잠갔던 문을 열었다. 그러자 기다렸다는 듯 열린 문틈으로 커다란 고양이 한 마리가 절뚝거리며 들어왔다. 만삭이 된 듯 배는 불룩했고 오른쪽 뒷다리엔 피를 흘리고 있었다.

"쯧쯧, 새끼를 낳을 때가 다 된 몸으로 상처까지 입었군."

얼른 고양이를 안아 든 알이는 상처부터 돌봤다. 그런 다음 자신의 침상 아래쪽에 짚 덤불을 깔아 보금자리를 마련해 주었다.

이튿날부터 알이는 고양이를 보살펴 주기 시작했다. 주방 청소 때 얻은 생선 찌꺼기도 갖다 주었고 상처도 치료해 주었다. 이런 알이의 보살핌 속에 고양이는 열흘이 되자 앙증스러운 새끼 세 마리를 낳았다. 보면 볼수록 귀엽기 짝이 없는 새끼들이었다. 고된 종살이를 하며 정에 굶주렸던 알이는 차차 고양이 가족에게 정이 들었다. 고양이들도 알이를 한 가족처럼 대하는 것 같았다.

그렇게 지내던 어느 날 이상한 일이 일어나기 시작했다. 누군지는 모르지만 누군가 알이 몰래 물건을 갖다 놓는 것이었다. 처음에는 알이의 처지에선 결코 맛볼 수 없는 음식 꾸러미가 알이의 침상 위에 종이 한 장과 같이 놓여 있었다. 종이에는 '아무 염려 마시고 드세요'라는 글이 쓰여 있었고 글 쓴 사람의 이름은 없었다. 두 번째는 속옷 등 옷가지가 놓여 있었다. 그리고 세 번째는 먹다 남은 죽엽주 한 병과 안주 몇 점이 있었다. 이런 일은 사나흘에 한 번 꼴로 계속되었다.

'천리만리 먼 타국 땅에서 사람 대접도 못 받는 종살이 신세인 나에게 도대체 누가 뭣 땜에 이런 친절을 보내는 것일까?'

알이로서는 도저히 이해할 수 없는 이상한 일이었다.

그래서 자신이 제일 바쁜 시간, 그러니까 자신의 거처인 헛간을 비워 놓을 수밖에 없는 그 시간에 불쑥 나타나 보기로 했다. 잠시 일손을 놓고 바쁘게 달려가 헛간 문을 왈칵 열어 보기도 했고, 한구석에 숨어서 한 쪽을 살피기도 했다. 그렇게 한 달이 지난 어느 날 저녁 무렵이었다. 잠시 일손을 놓고 헛간으로 바쁘게 달려간 알이의 눈에 한 사람의 뒷모습이 들어왔다. 헛간에서 후원 쪽으로 종종 걸음으로 사라지고 있는 사람은 젊은 여인인 듯했다.

"잠깐만!"

이 소리와 함께 알이는 여인의 뒤를 쫓았다. 그러나 여인은 뒤도 돌아보지 않았다. 뒤쫓던 알이는 발을 멈출 수밖에 없었다. 후원은 함부로 들어갈 수 없는 곳이었다. 헛간에는 예전처럼 또 한 꾸러미 음식이 놓여 있었다. 그러나 그 순간, 여인의 뒷모습과 알이의 이런 모습을 보고 있던 한 쌍의 눈이 저쪽 기둥 뒤에 있었다. 유탕이었다. 고개를 갸우뚱거린 유탕은 슬그머니 헛간을 들여다본 후 고개를 끄덕이며 후원으로 들어갔다.

그로부터 닷새가 지난 날, 알이는 침상 위에 놓인 편지를 봤다. 물론 음식과 함께 있었다. 편지에는, "정(情)이란 그저 주고받으면 되지 꼭 누군지 알아야만 되나요. 그러니 더 이상 알려고 하지 말고 그냥 그대로 있어 주세요.”라고 쓰여 있었다.

단숨에 글을 읽은 알이의 얼굴이 붉어졌고 손끝이 떨렸다. 이성에게서 처음으로 정(情)을 받아 본 젊은이의 당연한 반응이었다.

그날 이후부터 알이는 그 사람이 누군지 더 이상 알려 하지 않았다. 망망대해에 떠 있는 조각배 같은 자신을 한 인간이 지켜보고 있다는 것, 그것을 안 것만으로도 만족했다.

그렇게 또 두 달의 세월이 쏜살같이 지나갔다.

그 동안 더듬거렸던 알이의 중국 말도 제법 유창해졌다. 입성 역시 명인(明人)의 복색으로 완전히 바뀌었다. 그러나 머리 모양만은 손대지 않고 그대로 두었다. 땋았던 총각 머리를 풀고 중국인처럼 바꾼다는 것은 아버지와 조상에게 죄를 짓는 것만 같아서였다. 그 때문에 여러 사람으로부터 ‘오랑캐 금나라 놈의 종자! 우리 대국 사람의 뒷구멍마저 핥아 주는 조선 놈!’ 소리를 수없이 들을 수밖에 없었다.

이런 고달픈 종살이 속에서도 세월은 잘도 흘러갔다. 더위의 한쪽 자락에 매달린 서늘한 바람이 축 늘어진 대지의 잔등을 살살 긁어주는 초가을인가 했더니 어느 새 백로절(白露節)이 그믐날 위에 내려앉았다. 귀곡성(鬼哭聲)을 질러 대던 바람이 스쳐간 허공에서 때 잃은 소낙비가 후드득거리며 쏟아지고 있었다.

그 사이 헛간 주위에서만 맴돌던 알이는 안채에서 일어난 사건에 대해서는 까맣게 모르고 있었다.

이 사건에서 누명을 뒤집어쓴 조선 계집종 이녀는 사건을 일으킨 유탕의 첫째 부인 조대랑의 칼을 맞았고 마침내 조대랑은 칼을 물고 자진하는 사건이 벌어졌다. 나중에 그 진상을 전해 들은 알이는 짐승보다 더

비정한 인간들의 소행에 몸서리를 치고 있었다. 그런 알이의 귀에 헛간 문을 긁어 대는 것 같은 미약한 신음 소리가 들려왔다.

'고양이 같지는 않은데 무엇일까?'

조심스럽게 문을 연 알이의 눈에 피투성이가 된 조선 계집종이 허우적거리고 있는 모습이 들어왔다.

알이는 재빨리 이녀를 안아 들었다. 알이의 품 속에서 가쁜 숨을 몰아쉬던 여인은 자신의 손가락에 깐 가락지 하나를 뽑아 주며 말했다.

"도련님! 부탁이 있어 눈을 감지 못하고 이렇게 찾아왔습니다. 쇤네의 이름은 박점이, 나이는 스물다섯 살입니다. 지금 살아 있다면, 아니 살아 있겠지만 도련님 나이 정도 되는 동생과 같이 10여 년 전에 이곳 뙤놈 땅으로 팔려 왔답니다. 저는 이곳으로, 동생은 다른 곳으로 팔려 가게 되었는데 그때 헤어진 동생을 한 번이라도 만나 보는 것이 쇤네의 소원이랍니다. 그런데 그만 이렇게 되니……. 도련님! 동생의 이름은 박강달이랍니다. 언젠가 혹시 만나게 되면 이 가락지를 증표 삼아 동생을 그리워하던 누나의 마음을 전해 주시오. 그리고……."

여기까지 간신히 말한 조선 여인은 축 늘어졌다. 그러나 눈은 감지 못하고 뜬 채로였다.

알이는 여인이 준 은반지를 낀 손으로 여인의 눈까풀을 쓰다듬으며 말했다.

"내 누님의 뜻을 잊지 않으리다."

어느 새 소낙비는 그쳤고 하늘엔 해가 모습을 나타내었다. 알이가 여인의 시신을 어떻게 처리할까 고민하고 있을 때에 이녀가 흘린 핏자국을 쫓아 유탕과 유복이 왔다. 싸늘해진 여인의 시신을 향해 유탕이 혀를 찼다.

"쯧쯧, 죽으려면 제 혼자 죽지 뭣 땜에 남까지 데리고 간담. 한 달 전 조카 녀석이 3백 냥 주겠다 할 때 그냥 팔아 버리는 건데 괜히 값을 올리려 미적거리다가 쓰잘데없는 송장만 치우게 생겼군. 얘! 소이야! 이년의 시체를 장원 밖으로 들고 나가 아무 곳에나 파묻고 오너라."

여인의 시신을 수습한 알이는 언덕 아래 소나무 두 그루가 나란히 서 있는 곳에 구덩이를 팠다. 한낮의 태양이 따사로운 눈빛을 던져주고 있는 곳이었다. 그렇게 여인을 묻어 주고 돌아온 알이는 동료 하인인 장가를 찾았다. 결심이 섰기 때문이었다.

조대랑의 장례 준비에 바쁜 일손을 놀리고 있던 장가는 무슨 영문이냐는 듯 알이를 돌아봤다.

"장 형님! 하나 묻겠소. 우리들의 하루 품삯은 대강 얼마 정도 되나요? 종놈의 신세로 평생 한 푼 못 받는 우리 처지지만 말이우."

"우리만큼 일을 하면 아무리 못 받아도 한 달에 30냥 정도는 받을 수 있을걸. 그런데 갑자기 그런 걸 왜 물어?"

"그냥 한 번 물어 본 것뿐이우."

의아한 장가의 눈초리를 등에 받으며 알이는 유탕을 찾아갔다. 그날 저녁 무렵이었다. 혀를 몇 번씩이나 차며 상복을 입고 있던 유탕은 알이가 하는 말을 듣자 벼락 같은 고함을 질렀다.

"뭐라고! 몇 달 동안 일했으니 그 은인의 빚 1백 냥은 갚은 셈이 되었고, 그래서 이곳을 떠나겠다고? 이 오랑캐 종놈아! 너는 송장이 되어야만 내 손에서 벗어날 수 있어. 어림 반푼어치도 안 되는 수작 그만 떨고 어서 나가서 일이나 해."

알이의 생각과 유탕의 생각은 달라도 너무 달랐다.

유탕이 펄쩍 뛰든 말든 잠자코 서 있는 알이의 눈빛에는 결연한 의지가 번뜩거렸다. 돌아서는 알이의 등짝을 노려보는 유탕의 눈동자가 좌우로 바쁘게 움직였다. 무슨 일을 꾸밀 때면 흔히 나타나는 버릇이었다.

헛간으로 돌아온 알이는 침상 밑으로 들어갔다. 구덩이 쪽에 숨긴 자신의 물건을 수습하기 위해서였다. 이때였다.

'어험' 하는 헛기침 소리와 함께 헛간 문이 열렸다.

"여보게! 침상 밑에서 무엇을 하는 겐가. 쥐라도 잡는 겐가."

유복의 목소리였다. 얼른 침상 밑에서 기어 나온 알이에게 유복은 손을 내밀었다. 손에는 몇 푼 은자가 있었다.

"여보게! 마음을 고쳐먹은 주인 나으리께서 섭섭하다며 주는 전별금이네. 어서 받아 넣게."

어리둥절한 표정으로 고개를 갸웃거리는 알이의 손에 억지로 은자를 쥐여 준 유복은 전에 없이 은근한 목소리로 말했다.

"여보게! 막상 자네가 떠난다 하니 내 마음 역시 울적해지는군. 이왕 가는 마당에 나으리께 고맙다는 인사나 하고 떠나야 하지 않겠나. 자, 나와 함께 지금 바로 가 보세."

유복의 손에 이끌려 대청으로 돌아온 알이에게 유탕은 웃는 얼굴로 술 한 잔을 권했다.

"여보게, 소이(小夷)! 사람이란 만나면 헤어지게 되어 있는 것이 정리(定理)인데 내 아까 그걸 깜박했다네. 자, 우리 마지막으로 이별주나 한 잔하세."

뭔가 미심쩍었다. 그러나 웃는 얼굴에 침 못 뱉는다는 속담처럼 세상

물정 모르는 알이는 권하는 술을 마시고 말았다.

술잔을 놓고 일어서려던 알이의 몸이 휘청했다. 이와 동시에 유탕의 입에서 통쾌한 웃음 소리가 터져 나왔다.

"하하하, 오랑캐놈들이란 말 그대로 참으로 어리석군. 여보게, 유복! 자빠진 저놈을 이 대청 기둥에 묶게. 밤새도록 조대랑의 관이나 지키도록 말일세. 그리고 자넨 내일 아침 날이 밝는 대로 철기포(鐵器鋪)에 가서 족쇄를 사 오게."

처음에 유탕은 알이의 다리 힘줄을 잘라 도망 못 치게 잡아 두려했으나 그리 되면 힘든 일을 못시키게 되므로 방법을 바꾼 것이었다. 쓰러진 알이의 품을 뒤져 은자 몇 푼을 회수한 유탕은 또 한 번 껄껄 웃었다.

밤은 점점 깊어갔다. 한쪽 구석에 웅크리고 앉아 있던 유복과 장가도 꾸벅꾸벅 졸기 시작했다.

'인간의 마음이 이렇게 독하고 야비하다니.'

알의의 두 눈은 자는듯 감고 있었으나 속으로는 분노와 배신감으로 들끓고 있었다. 조대랑은 깨어나지 못할 잠 속에 빠져 있었다. 주위는 고요하다 못해 적막하기까지 했다. 다만 위패가 놓여 있는 탁자 위의 촛불만이 무겁게 내려앉은 어둠을 쫓기 위해 스스로 몸을 태우면서 일렁일렁 몸부림치고 있었다. 이때였다. 음산한 울음 소리 하나가 대청으로 들어왔다. 고양이 울음 소리였다.

'아니! 살찐이가 웬일로……..'

알이만이 감았던 눈을 번쩍 떴을 뿐 아무도 아는 체하지 않았다.

어둠처럼 슬그머니 다가온 고양이는 어미 고양이었다

알이의 품 속으로 뛰어든 고양이는 잠시 동안 알이에게 몸을 부비더니 밧줄을 물어뜯기 시작했다. 이제 얼마쯤 후면 묶여 있던 밧줄도 풀리게 될 참이었다. 그 순간, 난데없이 벼락 같은 소리가 대청 안에 울려 퍼졌다.

"이놈들아! 어서 일어나지 못해"

유탕이 잠든 두 하인을 향해 내지르는 호통 소리였다.

반이랑의 처소에서 잠을 자던 유탕이 소피 보러 나왔다가 대청 안을 들여다보게 된 것이다. 이 서슬에 두 하인은 벌떡 일어나 부스스한 눈을 껌벅거렸다.

사람뿐만 아니었다. 밧줄을 물어뜯던 고양이도 움찔 놀라 재빨리 조대랑의 관 밑으로 도망을 쳤다.

"야, 이놈들아! 저 오랑캐놈과 저 관을 뜬눈으로 지켜보라고 고기도 주고 술도 주었거늘, 그래 세상 모르고 자빠져 잠만 자? 도대체 네놈들은 어찌 된 인간들이냐⋯⋯"

발을 들어 장가의 엉덩짝을 걷어차며 욕설을 해 대던 유탕의 말문이 갑자기 막혔다. 뿐만 아니라 입마저 '헤' 하니 벌리고 온몸을 떨었다.

'주인 나오리가 갑자기 간질병이 도졌나?'

의아한 눈초리로 유탕의 눈길을 좇은 두 하인 역시 유탕과 같이 몸을 떨었다.

잠자는 척하고 있던 알이도 수상쩍은 낌새를 느끼고 눈을 떠 그들의 눈길이 가 있는 곳을 보고 깜짝 놀랐다. 도저히 믿어지지 않는 일이 일어난 것이었다.

조용히 누워 있던 조대랑의 관이 고양이 한 마리를 머리에 이고 살아 있는 사람처럼 벌떡 일어나고 있었던 것이다.

"으으으."

유탕의 입에서 신음 같은 소리가 나왔고 두 하인의 몸은 풀썩 주저앉았다.

"송장이 들어 있는 관이 저절로 일어나다니, 이것은 분명 고양이탈을 쓴 요괴의 장난이 아니면 조대랑의 원혼이 만들어 낸 조화일거야. 큰 일 났구나. 빨리 도망 가야지."

그러나 두 다리는 마치 땅바닥에 딱 붙어 버린 것처럼 움직일 수 없었다. 공포에 젖어 크게 벌어진 유탕의 눈동자 속으로 도깨비불 같은 시퍼런 빛 두 개가 쏘아져 들어왔다.

관 위에 도사리고 있는 어미 고양이의 눈빛이었으나 유탕에게는 끝없는 암흑 속으로 자신을 빨아들이는 무시무시한 악마의 눈빛처럼 보였다.

"냐옹."

고양이는 입을 벌려 귀신 같은 울부짖음을 토해 냈다. 그러자 꼿꼿이 서 있는 나무 관 뚜껑이 밑으로 떨어져 열렸고, 그 속에 있던 조대랑의 시신 또한 유탕이 있는 쪽으로 덮쳐들 것 같은 자세를 취했다.

"아아악!"

유탕의 입에서 외마디 소리가 터져 나옴과 동시에 '꽝'하는 소리가 났다. 관 뚜껑이 마룻바닥에 떨어지는 소리였다. 그 순간 유탕의 정신은 아득해지며 몸뚱이 또한 스르르 무너지고 말았다. 벌써부터 주저앉아 있던 두 하인 역시 마찬가지였다. 그러나 알이만은 정신이 또렷했다. 어려서부터 생사지경을 넘나드는 시련을 수없이 겪은 데다가 인적없는 적막한 구월산에서 10여 년 동안 심신을 단련했기 때문이었다.

세 사람이 기절을 한 그 순간, 관 위에 있던 고양이는 훌쩍 뛰어내려와 알이 곁으로 다가왔다.

'요렇게 보잘것없는 고양이가 이런 괴변을 일으키다니! 참으로 영물이로군. 자 이 틈에 요동으로 달아나자.'

불끈 힘을 주어 겨우 붙어 있던 포승줄을 끊은 알이는 고양이를 안아 들고 대청 밖으로 걸어 나갔다.

하얗게 분칠한 조대랑의 시신만이 알이의 뒷모습을 바라볼 뿐 사방은 쥐 죽은 듯 고요했다. 그렇게 유탕의 집을 도망 쳐 나온 알이는 밤새도록 걸었다. 이튿날도 계속 걸었다. 어느 새 울긋불긋하게 붉은 물이 들고 있는 나무 잎사귀들 위에 핏빛 저녁놀이 내려앉고 있었다.

'이제 곧 어두워질 텐데 요기나 하면서 하룻밤을 쉬어야겠군.'

피로를 느끼고 두리번거리는 알이의 눈에 객점 하나가 들어왔다. 인적이 뜸한 세 갈래길 한쪽에 덩그러니 앉아 있는 제법 규모가 큰 객점이었다. 객점 안은 썰렁했다. 반가운 듯 점소이가 달려왔다. 알이의 아래 위를 살펴본 점소이의 입에 만족한 듯한 웃음기가 번졌다. 알이의 품 속에 있을 무언가 값나가는 물건의 냄새를 맡은 것일까.

"손님. 이쪽으로 앉으십시오."

점소이가 권한 자리는 주방 바로 옆에 있는 으슥한 자리였다. 느끼한 음식 냄새와 더불어 비릿한 냄새까지 났다.

콧잔등을 찡그리며 다른 자리로 가려던 알이는 의자 옆에 있는 물건 하나를 보곤 그 자리에 도로 앉았다.

'아니! 이것이 어떻게 여기에 있지?'

반가운 마음이 먼저 들었고 의아심이 뒤를 이었다. 그것은 중국 땅에선 볼 수 없는 조선 사람의 지게였다.

'혹시 이 집에도 나 같은 조선 사람이 있단 말인가?'

만두 한 접시와 차 주전자를 들고 온 점소이를 잡고 물어보려는 그때였다. 문을 활짝 열어젖히며 30대 중반의 사내 세 사람이 들어섰다.

"공 이매! 구 대형께서 오셨으니 어서 나와 인사 드리도록 해!"

세 사람 중 깍지통 같은 몸집을 지닌 자가 크게 소리 치자 주방 안에서 몸집 좋은 여자 하나가 뛰어 나왔다.

"아니! 정말 구 대형이구려. 도대체 어딜 가셨기에 5년 동안 얼굴 한 번 볼 수 없었답니까. 그런데……"

여자의 말이 길어질 것 같자 깍지통 사내가 말을 잘랐다.

"이매! 그간의 회포는 나중에 풀고 구 대형께서 즐겨 드시던 안줏감은 있는가?"

"있구말구요 도마 위에 한 마리가 있으니 싱싱할 겁니다. 그리고 또……."

힐끗 알이를 쳐다본 여인이 말끝을 흐리자 깍지통이 점소이를 불렀다.

"대두(大頭)야! 오늘 장사 끝났으니 문 닫아라."

안채로 향하는 그들 중에서 걸쭉한 목소리가 들려왔다.

"구 대형! 그리고 차 이형! 그 사람을 찾는 사람에게 상금 3천 냥을 준다 했는데 소제는 도저히 믿기지 않는구려?"

알이가 만두 한 개를 허겁지겁 먹고 차 한 모금을 마셨을 때였다. 두 개째를 씹던 알이는 입 속으로 손가락을 집어넣었다. 입 속에서 씹혀지지 않던 것을 끄집어 내어 살펴보던 알이의 얼굴이 찡그려졌다. 그것은 사람의 발톱 아니면 손톱 같았다. 기분을 잡친 알이는 차 한 잔으로 입 안을 헹구었다. 그런 다음 세 번째 만두를 집어들고 절반으로 쪼갰다. 삐 져 나온 고기들을 살피던 알이는 눈살을 심하게 찌푸렸다.

'언젠가 스님 할아버지가 얘기해 주던 흑점(黑店)! 그렇다면 내가 마신 차 속에도 이미 몽혼약이 들어 있을 텐데. 아차! 큰 일 났구나.'

알이의 생각은 여기서부터 무뎌지기 시작했다. 머리 속이 혼곤해지면 서 하늘과 땅이 빙글빙글 돌았다.

'빨리 일어나야지.'

다리에 힘을 주고 억지로 일어서려던 알이의 몸은 풀썩 허물어졌다. 그러자 문을 잠그며 알이의 태도를 힐끔거리던 점소이의 입가에 음흉한 웃음꽃이 돋아났다. 만두 접시에 얼굴을 처박은 알이는 필사적으로 외쳤 다.

'정신을 차려야 한다. 이대로 만두 속 한 점 고기가 될 수는 없다.'

그러나 마음뿐이었고 의식은 점점 몽롱해지고 있었다. 알이는 이빨 사이에 혓바닥을 넣고 질끈 깨물었다. 그제야 통증과 함께 맑은 정신이 들었다. 순간적인 그 틈에 아랫배의 힘을 명치 위로 밀어 올렸다. 알이의 입 속에서 만두 찌꺼기가 토설되었다. 정신은 조금 맑아진 듯했다. 그러 나 여전히 몸은 꼼짝할 수 없었다. 알이의 곁으로 다가온 점소이는 주방 에 붙어 있는 나무 작대기를 잡아당겼다.

그 순간 땅이 꺼지는 듯한 아찔함을 느끼며 알이는 컴컴한 어둠 속으 로 미끄러져 내려갔다. 점소이가 나무 작대기를 또 한 차례 잡아당겼다. 그러자 알이가 앉았던 자리는 아무 일도 없었던 듯 처음으로 돌아갔다. 캄캄한 지하로 미끄러져 내린 알이는 피비린내와 함께 뭐라고 말하기 어려운 역겨운 냄새를 맡았다.

'저들이 내 몸을 토막내기 전에 빨리 체력을 회복해야 한다.'

알이는 혓바닥을 깨물어 가며 흐려져 가는 의식을 붙드는 한편, 이 도사한테서 배운 대로 호흡을 조절하기 시작하였다. 얼마간 시간이 지나자 아랫배 배꼽 밑이 따뜻해졌고 그에 따라 정신은 점점 맑아져 갔다. 이제 얼마 안 있으면 알이의 몸을 얽어 매고 있던 약 기운도 흩어질 참이었다.

'삐거덕' 하는 소리가 들렸다. 그와 함께 어둠을 밀어내며 불빛 하나가 들어왔다. 주인 여자가 들어온 것이다. 주인 여자가 서너 군데 촛불을 옮겨 심자 지하실은 환해졌다. 약간의 기력을 회복한 알이는 실눈을 뜨고 주위를 살폈다. 옷소매를 걷어붙인 주인 여자는 끝이 날카로운 칼을 들고 자신의 머리카락을 잘라 보더니 숫돌을 찾아 칼을 갈기 시작했다. 알이의 머리 위엔 사람의 허벅지 두 개가 걸려 있었다. 그리고 자신의 옆에는 또 한 사람의 몸뚱이가 뉘어져 있었다. 반대편 저쪽 벽에는 벌거죽죽한 고깃덩어리 여러 개가 허연 갈비짝을 드러내 놓고 있었다. 푸줏간으로 꾸며진 객점이었으나 사람 고기뿐이었다.

'아…, 인간이 어찌 이럴 수가 있단 말인가! 기력을 차리는 즉시 이 짐승 같은 것들에게 따끔한 맛을 보여 줘야지.'

속으로 한숨을 쉬며 눈을 감은 알이는 호흡 조절에 박차를 가했다.

쓱쓱 숫돌에다 몇 번 칼을 간 주인 여자가 다가왔다.

'아……, 아직도 몸은 말을 안 듣고 칼은 이미 몸 곁에 다가왔으니 이 일을 어찌할꼬.'

조마조마하게 마음을 졸이는 알이에게 칼은 더 이상 가까이 오지 않았다. 이상하다 싶어 뜬 알이의 실눈 속으로 여인의 그림자가 들어왔다.

여인은 알이의 옆쪽에 누워 있는 사람 곁으로 가고 있었다. 죽은 듯 누워 있는 몸뚱이의 옷을 풀어헤치던 여인이 손을 멈추며 중얼중얼 혼잣말을 했다.

"이렇게 고약한 냄새가 나는 것으로 보아 이 자식은 몇 년 동안 한 번도 목욕을 안 한 것 같군. 참으로 더러운 자식이야. 이 자식은 소이더러 처리하라 맡기고 귀공자처럼 잘생긴 저 녀석의 간부터 잘라 내야겠군"

알이에게 다가온 여인은 알이의 웃옷부터 풀어헤친 다음 찬물을 한 바가지 퍼 들고 입으로 가져갔다. 알이의 심장 부근에다 내뿜을 작정이었다. 그래야만 칼로 배를 갈라도 피가 뿜어져 나오지 않을 뿐더러 심장과 간(肝) 역시 말랑말랑하게 부드러워진다는 것을 경험으로 알고 있기 때문이었다.

"푸욱 푸욱."

여인의 입에서 물보라가 터져 나왔고 알이의 명치에 싸늘한 칼날이 닿았다.

'아! 이제 부모님이 계신 저승으로 가는구나! 그래, 외롭고 고달픈 이 세상보다 부모님이 계신 저승이 더 편안할지도 몰라. 그렇지만 아바의 유언을 이루기는커녕 아바의 땅을 밟아 보지도 못한 채 죽는다는 것이 마음에 걸리는군.'

모든 것을 체념한 알이의 마음은 담담했다.

수 많은 추억들이 주마등처럼 스쳐 지나갔다. 사냥꾼에 쫓기는 한 마리 흰 사슴 같은 에메 월이의 최후, 그리고 고요한 산골을 찢어 놓던 단말마의 비명과 한 모금의 피를 토하며 얼굴을 찡그리던 아바의 모습이 제일 먼저 떠올랐다. 이어서 벌겋게 단 부젓가락으로 자신의 눈을 찌르던 정요상과 그의 아들의 모습도 떠올랐고, 자신들 때문에 목숨을 잃은 실단 모녀의 얼굴과 금인을 탐내 뒤쫓아오던 왕타오의 그림자가 나타났다. 그리고 자상하나 근엄한 표정을 잃지 않던 구월산 도사 할아버지와 스님 할아버지의 모습도 떠올랐다. 눈앞에서 보듯 선명한 기억들을 하나하나 떠올리던 알이는 눈을 슬며시 떠 보았다. 꽤 오랫동안 시간이 흐른 지금쯤이면 마땅히 느껴져야 할 통증이 전혀 느껴지지 않았기 때문이다.

여인은 알이의 목에 걸린 옥패를 손에 들고 열심히 들여다 보고 있었다. 스님 할아버지가 준 그 쌍룡 옥패였다. 불빛을 가까이 당겨보고 또 보던 여인의 손이 부르르 떨렸다.

'혹시 이것이 구 대형이 말한 그것이 아닐까. 그렇다면…….'

여인은 칼을 들어 옥패의 끈을 잘랐다. 그리고 생사람의 간을 끄집어내는 일은 팽개친 채 밖으로 달려 나갔다.

허둥지둥 달려가는 여인의 입에서 황급한 목소리가 터져 나왔다.

"구 대형! 구 대형! 이것 좀 보셔요."

알이는 여인이 나가고 나서 조금 후에 잃었던 기력을 다시 찾았다.

큰 나무 도마 위에서 몸을 일으키는 알이의 눈 앞에 옥패를 받아쥔 구 대형이라는 자가 급한 걸음으로 다가왔다. 구가의 뒤에는 남자 세 사람과 주인 여자가 따랐다. 불을 들어 알이의 모습을 비춰 본 구가의 입에서 한 소리 중얼거림이 흘러나왔다.

"머리 모양으로 보아 조선인이 틀림없군. 그리고 나이와 생김새 역시 들은 바와 비슷하고……."

몇 가지 확인을 한 구가는 알이의 앞에 무릎을 꿇었다. 구가의 행동을 본 다른 사람들이 똑같이 따라 했다.

"나으리! 해룡방의 귀빈이신 나으리를 몰라보고 저지른 저희들의 무례함을 용서하옵소서. 파선 소식을 듣게 된 해룡방 방주께선 3천냥의 상금을 걸고 나으리를 찾고 있습죠. 그러니 어서 저를 따라 마안도로 가십시다."

구가에게 대강의 전말을 듣고 난 알이는 두 가지 조건을 걸었다.

첫째는 자신처럼 만두 속 한 점 고기가 될 뻔했던 사람을 구해 주라는 것과, 둘째는 사람 잡는 푸줏간인 이 객점을 불태워 버리라는 것이었다.

조건을 들어 주지 않을 시엔 절대 마안도로 가지 않겠다고 고개를 흔드는 알이에게 구가는 황공한 듯 머리를 조아렸다.

"미천한 저에게 조건이라니 원, 당치도 않습니다. 소인은 그저 나으리가 분부하신 대로 냉큼 시행하기만 하면 되는 몸입지요."

구가는 여인에게 명을 내려 아직도 죽은 듯 늘어져 있는 도마 위 사람에게 해약을 먹였다. 해약을 먹고 깨어난 사람은 알이 또래의 젊은이였다.

주위를 둘러본 젊은이는 이빨을 부드득 갈았다. 그런 다음 대뜸 도마 위의 칼을 집어들고 여인의 머리통을 향해 내리치려 했다. 구가가 잽싸게 젊은이의 칼 든 손을 잡았고 사내들이 허리를 잡았다.

옴짝달싹 할 수 없게 된 젊은이는 몸부림을 치면서 울분을 터뜨렸다.

"놔라, 놔! 이 짐승 같은 종자들아!"

화통 터지듯 나온 그 소리는 조선 말이었다. 그러는 젊은이를 쳐다보며 알이는 말을 걸었다.

"보시오, 뉘신진 모르나 같은 조선 사람인 것 같구려. 지금 저들은 강하고 우린 약하니 이쯤에서 참고 다음 기회를 기다리도록 합시다."

길길이 날뛰던 젊은이는 알이의 입에서 나오는 조선 말을 듣자 잠시 몸부림을 멈추고 의아한 듯 눈알을 굴렸다. 이때다 하고 생각했는지 젊은이의 팔을 잡고 있던 구가가 입을 열었다.

"그대가 살아난 것도 이 젊은 나으리 덕분이오. 그러니 이 나으리의 말에 고분고분 따르시오."

알이의 조선 말을 잘 알아듣지도 못하면서 그저 알이의 눈에 잘 보이고자 한 마디 거든 것이었다.

금인(金人)의 땅으로

알이를 뚫어질 듯 쳐다보던 젊은이는 덥석 무릎을 꿇었다.

"목숨을 구해 준 은인께 이 박강달이가 인사 올립니다."

"그대가 박강달!"

놀란 눈으로 내려다보던 알이는 강달을 주점 밖으로 데리고 나갔다. 그런 다음 자신의 손가락에 끼고 있던 박점이의 반지를 빼 주며 자초지 종을 말해 주었다.

알이가 건네 준 은가락지를 감싸쥔 박강달은 한참 동안 울었다. 구가 일행이 불을 붙인 주점이 활활 타올라 시커먼 뼈다귀가 와르르 내려앉는 동안에도 하염없이 울기만 했다.

알이 옆에 다가온 구가가 재촉하는 뜻으로 기침을 하자 강달은 눈물 을 닦았다. 그리곤 또 한 번 알이 앞에 무릎을 꿇었다.

"이 넓은 천지에 피붙이라곤 누님뿐이었지요. 그래서 죽음을 무릅쓰고 주인집을 도망쳐 나왔지만 이미 누님은 이 세상에 안 계시니 은인께 선 이 몸을 거두어 주십시오. 소나 말처럼 시키는 일이라면 뭐든지 하겠 습니다."

축축 해진 눈시울을 닦으며 알이는 강달을 부축해 일으켰다.

"나 역시 그대처럼 외로운 몸이라오. 우리 형제처럼 의지하며 삽시다. 어서 일어나시오."

그렇게 의형제가 된 알이와 강달은 구가의 인도에 따라 마안도 행 배 에 몸을 실었다. 배가 마안도에 닿자 기다렸다는 듯 해룡방 방주가 마중 을 나왔다. 벌써 소식이 전해진 모양이었다. 앞으로 먼저 나간 구가가 옥 패를 건네주며 복명을 했다.

알이의 얼굴과 옥패를 번갈아 살펴보던 30대 중반의 방주는 서슴없이 알이의 어깨를 감싸안았다.

"여보게, 아우! 어떤 일로 이곳에 왔는지는 모르지만 참으로 반가우 이. 우리 역시 선친과 그 어른처럼 그렇게 지내도록 하세. 그리고 그 어 른께선 아직도 정정하시겠지?"

해룡 방주의 환대 속에 이틀을 보낸 알이는 자신이 마안도로 오게된 까닭을 말하고 떠나겠다는 뜻을 밝혔다.

알이의 목적을 알게 된 방주는 눈을 감았다. 무엇인가 깊은 생각을 할 때의 버릇이었다. 그러다가 그는 한참 후에 눈을 떴다.

"여보게, 아우! 조상의 유지를 받드는 것이야말로 사내 대장부에겐 무 엇보다 시급한 일일 걸세. 따라서 자네의 마음 역시 조급할 걸세. 그렇지 만 여기서 요번 겨울을 지내고 내년 봄에나 출행하도록 하게. 지금은 가 을이라 자네가 가야 될 그곳은 겨울이 빨리 닥쳐오고 그리 되면 길을 찾기도 어렵고 일을 하기도 어렵기 때문일세. 그러니 이 형이 시키는 대로 따르게."

알이를 만류한 방주는 수하들을 시켜 알이가 찾아가야 할 장백산 백돌부, 즉 완안 일족의 세력이 웅크리고 있는 곳을 수소문하게 했다.

그해 가을과 겨울은 알이에겐 참으로 행복하고 재미있는 나날들이었다. 강달에게 자신이 배운 무술을 가르치는 일도 즐거웠고 방주에게서 세상에서 벌어지는 여러 가지 이야기를 듣는 일도 재미있었다. 그리고 큰 배를 타고 이곳저곳을 다녀 보는 일도 흥미로웠다.

그렇게 세월이 흐르자 셋은 친형제처럼 친해졌다.

겨울이 고개를 숙이고 봄이 고개를 갸웃거리는 어느 날 밤.

알이는 자신의 신세에 얽힌 모든 얘기를 그들에게 해 주었다. 그런 다음 아랫배에 숨겨 둔 금인(金人)을 꺼내 보여 주었다.

금인을 본 강달의 눈길은 신기한 물건을 보는 어린 아이 같았다. 그렇지만 방주의 눈은 탐욕의 빛으로 번쩍거렸다. 강달의 입에서 한 마디가 나왔다. 무심결에 내뱉은 소리였다.

"참으로 정교하게 만들어지긴 한 것이나 이것 때문에 그렇게 많은 사람이 목숨을 잃었다니 참으로 사람 마음은 알 수가 없군. 남의 목숨을 빼앗고 이 물건을 취하려 했던 사람들은 이 세상에서 제일 귀중한 것이 생명이고 정(情)이란 것을 몰랐던 거야."

답답하다는 투로 중얼거리는 강달을 본 방주의 표정에 부끄러운 빛이 나타났고 이내 방주의 눈은 감겨 버렸다.

한참 만에 눈을 뜬 방주는 알이를 향해 입을 열었다.

"여보게 아우! 사람을 쉽게 믿으면 안 되네. 이 세상 사람 대부분의 마음은 탐욕으로 가득 차 있다네. 사슴은 그 뿔 때문에 목숨을 잃고, 곰은 자신의 담(웅담) 하나 때문에 사냥을 당한다네. 명심하게."

이렇게 말하며 한숨을 푼 방주의 눈엔 이미 탐욕의 빛은 사라지고 없었다.

봄이라곤 하나 불어 대는 2월의 바람 속엔 아직도 추위가 도사리고 앉아있었다.

작별을 고하는 알이에게 방주는 이미 뽑아 놓은 다섯 명의 여진 사내를 붙여 주었다. 모두가 하나같이 날렵해 보이는 건장한 장정들이었다.

"여보게, 아우! 이 사람들은 믿을 수 있는 사람들이니 길 안내 뿐 아니라 여러 가지 일을 상의해도 좋을 걸세. 여보게! 어쨌든 몸조심하고 꼭 뜻한 바를 이루도록 하게. 그리고 자네 품 속에 있는 옥패를 볼 때마다 뜻을 이룬 자네의 모습을 그려 보고 있는 여기 이 형을 생각해 주게. 여보게, 강달이! 자네도 몸조심하고."

방주는 알이와 강달의 어깨를 한 번씩 감싸 안아 주곤 발길을 홱 돌렸다. 축축 해진 자신의 눈두덩을 보이고 싶지 않았던 것이다. 몇 걸음 걷던 방주의 발길이 멈추었다. 고개를 돌린 방주는 여진 용사 다섯 명을 불러 알이의 신변 보호를 다시 한 번 명한 후 발길을 돌렸다.

알이 일행이 장백산 백돌부에 도착한 것은 3월 중순경이었다.

말이 백돌부였지 30여 호 가량의 크고 작은 집들이 모여 앉은 산골 마을에 불과했다.

'여기가 바로 대금국의 발상지였으며 할바와 아바가 살던 곳이구나.'

감개무량한 눈빛으로 초라한 마을 구석구석을 살피던 알이는 마을 입구에 있는 어느 집 문을 두드렸다.

머리를 길게 땋은 사내가 삐죽 고개를 내밀었다. 알이는 자신의 숙부이면서 아버지 대불이의 이복 동생인 완안 오배가 살고 있는 집을 물었다. 사내는 낯선 방문객들의 얼굴을 쑤욱 훑어본 다음 고개를 갸웃거리며 손가락질했다.

마을을 내려다보는 야트막한 언덕 위에 제법 크고 당당해 보이는 집 한 채가 있었다. 대문 입구에는 갑옷을 입은 사람 하나가 계곡 저쪽 하늘을 쳐다보고 있는 자세로 서 있었다. 그러나 그것은 실제 사람이 아닌 쇠로 만든 커다란 인형이었다.

"이것이 바로 아바가 말해 줬던 그 금인이로군. 그렇다면 할바와 아바가 살았던 종갓집이 바로 이 집이었군."

알이는 아바의 얼굴을 떠올리며 떨리는 손으로 대문을 두드렸다.

그러나 그 집엔 완안 오배는 이미 죽고 없었고, 올해 25세 된 오배의 큰 아들인 완안 객윤이 살고 있었다.

의아한 눈빛으로 맞이하는 완안 객윤에게 알이는 자신의 내력을 말했다. 알이가 반가운 태도로 자신의 내력을 말했음에도 불구하고 객윤의 얼굴엔 핏줄을 만난 그런 태도가 나타나지 않았다. 오히려 달갑지 않은 듯 시큰둥한 표정만 지었을 뿐이다. 그런 태도로 한참동안 묵묵히 알이를 쳐다보던 객윤이 입을 열었다.

"그대의 말이 사실이라면 그 증표인 금인은 지니고 있겠지요?"

"물론 있고 말고요. 이쪽 사정을 몰라 여기로 오는 도중에 은밀한 곳에 감춰 두었지요. 그렇지만 일족의 장로(長老)들이 모두 모이기만 하면 금방이라도 달려가 가져올 수 있소이다. 그러니 어서 여러 어른들께 연락이나 해 주시오."

알이는 미리 일행과 의논한 대로 대답했다.

객윤은 불신의 눈빛으로 알이 일행을 유심히 훑어본 다음 침중한 목소리로 한 마디 했다.

"거짓임이 드러나면 당신네 목숨을 바쳐야 할 거요."

알이 일행의 거처를 정해 준 객윤은 대청에 있는 큰 북을 울려 사람들을 불렀다. 잠시 후 객윤의 명을 받은 사람들이 여러 곳으로 바쁘게 달려갔다.

다음 날 저녁 무렵 늙고 젊은 두 사람이 객윤의 뒤를 따라 알이의 거처로 찾아왔다.

"당숙 어른! 이 사람이 바로 그 사람입니다."

객윤이 알이를 가리키자 노인과 젊은이의 두리번거리던 시선이 알이의 얼굴에 박혔다. 한참 동안 알이를 뜯어보고 있던 노인의 고개가 끄덕거렸다.

"음, 대불 아우님 얼굴 모습과 많이 닮았군."

환갑 이쪽 저쪽으로 보이는 노인과 30대 후반으로 보이는 두 사람이 물러가고 난 그 이튿날부터 사람들이 속속 도착하기 시작했다.

장백산 저쪽, 그러니까 두만강 쪽이 아니라 압록강 쪽에 거주하고 있던 장로가 제일 늦게 도착했다. 40대로 보이는 사람이었다. 그는 알이보다 알이 뒤쪽에 앉아 있는 마안도 사람들에게 더 많은 시선을 보냈다.

"낯이 익은 얼굴들인데……. 어디서 보았더라……. 옳지 바로 그들이군."

고개를 갸우뚱거리던 장로는 손뼉을 탁 치며 반가운 소리를 내질렀다.

"여보시오, 그대들은 마안도 사람이 아니오? 5년 전 그대들에게 구명의 은혜를 입은 이 완안 주립을 몰라보겠소?"

마안도 용사들도 그가 누구인지 이미 알고 있었다. 그러나 수적(水賊)의 신세인 자신들의 존재를 드러냄으로 해서 알이에게 좋지 못한 인상을 줄까 해서 시치미를 떼고 있었던 것이다.

"오호! 누구신가 했더니 바로 주립 형이시군요. 그래 그 동안 어떻게 지냈소이까?"

더 이상 모른 척하고 있을 수 없게 된 마안도 사람들의 입에서 인사말이 나오자 뒤켠에 섰던 객윤의 입술에 얄팍한 웃음이 서렸다.

그날 밤 해질 무렵, 이 마을 저 마을에 흩어져 살고 있던 완안 일족의 장로들은 모두 객윤의 집 대청에 모여 앉았다. 대청 입구와 마주한 벽에 걸린 커다란 금(金)자가 새겨진 깃발을 쳐다보는 그들의 눈은 들뜬 마음에 반짝였다.

젊은이들은 대문 앞과 마당에서 서성거리고 있었는데 대략 30명 정도였다. 숨겨 놓은 금인을 가지러 가는 척하며 마을을 벗어났던 알이 일행이 마을 입구로 다시 들어서자 젊은이들의 입에서 나지막한 소리들이 흘러나왔다.

"왔다."

"드디어 전설로만 듣던 금인을 볼 수 있겠군."

"어떻게 생겼을까?"

젊은이 중의 하나가 대청 안을 향해 "이제 왔습니다." 하고 크게 소리

쳤다.

앉아 있던 장로들의 몸이 흔들렸고 눈길은 대청 쪽으로 향했다.

대청으로 들어선 알이는 먼저 여러 장로들을 향해 정중히 예를 표한 다음 자신의 내력과 아버지의 이름, 그리고 할아버지와 증조 할아버지의 이름을 말했다. 알이를 통해 대불이의 행적과 비참한 죽음을 알게 된 장로들은 모두 긴 탄식을 뿜어 냈다.

숙연한 좌중의 분위기를 깬 것은 객윤이었다.

"그대의 말은 모두 들었고, 이젠 그 증표를 볼 차례이니 어서 우리의 가보를 꺼내 보여주시오."

알이는 강달이가 들고 있던 보따리 속에서 금인을 꺼내어 객윤에게 건네 주었다. 금인을 받아 든 객윤의 손은 부들부들 떨렸고, 금인이 내뿜는 황홀한 빛에 눈을 붉혔다.

"여보게! 그렇게 들고만 있을 것이 아니라 여기 있는 여러 어른들께 어서 돌리도록 하게."

객윤의 당숙 뻘 되는 장로의 침중한 소리에 금인은 객윤의 손에서 이 사람 저 사람에게 건네졌다.

금인을 손에 잡고 요리조리 뜯어본 장로들의 입에서 감격에 찬 한마디들이 나왔다.

"우리들의 가보가 틀림없는 것 같소이다."

최종적으로 금인을 받아 쥔 당숙 장로가 손을 들어 여러 사람의 입을 막은 다음 대청 안의 불을 모두 끄게 했다. 불은 꺼졌지만 대청 안은 조금도 어둡지 않았다. 금인의 두 눈에서 쏟아져 나오는 은은한 빛 때문이었다.

고개를 끄덕인 당숙 장로의 입에서 탄식 같은 한 마디가 나왔다.

"아, 어둠을 밝혀 주는 이 빛! 그래, 이것은 우리들의 조상님이 전해준 가보가 분명하다."

"아……, 이제야 잃어버렸던 혈족을 다시 찾았구나!"

알이의 입에서도 나지막한 중얼거림이 나왔다.

사람들은 모두 알이를 혈족으로 인정하는 눈빛을 보였다. 그러나 그런 분위기는 좌중을 뒤흔드는 한 마디로 인해 들어가고 말았다

"여러 어른들! 이 금인은 틀림없소. 그러나 금인을 지니고 온 저 사람을 단지 금인을 지니고 있다는 이유만으로 우리의 핏줄로 인정할 순 없지 않겠소? 더군다나 사람을 죽이고 재물을 빼앗는 마안도 수적패와 함께 온 것으로 보아 무엇인가 정당치 못한 곡절이 있는 것 같습니다."

일어서서 큰 소리로 입을 연 사람은 완안 객윤이었다.

그러자 장로들은 가지각색의 반응을 나타냈다. 고개를 끄덕이기도 했고, 갸우뚱거리기도 했으며, 알이 일행과 옆 사람의 동정을 살피기도 했다. 옆 사람과 수군거리며 눈알을 굴리기도 했다. 눈을 껌벅거리며 고개를 끄덕이고 있던 장로가 일어났다. 40여 세 정도 되어 보이는 눈매가 날카로운 사람이었다.

"객윤의 말에 일리가 있습니다. 만일 저들이 대불이 어른을 해치고 금인을 손에 넣었다면, 그리고 그 금인을 앞세워 우리 완안 일족을 지배할 야심으로 이렇게 나타났다면……. 그야말로 우리는 원수에게 이용만 당하는 어리석음을 범하게 되는 것입니다. 그러니 저자들을 엄하게 심문하여 자세한 진상을 캐 보도록 합시다."

고개를 숙이고 무엇인가 생각하고 있던 완안 주립이 일어났다.

"여러분! 저들이 마안도에서 찾아온 것만은 사실이오. 그러나 저들이 그렇게까지 흉악한 무리들이라곤 생각지 않소. 왜냐면 저들은 5년 전 이 주립의 목숨을 구해 주었을 뿐 아니라 사례로 준 말 다섯 필마저 거절한 의기 있는 사내들이기 때문이오……."

고개를 갸우뚱거리며 두 가닥 염소 수염을 만지작거리고 있던 장로가 주립의 말을 막고 일어났다.

"잠깐, 주립 형의 말씀은 하나만 알고 둘은 모르는 이야기요. 저들이 과거에 주립 형을 구해 주었다 곤 하나 그 것만으론 저들 무리가 흉악한 일을 하지 않았다는 증거가 될 수 없기 때문이오. 그러므로 나 역시 저들을 엄히 추달해야 된다고 생각하오. 그러나 만일 저들의 입에서 진상이 나오지 않을 때는 저들을 어떻게 처리해야 할지 그것이 걱정이오."

이 말이 떨어지자 장로들은 서로의 얼굴만 흘낏거리며 누구 하나 냉큼 입을 열지 않았다. 이 틈에 알이 뒤쪽에 앉아 있던 사람 중의 하나가 벌떡 일어섰다. 마안도 용사 중의 우두머리 격인 우태였다.

"여러분! 저희가 모셔온 이분은 우리 방주와 의형제를 맺은 사이이긴 하나 우리 마안도 사람은 아니외다. 그리고 우리 마안도는 명의 요동군 조차 함부로 건드리지 못하는 세력인데 뭣 때문에 여러분이 근심하는 바와 같은 그런 비열한 짓을 하겠소이까. 여러분! 우리 마안도 사람들은 은혜와 원수를 잊지 않으며 의리를 중히 여기고 있으니 원컨대 현명한 판단을 바라는 바이오."

아무도 무시 못할 큰 세력을 지니고 있다 하나 어디까지나 힘으로 남의 재물을 뺏는 도적 떼에 불과한 자신들 때문에 알이가 이런 곤경에 처하게 되었다고 생각한 우태의 이 말은 사태를 더욱 악화시켰다. 여기저기서 억억거리는 말이 터져 나왔다.

"뭐! 명(明)의 요동군까지 어쩌지 못한다고!"

"마안도는 은혜와 원수를 잊지 않는다고! 감히 이자가 그까짓 마안도 세력을 내세워 우리를 겁 주려는 것이로군."

"우리 완안 일족을 어떻게 보고 그따위 소릴 지껄이는 거야. 저자들에게 따끔한 맛을 보여 주어야 해."

이들이 누구인가. 불과 6만여의 병력으로 요의 백만 대군을 압자하에서 격파하고 하루 아침에 천하의 패권을 차지한 대금국(大金國) 아골타의 직계 후손이 아닌가. 이들은 나라가 망한 지 수백 년이 지났으나 한시도 자신들의 조상을 잊지 않고 자부심을 지녀 왔다. 그런데 원(元)이 물러간 그 틈을 타서 만주 일대로 진공한 명(明)은 이들 일족을 철저하게 배척했다. 만주인들이 완안 일족을 중심으로 똘똘 뭉칠까 두려웠기 때문이었다. 그래서 건주좌위(建州左衛), 건주우위, 모린위 등의 위장(衛將) 자리 뿐아니라 흔해 빠진 참장(站將) 자리 하나도 이들에겐 주지 않았다.

이것은 자부심 강한 이들에겐 더없는 치욕이 아닐 수 없었다. 이런 이들에게 명의 요동군 소리와 마안도 세력을 내세웠으니 장로들의 마음이 울컥 치솟지 않을 수 없었다. 좌중의 분위기가 이렇게 되자 객윤의 입가에 미소가 어렸다. 과격한 언사를 내뱉은 장로들에게 뭐라고 몇 마디 수군거린 객윤은 대청 밖을 향해 손을 흔들었다. 눈만 껌벅거리고 있는 알이의 귓속으로 나직한 소리 하나가 황급히 뛰어 들어왔다.

"저들이 지금 우리들을 깡그리 죽여 없애려고 하오. 물건은 내가 뺏을 테니 나으리께선 그 틈에 빨리 도망 치도록 하시오. 나중에 만납시다."

다급하게 귓속말을 마친 우태는 품 속에서 무엇인가를 끄집어 내어

대청 쪽으로 휙 던졌다. 펑 소리와 함께 불길이 확 일어났고 매캐한 연기
가 피어올랐다. 좌중은 몸을 흠칫 떨며 본능적으로 시선을 그쪽으로 던
졌다. 그 틈에 우태는 당숙 장로를 덮쳤다. 목적은 당숙 장로가 들고 있
는 금인이었다.

"창문을 통해 빨리 내빼시오."

금인을 움켜잡은 우태의 입에서 또 한 번 다급한 목소리가 터져나왔
다. 미적거리고 있는 알이의 팔을 강달이가 잡아당겼다.

"성님! 우물쭈물할 시간 없소. 갑시다!"

비로소 사태의 심각성을 깨달은 알이는 창문으로 몸을 날렸다. 강달
과 알이의 몸이 대청 밖 마당에 떨어지는 그 순간, 마당에서 웅성거리던
젊은이들이 덮쳐 왔다. 손에는 모두 횃불과 칼을 들고 있었다. 칼 부딪치
는 소리와 기합 소리, 그리고 비명 소리들이 대청 안에서도 들리고 있었
다.

강달과 알이가 덮쳐드는 여진 젊은이들을 향해 손발과 칼을 휘두르고
있을 때 창문을 통해 세 사람이 뛰어나왔다. 우태와 마안도 용사 두 명이
었다. 우태는 말짱한 것 같았으나 용사들은 이미 허벅지와 왼쪽 어깻죽
지에 상처를 입고 있었다. 덮쳐드는 여진 젊은이들을 한 칼에 베어 버린
우태는 품 속에서 유황탄 두 개를 꺼내 젊은이들 쪽으로 던졌다.

'꽝' 하는 굉음과 연기가 확 일어났다. 젊은이들은 본능적으로 멈칫했
다. 덮쳐 들던 기세가 주춤해진 그 틈에 우태는 재빨리 몸을 날렸다. 담
장 위에 올라선 우태가 소리 쳤다.

"형제들은 뒤를 부탁하오. 나는 이 길로 마안도로 가겠소."

우태의 그림자가 사라지자 강달도 외쳤다.

"성님! 우리도 빨리 갑시다."

알이와 강달도 지체없이 담을 뛰어 넘었다. 그러나 나머지 마안도 사람들은 담장 아래에 그대로 버티고 서 있었다. 우태의 명령에 따라 마지막 숨이 다 할 때까지 그들을 막을 태세였다.

알이와 강달의 그림자가 담장 밖으로 자취를 감춘 그 때에 객윤과 장로들도 마당으로 나왔다.

"들은 바대로 마안도 도적놈들은 참으로 지독하군. 칼로는 시간만 끌게 되니 활을 쏘아 저 두 놈을 없애야겠다."

한 마디 중얼거린 객윤은 옆에 있는 젊은이가 메고 있는 활과 화살을 건네 받았다. 전신에 피칠갑을 한 마안도 용사들은 담장에 붙은 채 칼을 휘두르고 있었다.

횃불 속에 드러난 그 모습은 결코 쓰러지지 않는 악귀 같았다. 그러나 그들도 객윤이 쏜 화살 두 대에 결국 무너지고 말았다.

"빨리 쫓아갑시다. 어떤 일이 있어도 그 금인은 되찾아야 합니다. 그리고 놈들을 모두 죽여서 입을 막아야 하오."

객윤이 앞장서자 젊은이들이 우르르 뒤를 따랐다.

컴컴한 숲 사이로 허연 달이 한 번씩 얼굴을 드러냈다가 감추곤 했다. 알이와 강달은 가야 할 방향도 모른 채 그저 내달리기만 했다.

저만큼 쪽 아래에서 한 무리의 횃불이 꿈틀거리는 화룡(火龍)처럼 자신들을 쫓아오고 있는 것이 보였다.

"어디로 가야 하지?"

두 갈래 산길이 나타나자 알이와 강달의 발길이 멈칫했다. 그때였다. 숲 덤불 속에서 우태가 나타났다.

"나으리! 어서 이것을 받으시오. 저들을 이리로 유인할 테니 나으리께
선 저쪽 길로 가십시오. 목숨만 붙어 있다면 언젠가는 만날 수 있을 거
요."

알이에게 금인을 전해준 우태는 자신의 옷깃 한쪽을 찢어 자신이 택
한 길 나뭇가지에 걸쳤다. 우태가 택한 길은 남쪽이었다.

눈물 젖은 눈으로 멍하니 보고 있던 알이에게 우태는 빨리 가라는 손
짓을 하고는 재빨리 몸을 돌렸다. 알이와 강달도 몸을 돌렸다.

조심조심 얼마쯤 걸었을까, 알이의 귀에 사람들이 떠드는 소리가 들
렸다.

"여기에 찢긴 옷깃이 걸려 있는 것으로 보아 그들은 남쪽으로 갔군."

염소 수염을 지닌 장로의 목소리 같았다.

'아니오. 그들은 이 길과 반대쪽인 저쪽 길로 갔을 거요. 이렇게 하얀
옷깃을 남긴 것은 우리를 남쪽으로 유인하려는 술책이오. 그러니 이쪽
길로 가야 하오."

완안 객윤의 목소리였다. 이때 멀리서 또 한 소리가 밤 공기를 찢었다.

"사리 분별할 줄 모르는 어리석은 완안 족속들아! 내 다시 찾아와 우
리 형제가 흘린 피를 갚을 것이니 목을 길게 빼고 기다려라!"

우태의 목소리였다.

"나를 살리기 위해 자신의 목숨을 바칠 각오를 했군."

우태의 목소리를 들은 알이의 가슴은 또 한 번 뭉클해졌다.

"저 자식을 꼭 죽여야 한다. 열 명은 저 자식을 쫓고 나머지는 이 길로
가자."

횃불 속에서 웅성거리는 소리가 있었고 객윤의 날카로운 목소리가 들

렸다.

알이와 강달은 앞만 보고 달리기만 했다. 알이와 강달이 산봉우리쯤에 올라섰을 때 으악 하는 단말마의 비명 소리가 들려왔고 '잡았다 죽였다' 하는 환호 소리가 희미하게 들려 왔다.

알이와 강달은 서로 손을 꼭 잡고 소리없이 울었다.

여러 날 동안 쫓기던 이들은 용왕담 아래에서 뒤쫓는 사람들에게 둘러싸이고 말았다. 그리고 거기서 죽기 아니면 살기의 처절한 혈투가 벌어졌다.

알이도 심한 상처를 입었고, 강달도 그러했다. 외길을 막아선 강달은 알이를 살리기 위해 마지막 피 한 방울까지 몽땅 짜낸 다음 죽었다. 알이는 강달의 희생을 헛되게 하지 않으려고 필사적으로 도망을 쳤고 드디어 장백산(백두산) 용왕담가(天池)에서 온 가족이 삼신 기도를 올리고 있던 부그런 자매의 구원을 받았다.

이것이 알이가 김 처사로 변신한 내력이었다.

몇 날 며칠 동안 계속해 온 얘기를 매듭 지은 김 처사는 고개를 숙이고 눈을 감았다. 아마도 자신을 살리기 위해 하나뿐인 목숨을 스스로 바친 강달과 마안도 다섯 용사들을 추념하는 것 같았다.

바로한과 징옥, 그리고 흑곰은 스승의 심사를 짐작하고 잠자코 눈만 껌벅거렸다. 그러나 아직 어린 삼문은 스승의 얘기가 그저 재미있고 신기하기만 했다. 맑은 눈을 반짝거리며 고개를 갸우뚱거리던 삼문이가 스승의 무릎을 잡아 당기며 응석하듯 보챘다.

"할아버지 스승님! 도대체 금인이 뭐기에 사람들은 모두 탐심을 내나요? 그리고 중원 땅의 보물이던 것이 어찌하여 신라 조정의 전보(傳寶)가 되어 스승님의 손에까지 내려오게 되었나요? 할아버지 스승님! 어서 눈을 뜨시고 이 삼문의 궁금증을 풀어 주세요, 어서요."

이러는 삼문이를 향해 징옥이가 눈을 부릅떴다.

"삼문 아우! 스승님을 귀찮게 하면 아니 되네. 스승님께서는 지금⋯⋯."

귀여운 막내 동생을 꾸짖는 맏형 같은 징옥의 말이 채 끝나기도 전에 김처사는 눈을 떴다.

"징옥아! 삼문이를 야단치지 말아라. 삼문이가 말한 의문은 우리 모두가 알아야 할 만고(萬古)의 비밀이란다. 애야! 우리가 처음 만났을 때 너는 나에게 금인의 몸통에 새겨져 있는 마지막 글귀에 대해 물었었지. 바로 가시대궁삼인화지보(家示大弓三人禾之寶)라는 글귀 말이야. 삼문이의 궁금증을 풀어줄 이야기에는 그 뜻이 들어 있단다. 너희들이 귀담아 들어 두었다가 반드시 우리 후손들에게 전해 주도록 허가라."

잠시 눈을 감고 생각을 정리한 김 처사는 다시 입을 열었다.

28

만고(萬古)의 비밀

소호금천씨(少昊金天氏)와 전욱고양씨(顓頊高揚氏), 그리고 제곡고신씨(帝嚳高辛氏)는 모두 동이족으로서 중국 오제 시기(五帝時期)의 임금이었다.

이들의 혈손(血孫)인 영씨 일족은 은(殷)나라의 주체 세력으로 대대로 쇠 부리는 일을 맡아 보고 있었다. 오제(五帝) 시기엔 화관지후(化官之侯) 혹은 알백(閼伯), 알자(閼子)로 불리던 직책이었다.

오제 시기는 지금으로부터 4천3백여 년 전, 요임금과 순임금 등이 천하를 다스리던 시기였다. 그러다가 동이족(東夷族)의 은(殷)이 하족(夏族)인 주(周)나라에게 망하자 영씨 일족은 황량한 서수지방으로 쫓겨갔다. 서수는 지금의 산서(山西)성 부근으로 주나라는 지배 세력이었던 동이족 세력을 약화시키려고 영씨 일족을 몰아낸 것이다.

피눈물을 흘리며 쫓겨간 영씨 일족은 서수 지방에 먼저 와 살고 있던 일족과 힘을 합친 다음 이를 악물고 자신들의 힘을 키워 갔다.

드디어 진(秦)이란 이름으로 9대 목공 임호(任好) 때에 와서는 금성(金城) 천 리를 차지하고 서쪽 지방의 패자(覇者)로 군림하여 주나라 왕으로부터 축하의 금고(쇠북)를 받게 되었다. 혁사만하(虩使蠻夏, 덜 깨인 하족을 벌벌 떨게 하자)의 깃발을 내걸고 부국강병에 혼신의 힘을 쏟은 결과였다. 목공 임호는 여기에 멈추지 않고 잃었던 천하의 종권(宗權)을 되찾을 결심을 했다.

자신의 시대에 되찾지 못하면 후손들 때에라도 이루도록 그는 한가지 제도를 만들었다. 쇠(金)로 사람을 만들어 제단 위에 세워 놓고 하늘과 선조에게 제사를 올리도록 하는 제도였다. 금인(金人)은 이런 나라의 제사 때뿐 아니라 나라에 큰 경사가 있을 때, 그리고 쇠 부리는 일을 하고 난 후에도 세워졌다. 물론 의식 뒤에는 춤추고 노래하는 일들이 따랐다. 목공은 이 제도를 시행함과 더불어 은밀하게 황금으로 인형을 빚었다.

그런 다음 대대로 족속의 후계자만이 이 황금 인형을 이어받도록 가법(家法)을 만들었다. 이는 쇠사람, 즉 금족(金氏族)으로서 소호금천씨(少昊金天氏)와 제곡고신씨의 후손임을 잊지 말아야 한다는 뜻 때문이었다. 그리고 자신의 후계자는 조상들의 이상(理想)인 밝정신(光明理世精神)을 잊지 말고 영원히 변하지 않는 황금처럼 밝은 빛을 오래도록 내뿜으라는 뜻이었다.

목공 임호가 만든 제도와 법은 어김없이 이어졌고 그와 더불어 진(秦)의 국력도 더욱 강해졌다. 드디어 정(政, 진시황의 이름)이 즉위하였을 때, 진(秦)은 천하를 통일하고 유사 이래 처음으로 황제(皇帝)라는 칭호와 짐(朕)이라는 자칭 용어를 썼다. 천하를 통일한 진시황은 천하의 모든 병기(兵器)를 수도인 함양으로 모아들인 다음 이것을 녹여 거대한 금인 아홉 개를 주조했다. 그런 뒤 하늘님과 조상들에게 성대한 제사를 올렸다.

그날 밤, 측근 신하와 자축연을 연 그 자리에서 진시황은 외인(外人)들은 볼 수 없는 황금인(黃金人)을 보여 주며 입을 열었다.

"짐(朕)이, 아니 우리 진(秦)이 이렇게 천하를 통일하게 된 근본적인 힘은 이것에 있었노라."

후에 이 말은 항간으로 흘러들어 이렇게 변했다.

"어른 손바닥 크기만한 황금 인형은 신비한 힘이 있어 이것을 얻는 자는 천하를 얻을 수 있고 하늘의 가호가 있어 영원토록 천하의 주인 자리를 차지할 수 있단다."

대제국의 영원한 번성, 오로지 이 꿈에만 젖어 있던 시황제는 어느 날 꿈 속에서 한 도인을 만났다. 도인은 시황제에게 이렇게 말했다.

"당신네 대제국을 멸망시킬 자는 호(胡)니 부디 잊지 말고 호를 경계하시오."

소스라치게 놀라 잠에서 깨어난 시황제는 호(胡)라는 이름을 흉노족으로 해석했다. 그래서 자신의 최대 근심거리인 흉노족을 경계하기 위해 장군 몽염을 보내 장성(長城)을 쌓게 했다.

그런데 승상 벼슬을 하고 있던 조고(趙高)가 시황의 이 근심을 이용했다. 호해(胡亥) 왕자를 태자(太子)로 삼아 자신의 권력을 오랫동안 보장받을 계책이었다. 그래서 시황에게 진언했다.

"폐하! 많은 사람의 신망을 받고 있는 부소 태자님을 몽염 장군에게 보내시면 그곳 장병들의 사기가 올라 장성 축조 공사도 빨리 진척될 것입니다."

조고의 속셈을 알지 못하는 시황은 그럴듯하다고 생각했다. 그러나 부소 태자에게 조고의 계책을 고자질하는 자가 있었다.

"태자 저하! 조고의 음흉한 계책이 이러하오니 저하께서는 이러히 저러히 하셔야 진(秦)의 대통을 이어받을 수가 있습니다. 꼭 잊지 마옵소서."

부소 태자는 고개를 끄덕이며 시황 앞으로 나갔다.

"태자야! 안 그래도 내 너를 부르려 했는데 잘 왔구나."

시황은 문안 인사를 여쭙는 태자에게 변방으로 갈 것을 명했다.

시황의 하명에 세 번 큰 절을 올린 태자는 엉금엉금 기어가 시황의 발목을 부여안고 대성통곡을 하기 시작했다. 시황이 태자의 어깨를 어루만져 주며 물었다.

"태자야! 나라를 위하는 명을 받았으면 기쁘게 냉큼 떠나야지, 아이처럼 울긴 왜 우느냐? 어서 그 까닭을 말해 보거라."

약간의 노기마저 띠고 있는 시황의 말이 떨어지자 태자는 더욱 슬프게 울면서 말했다.

"아바마마! 이렇게 이 자리에서 부황의 명을 받고 보니 기쁘고 슬픈 생각이 소자의 가슴을 뭉클거리게 하였습니다. 소자의 미미한 힘이 드디어 아바마마의 큰 뜻에 보탬이 될 수 있구나 하는 기쁜 마음이옵고, 그렇게 천리만리 먼 곳으로 떠나게 되면 조석으로 뵙던 아바마마의 용안을 뵐 수 없게 되는 것이 가슴 아팠기 때문이옵니다."

울먹이며 말을 끝낸 태자는 더욱 슬프게 울면서 시황의 다리에다 자신의 얼굴을 부볐다. 부소의 말과 울음에 애틋한 혈육의 정이 솟구친 시황은 태자의 머리를 쓰다듬었다.

"태자야! 너의 마음 씀씀이가 참으로 갸륵하구나. 그래, 무엇이든 원하는 것이 있으면 말해 보거라. 내 모두 들어주마."

"아바마마! 아바마마의 대를 이을 이 몸에게 그 무슨 부족함이 있겠습니까? 다만 지척에서 아바마마의 인자한 용안을 뵙지 못하는 그것 뿐입지요."

띄엄띄엄 흐느끼며 이 말을 한 태자는 자신의 머리를 쓰다듬는 부황의 손에 눈물 젖은 자신의 얼굴을 부볐다. 태자의 얼굴을 어루만지는 시황의 머리 속에는 아버지의 정을 모르고 자란 자신의 어릴 적 모습이 떠올랐다.

"애야! 그만 눈물을 닦고 무엇이든 원하는 것이 있으면 빨리 말하거라."

영명한 시황은 벌써부터 태자의 마음 저쪽에 도사리고 있는 뜻을 짐작했다. 그래서 그 뜻을 들어주려 재촉한 것이었다. 부소는 그제서야 자신의 근심을 드러냈다.

"아바마마! 소자에게 금인(金人)을 보관토록 해 주옵소서. 제 가슴에 품고 있으면서 자나깨나 아바마마와 조상님의 뜻을 잊지 않고자 하옵니다."

"그래, 그것은 어차피 네가 이어받아야 될 것! 알았으니 물러가거라."

이렇게 하여 부소는 금인(金人)을 안고 변경으로 떠나 갔다.

그러던 어느 날 시황이 지방 순행 중 객사를 했다. 조고는 즉시 흉계를 꾸미며 호해를 황제 자리에 앉혔다. 그래 놓고 부소와 몽염 장군을 함양으로 소환했다. 두 사람을 죽이기 위해서였다. 고민하던 몽염은 자살했고, 부소 태자는 후일을 도모하기 위해 흉노 땅으로 망명했다.

그때의 흉노 임금을 중국인들은 선우(禪宇)라 했다. 선우는 부소를 구려후(九麗侯)에 봉했다.

그런데 호해(胡亥)가 시황의 뒤를 잇고 나서 얼마 후 진(秦)은 망했다. 하루 아침에 박해를 받게 된 처지에 떨어진 진족(秦族)은 도망칠 수밖에 없었다. 일부는 부소 태자가 있는 흉노 땅으로 달아났고, 일부는 서쪽 월지국(月支國)으로 찾아갔다. 그리고 산동에서 배를 타고 조선 반도와 왜국으로도 갔다. 일찍이 삼신산(三神山)이 있는 봉래도에 불로불사(不老不死)의 영약을 찾아 떠난 서복(徐福)이 열어놓은 뱃길을 따라서 간 것이다.

유씨(劉氏)의 한(漢)나라는 진(秦)을 이어 천하를 차지했다. 그러나 하늘에 제사를 올릴 수 있는 권리, 즉 종권(宗權)을 인정받지는 못했다. 이에 따라 하늘의 자손으로서 하늘을 대신하여 정사를 한다는 천자(天子)라는 호칭을 쓸 수 없었다. 여러 대를 거쳐 유철(劉鐵)이 왕위에 올랐다. 큰 뜻을 지닌 유철은 천하의 이목을 속이고 태산(泰山)에 올라 비밀리에 봉선(封禪) 의식을 거행했다.

이렇게 한 후 제(帝)라는 칭호를 썼으니 바로 이 사람이 한 무제(漢武帝)이다. 그는 아직도 무시 못할 세력을 지니고 있는 이족(夷族)을 소탕해야만 하족(夏族)의 나라인 한(漢)이 튼튼해진다고 생각했다. 그래서 이족(夷族)의 본거지이기도 하며 중원 땅 이족의 뒤를 받치고 있는 흉노를 쳐부수기로 했다. 자신의 결심이 확고함을 보이기 위해 연호(年號) 또한 사냥할 수(狩) 자를 썼다.

원수(元狩, 무제 등극 1년) 때 표기 장군 곽거병을 보내어 흉노의 오른쪽 땅을 공격케 했다. 곽거병과 맞선 사람은 흉노의 곤사왕과 휴저왕(休儲王)이었다. 이 둘은 모두 부소 태자의 후손으로서 그 신민(臣民) 또한 진족(秦族)이었다. 치열한 접전 끝에 곽거병은 휴저왕이 소지하고 있던 제천금인

(祭天金人)을 노획하고 휴저왕의 태자를 사로잡았다. 물론 휴저왕이 이끌던 군사들도 대부분 포로로 잡았다.

곽거병은 포로가 된 휴저왕의 태자 일족과 제천금인을 끌고 장안으로 개선했다. 포로로 잡혀 온 휴저왕의 태자는 황궁의 말을 키우는 일을 했다.

이 태자가 중국과 조선 역사상 처음으로 금(金)이란 성(姓)을 쓴 김일제(金日磾)이다. 한(漢)나라 때 곽광이란 사람이 쓴 ≪김일제전(傳)≫에는 이렇게 쓰여 있다.

본래 휴저(休屠)에서 금인(金人)을 받들어 하늘에 제사 지냈던 까닭에 그 성(姓)을 금(金)이라 한다.

전래의 가보인 황금인을 가슴에 품고 때를 기다리던 일제는 의연한 자세로 맡은 일에만 열중했다.

이런 일제를 눈여겨 본 한무제는 그에게 벼슬을 주어 총애했다. 여러 가지 공을 세운 일제는 투후라는 작위까지 받았다. 이에 따라 일제의 두 아들 상(賞)과 건(建)뿐 아니라 일족 역시 한나라 조정에서 벼슬을 하게 되었고 점점 큰 세력으로 자라나게 되었다.

일제가 죽은 후 평제(平帝) 때 일제의 일족인 왕망(王莽)이 평제의 외가(外家)인 위씨(衛氏)를 숙청하고 조정의 실권을 잡았다. 그런 후 평제마저 독살하고 왕위에 올라 국호를 신(新)으로 바꾸었다.

황제가 된 왕망은 여러 가지 개혁을 시도했다. 그러나 모두 실패로 돌아가고 끝내 왕망의 신국(新國)은 20여 년을 못 넘기고 망했다. 이렇게 되자 왕망은 잡혀 죽었고 진족(秦族)은 또 한 번 중원을 등질 수밖에 없었다. 그러나 육로는 모두 막혀 갈 수가 없었다. 어찌할까 다급한 중에 누군가가 말했다.

"바다를 건너 진한(辰韓) 땅으로 갑시다. 그곳 사람은 본래부터 우리와 한 핏줄일 뿐 아니라 진(秦)이 망할 때 건너간 우리 진족(秦族)이 자리 잡고 있다 하오."

이렇게 되어 그들은 산동 어느 항구에서 배를 타고 경상도 경주 지방으로 갔다. 경주 지방에서 지내던 얼마 후 일족 가운데 일부가 서쪽으로 갈려 나갔다.

경주 지방으로 떠나간 이들 중 일부는 금성(金城) 김씨의 시조가 되어 신라 천 년 사직을 이어 갔다. 그리고 서쪽으로 갈라져 나간 일족은 또 여러 갈래로 나뉘져 나가 각각 일곱 개의 나라를 세웠다. 바로 금관가야, 아라가야, 성산가야 등으로 불리던 나라들이었고 오늘날 김해 김씨의 시조가 된 것이다.

김알이 말을 마치자 삼문이가 눈을 빛내며 물었다.

"할아버지 스승님! 왕망이 나라 이름을 신(新)으로 한 것과 신라의 새로운 나라라는 뜻은 새(鳥)임금의 자손임을 나타내려 함이었다고 생각되는데, 맞나요?"

"그래, 그 말이 맞다. 전조(前朝)의 고려 국명은 고구려의 뜻을 계승한다는 뜻에서 지어졌다. 그리고 지금의 조선 역시 옛날 우리 조상님들이 세운 조선이란 국명을 이어받고자 지은 것이란다. 신라라는 이름 역시 조상들의 뜻을 잊지 않으려는 의미에서 지어진 것이고, 경주를 금성(金城)

이라 하게 된 것도 진 목공(진 목공은 자신의 수도를 금성이라 했다)의 뜻을 이어 받고자 지은 것이란다.”

“그렇다면 스승님! 가라국이란 말은 어떻게 생겨났습니까?”

“가라 가락이란 말은 한 뭉치에서 갈라져 나간 것을 이르는 말로서 조선 반도로 옮겨 온 금족(金族)으로부터 갈라져 나간 일족들이 세운 나라이기에 금관가라, 아라가라 등의 이름으로 불린 것이다. 마찬가지로 애신각라(愛新覺羅)라는 성(姓) 역시 금 혹은 애신(愛新, 만주 말) 족속의 각라(覺羅, 가라의 음변)라는 말인 것이다.

“그런데 스승님! ≪사기(史記, 사마천 지음)≫에는 소호금천씨는 황제 헌원의 아들이라 쓰여 있는데, 그리 되면 신라 일족과 가락국 일족은 모두 한족(漢族)과 같은 핏줄이라는 말이 아닙니까. 그러나 그들과는 말도 다르고 생긴 모습도 다른데 어떻게 된 것입니까?”

≪사기(史記)≫를 읽어 본 바 있는 징옥이 이상하다는 듯 고개를 갸우뚱거렸다. 삼문과 바로한 역시 이해할 수 없다는 표정을 지었다.

이들의 얼굴을 쭉 훑어본 김알은 땅이 꺼질 듯한 한숨을 내뿜으며 침중한 어조로 말했다.

“있었던 진실을 알지 못하는 것도 멍청한 일이지만 이보다 더 슬픈 일은 거짓을 진실인양 받아들이고 있는 것이다. 애들아! 너희들이 배우고 있는 역사책은 근본부터 왜곡 조작된 것이란다. 내 이제 크게 조작된 것 두 가지만 예를 들겠다.

첫째는 소호금천씨를 황제(皇帝) 헌원(軒轅, 漢族의 조상)의 아들로 기술한 것이고, 둘째는 요(堯)임금이 순임금에게 선양(禪讓, 왕위를 넘겨주다)했다는 대목이다.

이 두 가지 조작 때문에 중원에 오늘날의 중화 문명 문화가 꽃피게끔 씨 뿌리고 가꾼 동이족(東夷族)의 발자취가 말끔히 지워지게 된 것이란다. 일찍이 시황제께서 천하의 역사책을 모두 불살라 버린 것도 이 때문이지."

여기까지 말을 한 김알은 침을 한 번 꿀떡 삼킨 다음 수천 년간 숨기고 조작된 피통 터지는 역사 이야기를 시작했다.

중국인들에게 동이(東夷), 동호(東胡), 호(胡), 구이(九夷) 등의 이름으로 불리던 우리 겨레의 고향은 북두칠성이 굽어보는 북녘땅 밝내(바이칼 호수)였다. 평화롭게 살던 그들은 씨족 단위로 따뜻한 땅을 찾아 남하(南下)했다. 살기 좋던 그곳이 지축 운동으로 점점 얼음 땅으로 변했기 때문이다.

몽골과 만주 등지로 남하한 겨레들은 조선 반도와 중원 쪽으로도 들어갔다. 물론 그곳에 잔류한 사람들도 있었고 몽골 만주 등지에 뿌리 박은 사람들도 있었다. 그렇게 중원 땅으로 들어간 밝족(光明族, 太陽族) 중에 이무기(큰 뱀)를 표상(토템)으로 삼고 있던 씨족이 크게 일어나 여러 씨족들을 이끌게 되었다. 이렇게 되자 그들의 표상(토템)도 한 단계 진전한 용(龍)으로 바뀌게 되었다.

바로 중국 전설상의 삼황(三皇) 중 한 분인 태호복희씨(太昊伏羲氏)를 지도자로 내세운 씨족이었다.

태호씨는 그 당시의 습속인 내혼제(內婚制)에따라 같은 씨족 여성인 여와씨와 혼인했다. 여와씨도 복희 못지않은 지혜를 지니고 있었다.

두 분은 지혜를 모아 우리 겨레의 전래의 생각인 역(易)을 가르쳤고 그물을 만들어 고기(魚)와 짐승을 잡는 방법을 가르쳤다. 이렇게 되자 천하엔 어두운 구석이 없어졌다.

태호씨는 씨족의 표상(토템)인 용(龍)으로 벼슬 이름을 삼았다(左昭公十七傳). 태호씨가 죽자 새로운 세력에 밀린 복희 후손들은 운남성과 귀주, 그리고 파촉(巴蜀) 지방으로 흘러 들어갔다. 이 가운데 파촉 지방으로 흘러든 후손들이 제일 번창했다. 지금으로부터 4천5백여 년 전의 일이었다.

이때 곤륜산 너머(타림 분지)에 살고 있던 일단의 종족들이 중원 쪽으로 이동해 왔다. 곰(熊)을 표상(토템)으로 삼고 있던 이들은 같은 핏줄인 서왕모족(西王母族)과 합친 다음 계속 동진했다. 곤륜산족 혹은 서왕모족으로 불린 종족은 호랑이(虎)를 씨족의 표상으로 하고 있었다(요전 중에 언급되어 있는 朱虎가 바로 이들이다).

곰(熊)을 표상으로 삼고 있던 종족은 후일 황제족(皇帝族)으로 불리며 연합 세력의 주력이 되었다. 점차적으로 동진했던 이 세력은 파촉(巴蜀) 지방의 복희 씨족과 맞닥뜨리게 되었다. 이질적인 문화를 지닌 두 세력 사이에 몇 차례의 큰 충돌이 있은 끝에 결국 동맹을 맺게 되었다.

이때 생겨난 글자가 羸자이다. 바로 곰(熊)의 원시체인 肎와 용의 원시체(原始體)인 厷자의 합체(合體)인 것이다(경영유라 일컬어지는 술 그릇에 새겨져 있다).

이 글자는 나중에 영(靈)자로 변하게 되고 순(舜)임금에게 사성(賜姓)되어 진족(秦族)의 성(姓)이 되었다.

복희 씨족과 화평을 맺은 이들은 중원 중심부로 들어갔다.

이럴 즈음 중원은 소(牛)머리에 사람의 몸통을 지닌 괴물로 묘사되어 전해지는 불임금(炎帝) 신농씨가 다스리고 있었다.

신농씨 역시 한 개인의 이름이라기보다는 농사를 잘 짓는 씨족 집단을 의미하며 그 대표적인 지도자의 이름을 불(火)이라고 불렀다. 농경 생활을 주업으로 하던 신농 씨족 세력과 황제족이 맞닥뜨릴 즈음 황제족 중에 걸출한 지도자가 태어났다.

그는 헌원이란 곳에서 태어났다 하여 그 이름마저 황제 헌원으로 불리게 되었다. 헌원은 세력 확장에 힘쓰는 한편 자신의 종족을 농경 생활로 이끌려고 했다. 그때까지도 황제족은 수렵과 채집 위주의 생활을 하고 있었다. 그러나 언어와 풍습 등의 차이로 쉽게 동화되지 못했고 불화와 다툼만이 잦았다. 결국 두 세력 간에는 커다란 충돌이 벌어졌다. 이 충돌은 세 번에 걸쳐 일어났고, 판천(板泉)에서 벌어졌다 하여 후세 사가들은 이를 판천삼전(板泉三戰)이라 하게 되었다.

이 전쟁에서 황제 헌원은 이기지도 지지도 않았지만 무시 못할 세력이라는 점만은 인정받았다. 의기양양해진 헌원은 자신들의 표상을 황룡(黃龍)으로 내걸었다. 여기엔 황제족을 중심으로 여러 씨족이 연합했다는 뜻이 들어 있었다. 즉 황제족은 본래부터 흙(土)의 색깔인 황색을 숭상하고 있었고 용(龍)은 모든 동물의 특징 한 가지씩을 지닌 동물로 알고 있기 때문이었다. 주(周)나라 이후의 중원 나라들이 황룡을 제왕의 상징으로 하게 된 것도 여기에서 비롯되었다.

점점 콧대가 높아진 황제 헌원은 영원한 화평(和平)을 조건으로 통혼을 요구했다. 쇠약해질 대로 쇠약해진 신농 씨족은 응할 수밖에 없었다. 이렇게 하여 황제 헌원은 신농씨의 누이 동생인 누조(嫘祖)를 정실 부인으로 맞아들였다. 궁여지책으로 덜 된 족속과 통혼을 하긴 했지만 천하의 종실(宗室)이란 자리를 그들에게 넘겨주기가 싫어진 신농씨는 산동 북부에 있는 금천 씨족(金天氏族)과 연합 동맹을 맺었다. 그때의 풍습은 사위가 장인의 지위를 이어받았다. 그렇기 때문에 집안의 사위가 된 헌원에게 자신의 위치(帝王의 위치)를 넘겨줄 수밖에 없었다. 그래서 금천 씨족에서도 신농 씨쪽과의 혼인을 원했다. 신농과 황제 양 종족의 결맹 세력에 외톨이가 되는 것이 두려웠기 때문이다. 그렇게 되어 금천 씨족의 대표인 소호씨(少昊氏)가 신농 씨족의 사위가 된 것이다.

금천 씨족은 새(鳥)를 씨족의 상징으로 하고 있었다. 밝족의 제사(祭祀)와 정사(政事)를 맡아 보던 종가(宗家)의 후손 종족이었다. 이들은 산서(山西) 지방에 거주하다가 산동 쪽으로 이동해 왔다. 질그릇 굽는 기술이 뛰어났고 이동 중에 금속 제련법을 터득한 족속이었다. 혈통과 언어 풍습마저 똑같은 두 씨족의 혼인 동맹에 불안해진 것은 황제 헌원이었다. 그래서 그는 금천 씨족에 혼인 동맹을 청했다. 그러나 금천 씨족은 그 청을 거절했다. 황제족에게 직접적인 위협을 느끼지 못했고 핏줄과 언어 등이 판이한 이민족과 혼인하는 것이 탐탁치 않았기 때문이었다. 이럴 때 북쪽 치우 씨족이 신농씨를 공격했다.

신농의 실덕을 구실로 했지만 그 내심은 야만적인 이민족과 혼인 결맹을 한 신농 씨족이 자신들과의 관계를 끊고 새로운 대항 세력으로 부상하는 것을 두려워했기 때문이었다. 먼저 신농씨와 금천씨의 연합 세력이 치우씨와 맞섰다. 그러나 이길 수 없었다. 이렇게 되자 혼인 동맹에 있는 황제족이 나섰다. 드디어 황제족을 중심 세력으로 한 남쪽과 치우의 북쪽 세력은 탁록에서 건곤일척의 대결전을 벌였다. 전투 개시부터 황제군은 연전연패했다. 원시적인 무기를 지닌 황제군으로서는 구리 투구와 쇠갑옷 등의 신식 장비를 두루 갖춘 치우군과는 상대가 되지 않았다. 이 싸움에서 무시무시한 위력을 발휘한 것은 치우군의 단병 접전이었다. 무릇 어떤 싸움이든 결국엔 몸과 몸이 서로 부딪칠 수밖에 없는데, 이때에 치우군은 달려드는 적을 향해 투구 쓴 이마로 박치기 세례를 퍼부었던 것이다. 혼쭐이 쏙 빠진 황제군은 치우군을 일러 동두철액(銅頭鐵額)을 지닌 귀졸(鬼卒)이라 했다. 이 동두철액(銅頭鐵額)이란 말은 수천 년의 세월이 지난 지금까지도 전해지고 있으니 그 당시 한족들에게 얼마나 큰 충격을 주었는지 상상해 볼 수 있다.

연전연패를 거듭하던 황제 헌원은 패전의 원인을 파악했다. 그것은 무기의 차이였다. 황제 헌원은 금천 씨족에게서 금속 야련 기술을 빌려 무기를 제조했다. 드디어 똑같은 조건에서 싸움이 벌어졌다. 싸움은 예전처럼 일방적이지 않았다. 밀고 밀리던 지루한 싸움은 결국 황제족의 승리로 돌아갔다. 중국 최초의 남북 전쟁인 이 싸움은 중원의 삼대 씨족이 한 세력으로 뭉친 계기가 되었다.

탁록 대전으로 큰 손상을 입은 황제족은 금천 씨족과 연합하기를 원했다. 그래서 몇 가지 조건을 금천 씨족에 제시했다.

이전에 신농가(神農家)의 사위가 됨에 따라 신농씨의 제위(帝位)를 이어받을 자신의 권리를 소호금천씨에게 양보할 테니, 자신의 사위가 되어 있는 주씨(柱氏, 신농의 아들)의 아들인 정옥(高陽氏)을 소호씨의 딸 기(旗)와 맺어주자는 것이었다. 금천 씨족으로서도 결코 마다할 수 없는 조건이었다. 황제족과의 혼인을 거부하는 이유인 이민족(異民族)과의 혼혈 문제도 해결되고 천하를 다스리는 종권(宗權)마저 쉽게 차지할 수 있기 때문이었다. 사실 황제족의 협조가 없다면 소호씨는 제위에 오를 수 없는 몸이었다. 그것은 황제 헌원이 소호씨보다 먼저 신농가(神農家)의 사위가 되어 제위를 이어받을 권리가 있기 때문이었다.

이런 연유로 헌원은 제위에 오르지 못했고 소호씨가 신농씨의 제위를 이어받아 천하를 다스리게 된 것이다. 그런데 중국측 기록(≪史記≫)은 '소호씨가 황제 헌원의 아들로서 황제 헌원 대신에 천하를 다스린 것'으로 기록한 것이다.

이런 왜곡은 그 당시의 호칭인 자(子)라는 개념이 정확하지 않은 탓에 비롯된 것이다. 즉 신농씨의 누이와 혼인한 헌원씨는 신농씨와 같은 배분이 되어 신농의 자(子, 사위)인 소호씨를 자(子)라 칭할 수 있었다. 그런데 후세 사람들은 그 당시 모계 사회의 이런 풍습을 부계제(父系制) 안목으로 해석한 것이다.

어쨌든 소호씨는 7년 동안 제위에 있었다.

소호씨는 자신의 신하들에게 준 관직의 이름을 새(鳥)로 나타냈는데 현조(玄鳥)씨, 봉조(鳳鳥)씨 등으로 정했다.

소호씨의 사위가 되어 제위를 이어받은 고양(高羊)씨는 특수한 신분이었다. 핏줄은 신농 씨족이면서도 황제족에게서 태어나 자랐고, 소호 씨족에 장가들어 소호 씨족의 일원이 된 세 씨족 공통의 사람이라 할 수 있는 신분이었다. 고양씨는 10세 되던 때부터 소호씨를 도왔고, 스무 살이 되어 제위에 올라 15년 동안 천하를 다스렸다.

구슬(珠)이란 이름을 지닌 고양씨는 장인인 소호씨의 손자 준을 사위로 맞아 제위를 넘겨주었다. 제위에 오른 준은 장인인 고양씨의 고(高)를 따 제명(帝名)을 고신(高辛)이라 했다. ≪산해경(山海經)≫에 고신씨와 관계 있는 기록이 있는데 다음과 같다.

동쪽 땅 끝 바다 건너편에 백민(白民)이라는 나라가 있는데 준 임금의 후손들이다. 그 사람들은 성을 쇄(鎖)로 했고 네 종류의 새(鳥)에게 나라의 일을 맡기고 있었다. 동남쪽 해외 먼 곳에 감수(甘水)가 있는데 거기엔 희화(羲和)라는 미녀가 살고 있었다. 희화는 준 임금의 부인이 되어 햇님 열(十)을 낳아 차례로 감수에 목욕시킨 다음 날마다 하나씩 하늘로 올려 보냈다.

땅 서쪽 끝에는 상희(常姬)라는 미녀가 살았다. 준 임금의 부인이 된 상희는 달님 열둘을 낳아 차례로 목욕시킨 다음 하나씩 하늘로 올려 보냈다.

이 《산해경》의 기록은 고신 임금이 조선 반도와 요동 반도 등지에 살고 있던 우리 겨레의 조상이며 10간 12지의 역법(曆法)을 도입했다는 것을 나타내고 있다. 또한 이렇기에 고구려의 건국 시조인 고주몽은 이렇게 말했다.

"나는 고신씨의 후예다. 국호를 고구려로 한 것도 고신(高辛)의 고(高) 자를 딴 것이다."

고신 임금은 서른 살 때 제위에 올라 40여 년간 천하를 밝게 다스렸다. 치세(治世) 중의 그는 이족(夷族)과 황제족 간의 화평 단합에 많은 신경을 썼다. 이질적인 두 종족이 화합해야만 천하의 태평이 가능하다고 보았기 때문이었다.

이런 제곡 고신 임금의 정책으로 황제족도 서서히 개화(開化)되었을 뿐 아니라 정치 권력의 핵심에도 그 모습을 드러내게 되었다. 고신 임금의 뒤를 이어받을 사람은 중려(重黎)씨였다. 중려씨는 제정욱 고양씨의 손자였고 곤(鯀)의 아들이었다.

어느 날 고신 임금은 사소한 트집을 잡아 사위인 중려를 주살했다. 자신의 큰 아들인 지(摯)에게 제위를 넘겨주기 위해서였다. 모계 사회의 전통과 씨족 간의 약속을 위배한 고신 임금의 이런 처사에 신농씨족과 황제족은 모두 치를 떨었다. 그렇지만 소호금천 씨족보다 힘이 약한 그들은 때를 기다릴 수밖에 없었다.

신농 씨족의 대부(大父)가 된 재속호(宰束虎)는 고양씨의 둘째 아들로서 여씨(旅氏)라 불리기도 했다. 복수를 다짐한 그는 황제계의 호족(虎族)과 힘을 합치기 위해 호족(虎族)의 요(堯)를 사위로 맞았다.

재속호(宰束虎)라는 그의 이름이 이 사실을 말해 주고 있다. 재(宰)는 자신의 벼슬 이름이고 속(束)은 한 묶음으로 묶었다는 뜻이다. 그리고 호(虎)는 호랑이족을 나타낸다. 그 뜻을 묶어 보면 호족(虎族)을 한 무리 속으로 받아들여 묶었다가 된다.

이를 보여 주는 구리 그릇(靑銅器)에 새겨진 옛 상형 문자(古金文)는 다음과 같다(五帝時期의 古金文).

여(呂)의 초체자(初體字)

위 그림 문자의 해석은 이렇다.

호랑이 꼬리에 있는 글자(吅)는 후일 여(呂)로 발전되는 글자로서 두 개가 하나로 묶였다, 또는 하나로 힘을 합쳤다는 뜻이다.

이 여(呂) 자에 사람 인(人)이 붙게 되면 여(侶) 자가 되어 두 몸이 한 몸처럼 같이한다, 즉 반려(伴侶)라는 뜻이다.

그러므로 호랑이 꼬리에 여(呂)자가 붙어 있는 위 그림은 호족의 후예를 한 가족으로 받아들였다는 뜻이고 호족과 하나가 되었다는 뜻이다.

이 상형 문자(古金文) 외에 또 하나의 상형 문자가 있는데 위 그림이 새겨진 구리 그릇보다 늦은 시기에 나타난 글자로서 역시 재속호를 뜻하는 글자이다.

이 그림 문자는 ψ자와 호(虎) 그리고 Υ자가 합쳐진 것이다. ψ자는 신농 씨족을 뜻하는 그림이고 호랑이 그림은 호족(虎族)의 표시이며 Υ자는 두 개가 하나로 이어졌다는 표시이다.

이 두 개의 옛 그림 문자에 대한 해석과 재속호(宰束虎)라는 이름의 뜻은 정확하게 일치된다.

재속호(宰束虎)는 고양씨의 사위가 되어 제위를 계승한 고신씨와는 처남 매부지간으로서 형제 배분이었다.

이 때문에 요(堯)와 지(摯, 고신의 아들)는 고신과 재속호를 부(父)라 부를 수 있었고 고신과 재속호 역시 요(堯)나 지(摯)를 아들(子)이라 부를 수 있었다.

마침내 고신 임금이 죽고 제지(帝摯)가 왕위에 올랐다. 제지는 아버지 제곡고신씨와 달리 현명하고 뛰어난 인물이 아니었다. 제위에 있는 9년 동안 그는 여러 가지 실정(失政)을 범했다. 민심은 이반되었고 금천 씨족의 힘도 약화되었다.

드디어 재속호(宰束虎)의 사위인 요(堯)가 주동이 된 세력은 한밤중에 제지를 죽이고 반란을 일으켰다. 반란은 성공했고 요(堯)가 제위에 올랐다.

새로 제위에 올라 권력을 장악하게 된 요임금은 생각이 달라졌다. 자신 역시 고신 임금처럼 자신의 핏줄에게 왕위를 넘겨줄 생각을 했던 것이다. 그래서 신농 씨족을 사위로 삼아 자신의 제위를 이어받게 해야 함에도 불구하고 차일피일 미루기만 했다. 그때는 남녀의 혼인 연령이 열다섯 살이었다. 그런데 자신의 딸 아황과 여영을 서른 살이 넘도록 결혼을 시키지 않았다. 이렇게 시일이 흘러가자 신농 씨족은 남아 있던 금천 씨족과 손을 잡고 요임금을 압박했다.

세가 불리한 것을 느낀 요는 비로소 신농 씨족의 순(舜)을 사위로 맞았다. 그러나 여전히 왕위를 넘겨줄 생각은 하지 않았다. 사위가 장인의 지위를 이어받는 모계 사회의 풍습에 따라 마땅히 자신이 제위에 올라야 됨에도 불구하고 요임금이 자리를 내주지 않자, 순은 드디어 칼을 뽑았다.

그러나 호족과 웅족(熊族), 즉 황제족은 이미 자신들만의 힘으로 상대하기엔 너무나도 벅찬 세력으로 자라 있었다. 그래서 북쪽에 있는 동족(同族), 즉 고조선에 원조를 청했다. 고조선의 밝달 임금은 태자 부루를 보내 순(舜)을 돕게 했다. 이렇게 되어 순은 요를 선우 중산국(中山國)으로 쫓아내고 제위에 오를 수 있었다.

제위에 오른 순은 요에 의해 사직신으로 추앙되던 황제 헌원씨 대신에 자신의 선조인 햇님 주씨(柱氏, 신농의 子)를 국조로 받들었다. 순은 이때 일을 기념하기 위해 구리 그릇(青銅器)에 아래와 같은 글자를 새겨 천하 제후들에게 배포했다.

      왼쪽으로 향하는 발(🦶) 그림인자의 변체

      하나의 나라 및 고을을 뜻함

      오른쪽으로 향하는 발 그림인자의 변체

위 세 그림은 나중에 위(韋) 자로 변천되었다.

뜻은 하나의 고을에서 서로 다른 방향으로 간 사건, 즉 자신의 반역에 따라 요임금을 따르던 무리(황제족)와 동이족이 각기 자신들의 길로 간 사실을 나타내고 있다.

다음은 위 그림 문자와 합쳐져 전하는 그림 문자이다.

위 글자는 후일 한(韓)으로 변했다.

이 글자의 뜻은 순임금이 요임금을 몰아냄으로써 황제족과 동이족은 협력 상태에서 어긋난 길을 갔고, 그에 따라 두 손으로 태양(日)을 받들었다는 의미다.

또 요임금과 황제족을 몰아냄으로써 순임금의 이름은 위씨(韋氏)가 되었는데, 이 위씨(韋氏)가 햇님(日)인 주씨(柱氏)를 두 손으로 받들어 국조로 했다는 뜻이기도 하다.

마한(馬韓) 진한(辰韓) 변한(弁韓)에서 나타난 한(韓) 자가 처음 형성된 배경은 이러하다.

그렇게 제위에 오른 순임금 역시 욕심이 생겼다. 제곡과 요임금이 의도했던 것처럼 자신의 핏줄로 제위를 이어 가게 할 욕심이었다. 그러나 사위가 장인의 자리를 이어받는 모계제 사회가 존속되는 한 자신의 욕심은 한낱 물거품이 될 수밖에 없었다. 그래서 그는 이때까지 이어 온 모계제 사회를 혁파했다. 그렇게 되자 한 울타리 안에서 네 것 내 것이 아니고 우리 것이란 뜻으로 공동 생활을 해 오던 사람들은 일남일녀씩 짝을 지어 새로운 보금자리를 찾아 떠났다.

하루 아침에 어제의 우리가 오늘은 너와 나로 서로 등을 돌리게 된 것이다. 이때의 일은 사람이 서로 등을 진 모습을 나타낸 '北'자로 나타났다. 이 北자가 북(北)으로 변했으며, 북(北)이 북쪽을 뜻하게 되자 北자에 月을 덧붙여 배(背) 자가 만들어져 '등지다, 배신하다' 등의 뜻으로 쓰이게 된 것이다.

순임금은 이와 같은 사회 개혁과 더불어 이때까지 쓰고 있던 도자기를 질 좋은 검은 도자기로 개량시켰다. 이 도자기 기술은 은(殷)나라의 검은 도자기 기술로 이어졌다.

그러나 순임금 역시 자신의 사위인 우(禹)에게 제위를 찬탈당하게 되었다. 이로써 중국의 오제 시기는 끝났고 천하의 종권(宗權)도 황제족으로 넘어가게 된 것이다.

김알이 얘기를 끝내자 징옥과 삼문은 도저히 믿을 수 없다는 듯 눈을 커다랗게 떴다.

이때까지 귀에 못이 박히도록 들어온 역사 얘기와 너무나도 달랐기 때문이다. 그러나 바로한만은 고개를 끄덕이며 중얼거렸다.

"저 넓은 중원 땅이 본래는 우리 선조들이 개척한 땅이었군요. 그래서 고구려의 조의선인(신라의 화랑과 같은 조직)들이 다물가를 부르며 중원 희복을 꿈꾸었고 아골타님 역시 송을 쳐부수고 중원으로 진격한 것이군요."

이튿날 아침녘.

징옥은 아무 말도 남기지 않고 훌쩍 사라졌다. 모두들 그 행방을 궁금하게 생각했으나 김알만은 빙긋 웃으며 고개를 끄덕이고 있었다. 아니나 다를까 징옥은 사흘 후에 싱긋 웃으며 나타났다. 자신의 거처에 숨겨 뒀던 금인을 가지러 갔던 것이다.

"스승님! 받으시옵소서."

꿇어 엎드린 징옥에게서 금인을 받아 든 김알은 눈을 감았다.

제일 먼저 금인을 전해주며 숨을 거두었던 아버지 대불의 모습이 떠올랐다. 이어서 어머니와 실단 모녀의 얼굴도 떠올랐다. 그리고 정요상과 왕타오의 모습도 어른거렸다. 마지막으로 한쪽 귀 없는 스님과 스승의 모습이 보였다. 김알은 오래도록 눈을 감고 앉아 있었다.

며칠 후 보름 날이 되었다. 바람도 잔잔했고 구름도 끼지 않았다.

"정말 신기한 조화가 일어날까?"

삼문은 해가 지기 전부터 동굴 밖으로 나갔다.

김알은 장정 여남은 사람이 앉을 수 있는 평평한 바위에 앉아 청수(淸水)가 들어 있는 항아리와 하늘을 번갈아 쳐다보고 있었다. 느릿느릿 중천(中天)으로 걸어오던 둥근 달이 항아리 속에 모습을 드러내자 삼문은 스승의 손만을 응시했다

마침내 돌부처처럼 앉아 있던 김알은 하늘을 한 번 쳐다본 후 품속을 더듬었다. 품 속에서 금인과 자기병이 나왔다. 스승의 손에 들린 물건과 항아리 속의 달을 번갈아 쳐다 보며 삼문은 침을 꼴깍 삼켰다. 바로한과 징옥 등의 눈빛도 어떤 기대감에 빛났다.

금인이 먼저 둥근 달을 일그러뜨리며 청수 속으로 몸을 담갔다. 항아리 속은 금방 은은한 황금빛 파문으로 가득 찼다. 김알은 자기병 속의 사리를 자신의 손바닥 위에 부었다. 달빛을 받은 이 도사의 사리는 오색(五色)빛을 내뿜었다. 잠시 사리를 들여다 보던 김알은 하나씩 하나씩 조심스럽게 물 속으로 내려 보냈다. 모두들 항아리 속을 뚫어져라 쳐다보았다. 항아리 안에는 신비한 아름다움이 가득했다.

투명한 물 속에 누워 있는 황금 인형은 쏟아지는 달빛을 받아 은은한 황금색을 뿜어 내었고, 투명한 물과 한 몸이 된 사리 다섯 개는 오색 영롱한 빛을 실낱처럼 토해 내었다. 물 위에 내려온 달 그림자는 금인이 내뿜는 황금빛과 사리에서 뿜어져 나온 오색빛에 취한 듯 황홀한 자태를 보여 주고 있었다. 취한 것은 달 그림자뿐이 아니었다. 밤하늘의 무수한 별들 역시 항아리 속에 내려앉아 취한 눈을 깜박거렸다. 항아리 속의 모

든 것, 아니 항아리마저 모두 한 몸이 되어 황홀함에 취해 있는 것 같았다.

그러나 그 속에 취하지 않은 야광주 같은 그림자 하나가 비추어지고 있었다. 항아리 속을 들여다보는 김 처사의 눈동자였다. 그렇지만 그것은 한 몸으로 조화되어 있는 그 아름다움을 깨뜨리지 않았다. 오히려 아름다움의 실체를 꿰뚫어 보려는 그런 눈길이었기에 더욱 아름다웠다.

김 처사의 눈길은 그렇게 오랫동안 항아리 속에 박혀 있었다. 그러나 그뿐이었다. 호기심으로 반짝거리던 삼문과 바로한 등의 눈빛에도 아랑곳없이 항아리 속에서는 그 어떤 신기한 변화도 나타나지 않았다.

얼마쯤 시간이 흘렀다. 끝내 시들해진 삼문의 귓속으로 스승의 말씀이 들려왔다.

"애들아! 너희들은 그만 내려가 잠이나 자거라."

여전히 눈길은 항아리 속에 박아 둔 채 입만 열어 한 마디 한 김알은 그렇게 하염없이 앉아 있었다.

동녘이 훤하게 밝아 올 때까지 항아리를 들여다 보고 있던 김 처사의 입에선 나지막한 중얼거림이 새어 나왔다.

"스승께서 헛일을 시키실 리 없는데……. 왜 아무런 현상도 나타나지 않을까? 참으로 답답하군."

바위에서 내려온 김알은 징옥 등을 불렀다.

"애들아! 나는 지금부터 이곳에 기거하며 가림토 문자를 연구할 예정이다. 1년이 될지 10년이 될지는 모르겠다. 그러니 너희들은 모두 하산하여 자신이 해야 할 일을 하도록 해라. 자……, 모두들 지금 떠나거라."

김 처사가 말을 끝내자 바로한은 고개를 숙였다.

25년 만에 비로소 만난 아버지! 그 곁에서 며칠간이라도 더 머물고 싶었는데 막상 이별을 해야 하는 자신의 처지를 생각하니 그만 눈물이 왈칵 쏟아졌다. 이런 바로한의 심정을 짐작한 김 처사가 품속에서 물건 하나를 꺼내어 바로한에게 주며 말했다.

"애야! 이 세상에 끝나지 않는 잔치판은 없는 법이란다. 그리고 너에겐 처리해야 할 일이 무척 많지 않으냐. 애비로서 너에게 줄 것이라곤 이것뿐이니 어서 받아라. 앞으로 요긴하게 쓰일 수 있는 물건이니라."

김 처사가 내민 것은 후대(後代)끼리도 형제처럼 지내자는 언약을 담고 있는 쌍룡 옥패였다. 후일의 얘기지만 이 옥패로 바로한은 마안도 세력의 도움을 얻어 만주 땅에서 무시 못할 세력을 갖추게 되었다. 뿐만 아니라 바로한의 증손자인 누르하치가 서양식 대포를 구입하여 최강의 부대를 만들 수 있었던 것도 마안도 세력을 통해서였다.

눈물 젖은 눈으로 쌍룡 옥패를 받아 쥔 바로한은 아버지의 손을 잡고 오랫 동안 놓지 않았다. 25년 만에 아버지를 만나 단 며칠도 못가 또다시 헤어져야 하는 아들의 심정을 어찌 김 처사가 모르랴.

"애야! 내일 아침에 너의 할아버지 묘소에 인사나 하고 가거라."

이렇게 되어 바로한은 아버지 곁에서 하룻밤을 더 지낼 수 있었다. 측은한 눈빛으로 아들을 쳐다보고 있던 김 처사가 이 분위기를 깨뜨리려는 듯 한 마디 했다.

"허허허! 헤어질 때가 되니 우리 삼문이를 데리러 사람이 오는군."

모두들 눈을 두리번거리고 귀를 쫑긋 세웠으나 동글 밖은 아무런 기척이 없었다. 그러나 정오가 되자 신당골 사람을 앞세운 사람들이 나타났다. 묵직한 보따리와 짐짝을 둘러멘 하인 셋과 하니였다. 삼문이 제일 먼저 그들을 알아보고 앞으로 쪼르르 달려갔다. 하니의 손부터 잡은 삼문은 장난기 서린 목소리로 말했다.

"누님! 스승님께서 미처 기별을 보내지 않았는데 이렇게 서둘러 온 것을 보니 이 동생에게서 사모님 소리를 빨리 듣고 싶은 게로군요."

하니의 귓볼이 살짝 붉어졌다. 그러나 입에서 나온 목소리는 나직하나 침중했다.

"도련님! 몸져누워 계신 안방 마님께서 도련님을 보고 싶다기에 화급하게 온 것이랍니다."

'어머니의 병세가 위급한 게로군.'

삼문의 얼굴빛이 흐려졌다. 그러나 즉시 얼굴색을 바꾸고 하니의 손을 잡아 끌며 스승 앞으로 나아갔다. 모든 사람의 눈길이 하니에게 향했다. 삼문에게 하니의 얘기를 들은 바가 있는 징옥과 흑곰은 친근한 눈빛으로 하니에게 고개를 숙였으나 바로한은 의아한 눈빛을 보냈다.

"여기 이 분은 징옥 큰 성님이고, 덩치 큰 저 사형은 흑곰이라 불리며, 저 분은 에…… 스승님의 하나뿐인 혈육인 바로한 성님이라우."

삼문의 손길에 따라 눈인사를 하던 하니의 시선이 바로한의 얼굴에 오랫동안 머물렀다.

'아, 저이가 바로…….'

하니는 바로한의 얼굴 저 너머에 있는 미지의 여진 여인을 보고 있었다. 여러 가지 빛이 뒤섞인 하니의 눈길이 바로한의 얼굴에서 떨어지자 삼문은 즉시 스승에게 하직 인사를 드렸다. 심문과 작별 인사를 나눈 징옥은 꾸어 놓은 보릿자루처럼 멀뚱히 서 있는 하니와 먼 산을 쳐다보고 있는 스승을 번갈아 쳐다봤다. 세간을 준비해 온 하니의 마음을 읽고 그

거처를 스승에게 묻는 것이었다.

한참 동안 먼 산을 쳐다보던 김 처사의 눈길이 징옥에게 향했고 이어서 삼성사 쪽을 향했다. 스승의 뜻을 짐작한 징옥이 흑곰의 어깨를 툭 쳤다.

"여보게 아우! 이젠 스승님 수발은 걱정하지 않아도 될 같으이. 나는 바로한과 함께 북변으로 가 볼까 하네만 자네는 어쩔 셈인가?"

"성님! 나 역시 동행하겠소."

징옥은 바로한에게 자신의 뜻을 말했다. 바로한은 말없이 징옥과 흑곰의 손을 굳게 잡아 주었다.

평안도 여연 땅에 말 탄 세 사람의 그림자가 나타났다.

갓 쓰고 도포 입은 잘생긴 두 사내와 맨상투에 머리띠를 두른 몸집 큰 사내 하나, 그들은 징옥과 바로한, 흑곰이었다. 바로한이 집이 있는 갑주(甲州) 쪽으로 가지 않고 이쪽으로 오게 된 것은 요동으로 떠난 3천여 용사의 하회가 궁금했기 때문이었다.

세 사람은 세거리 한 모퉁이에 붙어 있는 제법 큼직한 주막 앞에 말을 세웠다. 허기를 채우면서 풍문을 들어 보기 위해서였다. 징옥과 나란히 주막 안으로 들어선 바로한은 앉을 자리를 찾아 두리번거렸다. 그러던 바로한의 몸이 흠칫했고, 눈은 토끼를 덮치려는 승냥이처럼 새파란 빛을 내뿜었다. 객청 한구석에 꿈에도 잊을 수 없는 두 사람의 모습이 보였기 때문이었다.

자신에게 더할 수 없는 치욕과 더불어 뼈마디가 삭아지는 듯한 쾌감을 처음으로 느끼게 해 준 그 여인들이었다. 그러나 바로한의 표정은 금방 변했다. 그 여인들과 같이 히히덕거리고 있는 또 한 사람의 낯익은 남자를 보았기 때문이었다.

'저들이 어째서 같이 어울리고 있지?'

순간적으로 고개를 갸우뚱거린 바로한은 그쪽 동정을 몰래 살폈다. 그러나 들리는 것은 하하하, 호호호' 하는 웃음 소리뿐 다른 소리는 들을 수 없었다.

한 식경이나 마시고 먹어 가며 무언가 쉴새없이 주고받던 그들 중에서 사내가 먼저 일어나 주막 밖으로 나갔다. 바로한도 슬머시 일어났다.

사내는 측간 앞에서 엉거주춤하게 서 있었다. 뒤따라온 바로한이 손을 들어 사내의 어깨를 슬쩍 두드렸다. 잽싸게 고개를 돌린 사내의 눈이 크게 벌어졌다. 마치 유령을 보는 듯 입에선 더듬거리는 소리를 내뱉었다.

"아…… 아니 바, 바로한님"

사내는 요동으로 출전했던 모도리였다. 두 사람은 두 손을 마주잡고 한동안 무언가 쑥덕거렸다.

모도리가 아무 일 없었던 것처럼 다시 주막 안으로 들어간 얼마 후 바로한도 주막으로 들어갔다. 무슨 일이냐는 듯 의아한 시선을 던지는 징옥과 흑곰에게 따라오라는 손짓을 한 바로한은 주막을 나와 길 건너편 초라한 주막으로 들어갔다.

한참 후 모도리도 조심스럽게 바로한이 있는 주막으로 찾아왔다. 인사를 주고받기가 바쁘게 바로한은 요동으로 출병했던 일과 그 결과를 물었다. 한숨을 크게 내쉰 모도리가 입을 열었다.

"우리 병력은 3천여 명 정도였습니다. 명의 10만 요동군을 상대하기엔 턱없이 부족한 병력이었지만 우리에게도 계산이 있었습니다.

먼저 명군이 주둔하고 있는 조그만 병영이나 성(城) 하나만이라도 무찔러 버리면 숨죽이고 있던 우리 부족들이 여기저기서 호응하리라 생각했던 것입니다.

그리 되면 그까짓 명나라 데놈(뙤놈) 정도야 충분히 몰아낼 수 있을 것 아닙니까. 그래서 일부러 북소리를 요란하게 내며 기세 좋게 요동으로 진군했답니다.

그런데 행군 도중 이상한 소식을 들었습니다. 심양성을 지키는 명군이 북원(北元, 몽골)군을 상대하기 위해 성을 비워 놓고 나갔다는 소식이었습니다. 좋은 기회다 싶은 우리들은 말에 박차를 가해 심양성 코 앞에 있는 오노산성(五老山城)에 다다랐습니다. 평소 2천여명의 명군이 주둔하고 있던 그 산성은 늙고 병든 5백여 명의 군사밖에 없었습니다. 싱겁게 산성을 함락시킨 우리들은 그들을 심문하여 그 소식이 사실임을 밝혀 냈습니다.

우리들은 산성에서 하룻밤을 지낸 후 날이 밝는 대로 심양성으로 진격하기로 했습니다. 모닥불을 피워 놓고 승리를 자축하는 흥겨운 놀이판을 벌인 후에 우리들은 잠에 곯아떨어졌습니다. 잠결이었습니다. 누군가 '불이야! 야습이다!' 하고 외치는 소리에 후다닥 일어났습니다. 눈 앞엔 불바다가 있었습니다. 말떼가 울부짖는 소리가 들렸습니다. 허둥지둥 우왕좌왕하는 병사들의 모습도 보였습니다. '정신차려라. 적의 야습에 대비하라.'며 목이 터져라 외치는 경험 많은 용사들의 외침도 있었습니다.

나는 불타고 있는 막사를 뛰쳐나왔습니다. 미처 갑옷을 입을 겨를도 없이 말입니다. 화살이 비 오듯 쏟아져 왔습니다. 성문과 막사를 지키는 초병들은 이미 쓰러져 있었고 명군들은 코 앞에 와 있었습니다. 우리들은 필사적으로 싸워 간신히 적의 야습을 물리쳤습니다. 군사를 점고해 보았더니 절반이 죽거나 다쳤으며 수많은 병기와 말이 쓸모없이 되어 있었습니다. 우리들 가운데 적과 내통한 자가 있었던 것입니다. 바로 이만주 휘하 장수인 저탕개 추장이었습니다. 우리들은 눈에 불을 켜고 그를 찾았습니다. 그러나 그는 이미 사라지고 없었습니다. 우리들은 부득이 철군할 수밖에 없었습니다. 철군하는 우리들을 명군이 추격해 왔습니다. 시일이 갈수록 우리 용사들은 죽거나 흩어졌고 그나마 대열을 이탈하지 않은 건 겨우 6백여 명뿐이었지요. 하루 아침에 사냥꾼에게 쫓기는 짐승 신세가 된 우리들은 건주위 본영 쪽으로 가지 못하고 명군의 방비가 허술한 이곳 조선땅으로 숨어 들어왔습니다. 이렇게 된것입니다."

말을 마친 모도리의 눈에는 눈물이 그렁그렁했다.

"결국 그놈의 배신자 때문에 그렇게 된 것이로군. 그러면 치하르 노인과 왕청, 왕충 부자는 어찌 되었소? 그리고 이만주의 아들 보올가대는 또 어떻게 되었소?"

바로한은 우야소에게서 들은 바 있는 사람들의 안부를 물었다.

"치하르 노인과 왕청 노인은 오노산성에서 운명하셨고, 왕충은 이곳 여연 땅에 용사들과 함께 숨어 있지요. 그리고 보올가대님은 오노산성에 도착하기 전에 건주위 본영으로 돌아갔습니다. 이만주님이 아프다는 전갈을 받고 말입니다."

"참으로 아까운 어른들인테 그렇게 돌아가시다니………그건 그렇고 모도리 형께선 어떻게 그 두 여인과 어울리게 되었소이까?"

가벼운 탄식을 뱉어 낸 바로한이 책망하는 듯한 어조로 묻자 모도리는 눈길을 아래로 내리며 말했다.

"그 동안 우리들은 이곳 여연과 강계 일대의 산간 마을에 흩어져 숨을 죽이고 지내 왔습니다.한 달여 동안 그렇게 있으려니 좀이 쑤시기도 하고 답답하더군요. 그래서 세상 돌아가는 숙식이나 알아보자 하여 소일거리로 잡은 짐승 가죽을 둘러메고 이곳 대처(大處)로 나와 본 겁니다. 아침녘에 이곳에 도착하여 거간 노릇을 겸하고 있는 그 주막집 주인에게 가죽을 맡기고 술 한 잔을 하고 있는 중이었습니다. 그런 저에게 고려 사람인 주인이 은근히 말했습니다.

'여보쇼, 젊은이! 술이란 할마씨가 따라도 여자가 따라야만 술맛이 나는 법이라오. 마침 며칠 전에 평양에서 이곳으로 온 참한 작부가 있는데 같이 어울려 보지 않으시려우.'

그렇게 된 것입니다."

"모도리 형! 그들이 누군지 아시우?"

바로한은 어리둥절한 표정을 짓고 있는 모도리에게 자신이 당한 일과 그들의 정체에 대해 얘기해 주었다.

바로한의 얘기를 듣고 난 모도리는 고개를 끄덕이며 중얼거렸는데 그 얼굴엔 놀라움과 근심이 가득했다.

"그래서 그년들이 도망 쳐 온 우리 용사들의 소재에 대해 꼬치꼬치 캐물었군. 아아……, 여우 같은 년들에게 당했으니 이 일을 어찌하나."

옆에서 두 사람의 얘기를 듣고 있던 징옥이 끼어들며 한 가지 조언을 했다. 징옥의 조언을 들은 바로한은 입술을 꼭 깨물었고 모도리는 손뼉을 탁 쳤다.

바로한과 모도리는 어디론가 가고 징옥은 흑곰을 데리고 처음 들렀던 그 주막에 다시 나타났다. 객청 안으로 들어선 징옥의 눈이 두리번거렸다. 두 여인은 그 자리에서 조선 사내들과 히히덕거리고 있었다. 징옥은 주인을 불러 엽전 한 뭉치를 찔러준 다음 두 여인을 손가락질했다. 허리를 굽실거린 주인이 그쪽으로 간 얼마쯤 후 조선 여인 복색을 한 두 여자가 간들거리는 걸음걸이로 다가왔다. 여인들의 엉덩이가 자리에 내려앉자 징옥의 입에서 은근한 수작이 나왔다.

"아까 적에 잠시 그대들의 아리따운 자태를 보았소. 그때부터 내 마음은 봄꽃을 본 나비처럼 설레기 시작했다오. 그래서 다시 이곳에 와 그대들을 청했소이다."

오랜만에 달콤하면서도 예의 깍듯한 말을 들은 두 여인은 징옥의 이모저모를 뜯어봤다.

'백옥 같은 얼굴빛에 코는 우뚝하고 눈은 검실검실하군. 저 널찍한 가슴팍에 안겨 봤으면······.'

두 여인의 가슴은 두근거리기 시작했고 눈빛은 금방 게슴츠레해졌다. 드디어 여인들의 입에서 코먹은 소리가 나오기 시작했다. 먼저 홍매가 몸을 비비 꼬기 시작했다. 그것을 본 징옥이 달콤한 소리를 내뱉었다.

"두 떨기 목단 꽃 같은 그대들과 이렇게 앉아 있는 것만으로도 이 몸은 그저 하늘에 올라 옥녀(玉女)들과 놀고 있는 듯 황홀하군요. 우리 이목이 많은 지저분한 이곳을 떠나 아늑하고 풍광(風光) 좋은 곳으로 가 흥을 더해 봄이 어떻겠소?"

이미 뜨겁게 달아오르고 있는 몸을 느낀 여인들은 얼씨구나 하는 표정으로 징옥을 따라 나섰다. 징옥이 여인들을 데리고 간 곳은 인가와 동떨어진 곳에 있는 문왕묘(文王廟, 孔子를 모신 사당)였다. 문왕묘 문 앞에서 징옥은 흑곰에게 말했다.

"자네는 내가 저 안에서 이 여인들과 일을 볼 동안 이곳을 지키며 잡인들을 막아 주게."

'문왕(文王)을 모셔 논 이곳에서 한바탕 걸쭉한 운우지정을 교환하는 것도 참으로 재미있는 일이겠군.'

왜 하필 이곳으로 왔을까 하는 생각으로 고개를 갸우뚱거리던 여인들은 흑곰에게 하는 징옥의 말을 듣자 호호호, 깔깔깔 웃으며 징옥을 따라 들어갔다.

어둑살이 지고 있는 때라서 안은 약간 어두웠다. 그 어두운 방 안을 향해 징옥이 말했다.

"여기 꽃다운 두 분을 모셔왔으니 이젠 불을 밝히고 두 분의 아름다움을 환하게 보시오."

소리에 따라 팍팍 부시가 쳐졌고 대전 안은 금방 환해졌다. 불빛 속에 두 사람의 그림자가 보였다. 그러나 여인들은 조금도 두려워하지 않았다. 한 곳에서 혼음(混淫)하는 일에도 익숙했기 때문이었다. 그러나 갓 쓰고 도포 입은 또 한 사람이 모도리 옆에서 얼굴을 내밀자 여인들은 까무러치듯 놀라고 말았다. 새파랗게 질린 여인들의 입에서 숨 넘어가는 듯한 소리가 나왔다.

"그, 그대는 바로한!"

"그렇다. 네년들에게 수모를 받았고 누명을 쓰고 죽었던 바로 그 바로한이다. 이제 네년들의 심장을 도려 내어 지난 날의 설분을 할 차례구나."

바로한은 품 속에서 비수를 꺼냈다. 그러나 잠시 놀라긴 했지만 여인들 역시 무예를 익힌 금의위 위사였다. 심각한 위기를 느낀 여인들은 눈알을 굴려 틈을 찾는 한편 간드러진 목소리를 뽑아 내며 몸을 비비 꼬았다.

"어머나, 오라버니였군요. 오라버니가 변을 당하셨단 소식을 들은 우리 자매들은 며칠 밤낮을 눈물로 지새웠지요. 이렇게 살아서 못다한 옛정을 잇게 되었군요."

여인들의 말이 끊어지는 순간 징옥이 허허 웃으며 말했다.

"옛 정을 이으려면 앉아야지 그렇게 마냥 서 있기만 하면 되나. 두 분은 그만 앉으시오."

말소리와 동시에 징옥의 두 손이 뻗쳐 왔다.

'어림없는 수작.'

속으로 한 소리 부르짖은 여인들은 손을 들어 징옥의 팔을 막는 한편 한 발씩을 들어올려 징옥의 사타구니를 찼다.

"흥, 제법인걸."

코웃음과 함께 징옥은 오른발을 내차는 두 여인의 종아리께를 연달아 걷어차 막아내며 손으론 두 여인의 어깻죽지를 꽉 움켜잡았다. 전광석화 같은 동작이었다. 졸지에 어깻죽지를 제압당한 여인들은 풀썩 허물어졌다. 즉시 모도리가 달려들어 쓰러진 여인들의 두 발을 쇠가죽으로 묶었다. 이어 바로한이 여인들을 추달했다.

"내가 누명을 쓰게 된 그 자초지종을 밝히고, 너희들이 이곳에 온 목적을 밝혀라."

바로한의 온갖 엄포에도 여인들은 입을 열지 않았다.

마침내 징옥이 앞으로 나섰다.

"야, 이년들아! 내 말 똑바로 들어. 내가 한 손 뻗으면 너희들은 그 순간 황천행이야. 자, 바로한님에게 누명을 씌운 것은 여진인을 분열시켜 서로 싸우도록 하기 위함이 아니더냐! 이미 그런 사실을 알고 있는 우리들이 묻고 있는 목적은 두 가지 때문이다.

하나는 그런 사실을 확인하고자 하는 것이고, 또 하나는 처량한 네 년들의 목숨을 살려 주기 위해서이다. 알겠느냐?

그런데도 말하지 않겠다면 부득이 너희들의 꽃다운 얼굴에 난도질을 한 후 문둥이들이 살고 있는 움막에 처넣어 죽도 살도 못하게 해 줄 수밖에 없다. 그리 되면 앞으로 얼마든지 멋지게 살 수 있을 너희들의 삶이 어떻게 될지 상상해 보아라."

여인들은 공포를 느꼈는지 얼굴에 경련이 일었다. 마침내 여인들은 고개를 끄덕였다.

자신들은 초 통령의 명에 따라 이곳에 와 여진 용사의 소재 파악을 하고 있다고 했다. 그리고 초 통령과 이조학이 평안도 관찰사에게 보내는 요동 총관의 서신을 지니고 열흘 후 평양으로 온다고 했다. 또 자신들은 이곳에서 수집한 정보를 평양에서 초 통령에게 전해줄 거라고 말했다.

바로한을 쳐다본 여인들은 잠시 뜸을 들이다가 바로한이 누명을 쓰게 된 자세한 전말을 모두 얘기했다.

자신과 관련된 이야기를 모두 듣고 난 바로한은 여인들을 밖으로 끌고 나가 죽이려 했다. 그러나 징옥이 바로한의 팔을 잡았다.

"여보게, 아우! 저 여인들이 마음을 고쳐먹고 새 사람이 되고자 하는 것 같으니 그만 살려 주세. 그리고 저 여인들이 살아 있어야만 자네가 당한 일의 증인이 될 수 있지 않겠는가."

사리 정연한 징옥의 말에 바로한은 칼을 집어넣었다. 고마운 눈빛을 보내는 여인들에게 징옥은 자백서를 쓰게 한 다음 서명을 하게 했다.

"그렇지, 이 자백서를 금의위에 보내면 이 여인들은 배신의 대가로 죽음을 당할 수밖에 없지. 그러니 우리가 이것을 쥐고 있으면 이여인들의 목숨을 쥐고 있는 것과 같군."

바로한은 징옥에게 믿음의 눈빛을 던졌다.

'이런 묘계(妙計)를 생각해 내다니. 징옥 성님의 지략은 참으로 대단하군. 아마도 아버님께 병법을 배운 덕분이 아닐까?'

29

여조상쟁(如朝相爭)

그로부터 열흘 후, 핏빛 석양이 대동강 등허리 위에 내려앉아 두견새처럼 울고 있을 무렵이었다. 대동강을 굽어보고 있는 을밀대에 조선 여인 옷차림을 한 두 여인이 나타났다. 이들이 올라 오고 난 얼마 뒤에 두 남자가 앞서거니 뒤서거니 하며 나타났다.

이들을 보고 있던 두 여인은 쪼르르 달려가 앞선 남자에게 정중히 허리를 굽혔다. 앞선 남자는 초 통령이었고, 뒤따르는 남자는 이조학이었다.

초 통령은 싸늘한 표정을 풀지 않고 그저 머리만 끄덕였다.

홍매가 코먹은 소리로 애교를 떨며 초 통령의 몸에 자신의 몸을 밀착시켰다. 그래도 사내는 표정을 흐트러뜨리지 않고 냉랭하게 한마디 내뱉었다.

"시간 없어, 빨리 복명이나 해."

샐쭉한 표정을 지으며 홍매는 느릿느릿 입을 열었다. 그 틈에 백매는 등짐을 지고 유유히 흐르는 대동강을 쳐다보고 있는 이조학에게 다가갔다. 강하게 풍겨 나오는 지분 냄새를 맡은 사내의 고개가 여인 쪽으로 돌려졌다.

그 순간 백매의 품 속에서 서신 한 통이 빠져나오더니 잽싸게 이조학의 소맷자락으로 들어갔다. 그렇게 한 여인은 멀뚱한 눈으로 보고 있는 이조학에게 은밀한 눈짓을 보낸 후 아무 일 없었다는 듯 지나쳤다. 얼마후 사내들이 어깨를 나란히 하고 내려갔다. 여인들은 한참 동안 저녁놀을 바라보다가 그곳을 떠나갔다.

이튿날 아침, 평안도 관찰사 박규는 두 사람의 방문을 받았다. 정중한 예로써 맞이하는 박규와는 달리 방문객의 태도는 너무나 거만했다. 마치 아랫사람을 대하는 것 같았다.

그들이 전해 준 요동 총관의 공문을 펼쳐 본 박규가 입을 열었다.

"상국(上國)의 요동 총관께선 이 몸더러 그대들의 일에 협조해 달라는데 소관(小官)이 도울 일은 무엇이오니까?"

"압록강변 여연 강계 땅으로 숨어든 여진 반도를 잡아 주시오."

"어렵소이다. 그들은 이 땅에서 별 탈을 일으키지도 않았고 또 그들이 숨어 있는 곳도 소관으로서는 모르는 일인데 어떻게 그들을 잡아들인단 말이오? 내 힘이 미치지 않소이다."

골치 아픈 일인 데다 또 잘 해야 본전이고 잘못되면 평지풍파를 일으킬 수도 있는 일에 개입하지 않으려는 관찰사의 의도를 꿰뚫어 본 초 통령이 안상을 탁 치며 엄포를 놓았다. 서투르지만 똑똑히 알아들을 수 있는 조선 말이었다.

"정말로 우리 사람 일에 협조 않겠다는 말인가, 나중에 우리 대명 황제의 명을 거역했다는 죄명을 덮어써도 좋단 말이지!"

박규가 황송한 듯 머리를 숙이며 말했다.

"소관이 어찌 감히 상국의 명을 거역하겠소만 이 일은 워낙 중요한 일이라 조정의 허락이 있어야 되오이다. 즉시 장계를 올려 조정의 뜻을 묻도록 하겠소이다."

"좋소. 이른 시일 안에 행하도록 하시고 그들을 잡는 즉시 기별을 보내 주시오. 요동성에서 기다리겠소."

더 이상 관찰사를 윽박질러 봐야 별소용이 없다는 것을 느낀 두 사람은 소매를 떨치고 일어섰다. 평양성에서 한양으로 영기(令旗)를 등에 꽂은 파발마가 내닫을 즈음 평양성 북문으로 한 떼의 인마가 나갔다. 갑옷 투구에 창칼과 방패를 들고 대명의 깃발을 기세 좋게 휘날리며 달리는 무리는 약 30여 명 정도 되었다. 대열 맨 앞에는 초 통령과 이조학이 말머리를 나란히 하고 있었다.

이들이 의주성으로 들어가자 성문 밖 수림 속에서 두 사람의 모습이 나타났다. 그 중의 한 사람이 남쪽을 손가락질하며 말했다.

"바로한님! 저기 저들이 옵니다."

말을 타고 남쪽에서 명군들의 뒤를 따라온 사람은 징옥과 흑곰이었다.

말에서 내린 징옥이 물었다.

"그들에게 피하라고 연락은 했겠지요. 그리고 그 왕충이라는 여진 용사는 어디 있소이까?"

"왕충 그 사람 역시 이 장사를 매우 보고 싶어 하더이다. 그 사람은 의

주 나루터에서 만나기로 했으니 조금 있으면 만날 수 있을 겁니다."

모도리가 말을 끝내자 모두들 앞서거니 뒤서거니 하며 의주성으로 들어갔다.

아침 햇살이 압록강 푸른 물에 얼굴을 들이밀 때쯤 초 통령과 이조학이 이끌고 있는 명군(明軍) 일행은 압록강을 건넜다. 저만큼 쪽에서 막사를 세워 놓고 기다리던 일단의 군마가 마중 왔다. 백여 명 정도 되어 보이는 병력이었다. 요동군 소속으로 이조학의 직속 부대였다. 금의위 소속의 30여 명과 어울린 이들은 즉시 요동성을 바라보고 행군해 갔다. 초겨울의 서늘함을 몰아내 주는 기분 좋은 햇살이 중천에서 내리 비칠 때쯤이었다.

이들을 뒤쫓아오는 급박한 말발굽 소리가 들려왔다. 고개를 들어 본 이조학의 눈에 조선군인지 명군인지 분간 못할 10여 기가 들어왔다. 초 통령과 이조학은 동시에 손을 들어 행군을 멈추게 했다. 누군지 궁금했기 때문이었다. 가까이 다가온 그들 중의 하나가 외쳤다.

"우리는 여진 사냥꾼인데 초가 성 가진 여우 한 마리를 사냥하고자 왔소이다."

이 말에 이어 투박한 소리 하나가 뒤를 따랐다.

"그 놈의 야시는 백야시인기라. 비록 둔갑을 하고 있지만 하얀 신발이 그 놈의 표시라더라. 여러분! 백야시가 아닌 사람은 다치기 전에 멀리 물러나소."

여진인 복색을 한 잘생긴 사내가 활을 들어 초 통령을 가리키고 있었다. 여진 무리 속에서 박장대소가 일어났다. 초 통령은 순간 눈을 치떴고 이조학의 입가엔 희미한 웃음이 어른거렸다. 이조학이 그런 표정을 짓자 그의 부하들마저 킥킥거렸다. 징옥이 즉흥적으로 내뱉은 말 그대로 금의위(錦衣衛) 사람들은 중국인한테서 백호(흰 여우)라 불리기 때문이었다. 눈꼬리를 치켜 내세운 초 통령의 얼굴이 시뻘겋게 달아올랐다. 금의위 소속 군병들의 얼굴도 마찬가지였다.

"짐승 같은 야만인들이 감히 누구를 어떻게 하겠다고!"

성질 급한 금의위 소속 몇 명이 칼을 뽑아 들고 그들에게 덮쳐들었다. 여진인 무리 속에서 한 마디 소리가 터져 나와 이들을 맞았다.

"백야시 새끼 세 마리가 굴에서 나왔구나. 먼저 저놈들을 잡아 어미 여우의 분통을 터뜨려야겠다."

소리와 함께 활시위 당기는 소리가 들렸다. 그 순간 기세 좋게 앞으로 내닫던 금의위 세 명이 소리 한 마디 없이 말에서 떨어졌다. 부하들의 죽음을 본 초 통령은 재빨리 칼을 뽑아 들고 외쳤다.

"저 야만인들을 단숨에 짓밟아라!"

명령 한 번에 금의위 병력은 창과 칼을 휘두르며 돌진했다. 그러나 이조학과 그의 소속 군병들은 남의 일처럼 방관만 하고 있었다.

"흥, 네놈들의 도움 없이도 얼마든지 저놈들을 뭉갤 수 있어. 어디 두고 보자."

부하들을 뒤쫓아 돌진하던 초 통령은 무서운 눈빛으로 이조학을 흘겨봤다. 가재는 게 편이라 했는데 어째서 이조학과 그의 군마는 방관만 하고 있는 것일까.

원래 금의위(錦衣衛)는 명(明) 황제의 신변을 경호하는 근위 부대였다. 그러다가 이들은 황제에 대한 반역 및 국가 안위에 대한 각종 정보 수집과 공작을 하는 황제 직속의 기관으로 변질되었다. 그러다 보니 어떤 곳이라도 개입할 수 있고 어느 누구라도 체포 구금할 수 있는 막강한 힘을 지니고 있었다. 그런 탓으로 이들은 사람들에게 공포와 경원의 대상이었다. 요동에 파견 나온 초 통령과 그의 직속들은 요동군과 이조학에겐 밤낮으로 자신들을 감시하고 통제하는 하나의 검은 그림자였다.

그럼에 따라 서로 간에는 보이지 않는 알력이 있을 수밖에 없었다. 그런 데다가 초 통령은 이조학의 약혼녀를 차지하려고 모종의 공작을 진행시키고 있었다. 그런 낌새를 어렴풋이 느끼고 있던 차에 그 구체적 내용을 적은 백매의 서신을 받은 이조학은 언젠가 때가 오면 두고 보자며 이를 갈고 있었던 것이다. 이런 사정이 있었기에 이조학과 그의 병사들은 남의 집 불 구경하듯 팔짱만 끼고 있었다.

무섭게 흘겨보는 초 통령의 눈길을 의식한 이조학은 빙긋 웃으며 수하 군병들을 향해 손을 치켜들며 호령했다.

"전투 준비! 궁수들은 앞으로 나와 사격 자세를 취하라."

이조학의 웃음에는 속셈이 있었다.

그는 초 통령이 여진인들과 싸워서 죽게 되면 건성으로 여진인들을 향해 화살 몇 대만 쏘아 보내고 퇴군할 작정이었다. 그리고 초 통령 측이 이길 낌새가 보이면 이 참에 그들의 등을 습격하여 초 통령 이하 전 병사를 황천으로 보낸 후 그 죄를 여진인들에게 씌우겠다는 속셈이었다.

순간 맨 앞에서 달리던 금의위 병사 세 명이 가슴과 목통에 화살을 꽂은 채 말에서 떨어졌다.

껄껄껄 웃음 소리와 손뼉 치는 소리가 여진인들 속에서 나왔다.

수하들과 어깨를 나란히 한 초 통령은 말고삐를 잡아채며 호령했다.

"모두 다 방패를 들어라!"

여진인들 속에서도 한 마디 소리가 터져 나왔다.

"여러 용사들! 우리도 마중 나가 한바탕 신나게 두들겨 봅시다."

큰 북 소리가 울리듯 하는 그 소리에 맞춰 여진 용사들은 저마다 무기를 꼬나잡고 등자를 걷어찼다. 앞장선 흑곰의 철주가 긴 원을 그으며 휙휙 바람을 갈랐다. '퍽퍽 파팍 툭' 하는 소리가 들렸고 금의위 위사 두 명이 피떡이 되어 말등에 엎어졌다. 흑곰의 한 발짝 뒤에서 달리던 왕충은 대도를 휘두르며 금의위 대열을 관통해 들어갔다. 양떼 속으로 뛰어든 사냥개 같았다. 허공에서 왕충의 대도가 섬광을 내뿜을 때마다 피보라가 솟구쳐 올랐다. 검은 헝겊으로 얼굴을 가린 바로한은 잡병들은 거들떠보지도 않고 곧장 초 통령만을 노리고 짓쳐 들었다. 환도를 비껴 든 징옥은 바로한 옆으로 들러붙는 잡병들을 향해 어지러운 칼질을 해 댔다.

초 통령과 맞닥뜨린 바로한은 얼굴을 가린 헝겊을 풀어 던졌다.

"악독한 백여우놈아! 이 몸을 알아보겠느냐. 너를 잡으러 온 저승 사자니라."

"아니! 저자는 죽었다던 바로한 그놈이 아닌가!"

믿을 수 없다는 듯 두 눈을 동그랗게 뜬 초 통령의 가슴팍으로 바로한의 장검이 사정없이 뻗쳤다.

"차아, 창."

칼과 칼이 마주쳤다. 둘은 필생의 힘을 다해 치고 찌르고 후려치며 어울렸다. 징옥은 그들 주위를 빙빙 돌며 달려드는 잡병들을 풀 베듯 했다. 왼손에 방패를 든 모도리는 영활한 뱀의 혓바닥처럼 장창을 놀려 적병의 가슴을 쑤셔 댔다. 나머지 다섯 명의 여진 용사들도 제 나름의 재주를 뽑아 내어 금의위 병사들을 도륙했다. 함성과 기합 소리가 울렸고, 그에 따라 애처로운 단말마의 비명이 여기저기서 터져 나왔다. 풀썩풀썩 먼지를 일으키며 하나둘 고깃덩어리가 된 몸뚱어리가 말에서 떨어졌다. 주인을 잃은 말은 구슬피 울면서 전장을 벗어났다. 방금 전까지 메말랐던 땅은 핏물에 젖어 축축해졌다.

금의위 병사들은 명군(明軍) 중에서 가려 뽑은 자들이었다. 그러나 이들과 상대하는 징옥과 흑곰 등의 사람들은 모두 일당백의 용력을 지닌 용사 중의 용사였다. 따라서 애당초부터 싸움은 상대가 되지 않는 일방적인 도살에 불과했다. 이렇게 부딪친 지 한 식경도 되지 않아 금의위 병사들의 기세는 전부 꺾여 버렸다. 이제 초 통령은 발이 잘려 나가고 몸통만 남은 꼴이 되었다. 예상과 달리 대세가 기울어진 것을 알아차린 초 통령의 핏발 선 눈이 바쁘게 굴렀다. 틈을 찾아 달아나려는 것이었다.

"받아라!"

초 통령의 입에서 한 마디 벽력 같은 소리가 나왔다. 그와 함께 혼신의 힘을 실은 칼이 허공을 갈랐다. 자신의 허점은 아랑곳하지 않고 오직 상대만을 베겠다는 기세였다. 바로한은 마주 받지 않고 옆으로 몸을 틀어 비껴났다. 그 틈을 뚫고 초 통령은 쏜살처럼 달아났다. 호기롭게 싸우던 그가 달아나리라곤 아무도 예상 못했다. 그래서 모두들 순간적으로 멍해졌다. 그러나 바로한만은 말을 달려 초 통령을 쫓았다. 그렇지만 초 통령과 뒤쫓는 바로한 사이에는 상당한 간격이 있어 따라잡기는 어려워 보였다.

'놓쳤구나' 하고 느낄 순간, 잘 달리던 초 통령의 말이 별안간 네 굽을 꺾으며 엎어졌다. 보고 있던 사람들의 눈에 경탄의 빛이 어렸다. 엎어지는 말 등을 박차고 공중제비를 한 바퀴 넘으며 땅 위에 내려서는 초 통령의 날렵한 몸놀림 때문이었다. 땅에 떨어진 장검을 집어 든 초 통령은 무서운 눈빛으로 이조학을 노려봤다. 화살은 뜻밖에도 이조학이 쏘아 보낸 것이었다. 뒤쫓아간 바로한도 잽싸게 말에서 내렸다.

잠시 끊어졌던 두 사람 사이의 싸움이 다시 불을 뿜었다. 그러나 요번 싸움은 전번처럼 그렇게 맵지도 독하지도 않았다. 이미 전의를 상실한 초 통령은 바로한의 적수로는 부족했다. 몇 번 칼이 마주치는 소리가 있었다. 그리고 '휙' 하는 세찬 칼바람 소리와 동시에 '흑' 하는 외마디 소리가 났다. 목이 달아난 초 통령의 몸통이 꼿꼿이 선 채로 한 줄기 선혈을 뿜었다. 솟구치던 핏줄기가 사라지자 초 통령의 몸통도 앞으로 쓰러졌다.

"시원하다."

"멋진 한 수다."

"잘 했다."

여진인 무리 속에서 환호성이 울려 나왔다.

승리감에 취해 사기가 오른 여진인들의 눈길이 요동군 쪽으로 향했다. 피맛을 본 늑대의 눈빛을 본 요동군은 슬며시 자신들의 무기를 움켜잡았다. 앞줄에 도열해 있던 요동군 궁수들은 시위를 가득 당겼다. 일촉즉발의 분위기였다.

이 순간 '잠깐만!' 하는 소리와 함께 징옥이 왕충과 바로한에게 다가갔다.

"애당초 계획대로 이쯤에서 물러나야만 하오."

나지막한 징옥의 깨우침이 있자 무리들의 눈빛이 바뀌었다. 일행은 즉시 말머리를 돌렸다.

그런데 뒤에서 또 한 번 '잠깐만!' 하는 소리가 들렸다. 이번에 소리 친 사람은 이조학이었다. 손바닥을 앞으로 한 채 달려온 이조학이 바로한에게 예를 취했다. 두 손을 마주 잡는 중국식 예(禮)였다.

"그대가 살아 있었다니……. 참으로 반갑소이다. 자당께 이 몸의 안부나 전해주시오."

'저 사람하고는 인연이 참으로 묘하군.'

바로한은 속으로 중얼거리며 고개만 끄덕였다. 그랬다. 바로한의 중얼거림대로 두 사람의 인연은 참으로 묘했다.

나중의 일이지만 명(明)에 원한을 품고 있던 바로한은 이 이조학과 맺은 인연으로 친명적(親明的)인 허울을 쓰고 자신의 세력을 키울 수 있었다. 그리고 그의 고손자(高孫子), 즉 바로한의 손자인 타커시의 손자 누르하치는 이조학의 증손자인 이성량(임진왜란 때 조선으로 출병한 명나라 장수 이여송의 아버지)의 힘을 빌려 대청(大淸)을 세울 기반을 잡게 되었다.

바로한 일행이 지평선으로 사라지자 이조학은 장창을 든 심복 부하 셋에게 뭐라고 지시했다. 이조학의 지시를 받은 심복 부하들은 싸움터를 벗어나 소문을 내러 갔다.

조선 땅에 숨어 있던 여진 패잔병 5백여 명이 초 통령 이하 금의위 병사 30여 명을 몰살시켰다.

이조학이 퍼뜨린 이 소식은 곧바로 명의 조정에 들어갔다. 이에 명조에서는 조선으로 사신을 급파했다.

초 통령에 대한 설분에 성공한 바로한 일행은 동쪽으로 말을 달렸다. 조선 땅 여연으로 넘어가는 압록강가에 왔을 때 왕충이 작별을 고했다.

"바로한 형! 그리고 여러 형제들! 아무리 생각해도 이 왕충은 건주위 본영으로 되돌아가야겠소."

부족 용사 8백여 명을 거느리고 출전했던 왕충은 저탕개의 배신으로 두 달도 안 되는 동안 부하들을 3백 명이나 잃고 이제 5백여 명만 거느리고 있었다.

여연 땅 세거리 주막에는 평양에 갔던 백매와 홍매가 약속대로 기다리고 있었다.

바로한과 모도리는 숨어 있는 여진 용사들에게 강계 북쪽 80리 지점에 있는 금파산 여진 마을로 모이도록 기별을 보냈다. 그런 다음 여연 절제사 김경과 강계 절제사 박초를 차례로 찾아갔다.

호피(虎皮)를 비롯한 짐승 가죽을 예물로 내놓은 모도리와 바로한은 정중하게 말했다.

"그 동안 오갈 데 없었던 우리 여진 패잔병들을 잘 돌보아 주셔서 참으로 고마웠습니다. 이제 저희들은 건주위 본영으로 되돌아갈까 합니다."

김경과 박초는 기쁜 얼굴로 배웅했다. 여러 가지 말썽을 일으킬 소지를 지닌 그들이 떠난다는 것은 치안을 담당하고 있는 그들로서는 그 어떤 소리보다 반가운 말이 아닐 수 없었다.

금파산 기슭, 5백여 명의 여진 용사들이 모인 자리에서 모도리는 바로한이 누명을 쓰고 죽을 뻔했던 일과 요동에서 초 통령과 금의위 병사들을 전멸시킨 과정을 말해 주었다. 백매와 홍매도 일어나서 먼저 사죄의 인사부터 한 다음 모도리의 얘기를 뒷받침했다.

용사들은 저마다 한 마디씩 떠들었다.

"참으로 극악한 놈들이군."

"어쨌든 초가와 그 패거리들을 박살냈다 하니 반분은 풀었군."

"아니야! 이참에 그 첩자놈들이 웅크리고 있는 장원마저 불살라 버려야 해."

징옥이 일어나 손을 치켜들었다. 용사들은 떠들던 입을 닫고 눈을 빛냈다.

"여진 용사들이여! 이 몸은 조선 땅에서 온 이징옥이라 하외다. 내가 알기로 여러분들은 부여와 고구려, 그리고 대금(大金)의 후손으로서 그 어느 누구에게도 굴복하지 않는 씩씩한 사람들로 알고 있습니다. 그런데 지금은 명(明)의 눈치나 보며 빌빌거리는 야만인 소리를 듣고 있는 실정으로 변했소이다. 이것은 여러분만이라도 한 덩어리로 똘똘 뭉쳐야 한다는 것이오. 여러분! 내 하나 묻겠소. 여러분들은 이대로 흩어져서 사냥꾼에게 쫓기는 노루 신세가 되고 싶소? 아니면 가슴 딱 펴고 떳떳하게 살고 싶소?"

징옥의 말이 여기에 이르자 용사들은 이구동성으로 외쳤다.

"그 물음은 하나마나 한 소리요."

용사들의 반응에 징옥은 주먹을 불끈 쥐어 흔들며 땅을 '쾅' 굴렀다.

"좋소. 과연 여진 용사답소. 우리 여기 이 바로한님을 중심으로 똘똘 뭉쳐 봅시다. 그런 다음 이 땅에서 거들먹거리는 명나라 데놈들을 몰아낼 힘을 기릅시다. 이 몸 역시 필생의 힘을 다해 여러분과 하나가 되겠소."

그렇게 힘찬 말을 뱉어 낸 징옥은 묵묵히 앉아만 있는 바로한을 부축해 일으켰다. 마지못한 듯 자리에서 일어난 바로한은 활시위에 화살 하나를 걸어 공중을 겨누며 말했다. 하늘 높이 소리개 한 마리가 유유히 날개 짓을 하고 있었다.

"여러 형제들! 우리는 원래부터 한 몸이었소. 따라서 여러분의 일이 곧 내 자신의 일이며 내 자신의 일이 바로 여러분의 일이외다. 내 두 맘 없음을 이로써 증표하겠소."

말을 마친 바로한은 활줄을 당겼다가 놓았다. 하늘 높이 날고 있던 소리개가 한 점이 되어 떨어졌다. 순간 '와' 하는 함성이 먼저 일어났고 우레 같은 외침이 뒤따랐다.

"압캐님의 아들 바로한! 여진 제일 용사 바로한!"

이들과 하나 된 바로한은 먼저 갑주로 향했다. 그곳에서 준비를 한 다음 우디거 땅으로 들어가 명 첩자의 소굴을 도려 내고 태청이 기다리고 있는 경박호로 갈 생각에서였다.

징옥과 흑곰, 그리고 백홍 이매도 이들과 동행했다. 새로운 모험을 좋아하는 징옥의 성품 탓이기도 했지만 의형제이자 뜻 맞는 친구인 바로한과 떨어지기 싫었던 탓도 있었다. 백매와 홍매는 바로한과 징옥에게 끊임없이 추파를 던졌다. 징옥은 은근히 대했으나 바로한은 눈길 한 번 주지 않았다. 그렇지만 흑곰은 두 여인과 마주칠 때마다 괜히 얼굴을 붉히고 말을 더듬었다. 이것을 눈치챈 징옥이 갑주에 도착하자마자 흑곰을 불렀다.

"여보게 아우! 백매, 홍매 중 누가 더 마음에 들던가? 속 시원히 말하면 내 중매를 서지."

한참 만에 흑곰의 의중을 알게된 낸 징옥은 백홍 이매를 불러 말했다.

"내게 보내 주는 두 분의 은근한 호의는 이미 알고 있소. 그러나 생사를 같이하기로 한 내 아우가 홍매 그대에게 정을 품고 있소. 어떻게 하겠소?"

눈알을 굴리며 이것저것을 생각하던 홍매는 고개를 끄덕였다. 이렇게 되어 흑곰은 연상의 여인 홍매에게 장가를 들게 되었고 백매는 징옥 곁에서 지어미 노릇을 하게 되었다.

이 무렵, 명나라 선덕제(先德帝)의 사신이 한양에 도착했다.

조선 왕은 조선 땅에 숨어 있는 명의 반도 여진인 5백여 명을 즉시 잡아 보내라. 한시도 지체함이 있어선 안 된다.

칙서를 받은 조선 조정에서는 평안도 관찰사에게 명을 내렸다.

"여연 강계 땅에 숨어든 여진 패잔병 5백 명을 사로잡아 명의 요동군에게 넘겨주어라."

관찰사는 여연 절제사 김경과 강계 절제사 박초에게 또다시 하명했다. 김경과 박초는 이맛살을 심하게 찌푸렸다. 이미 그들은 어디론가 떠났고 기쁜 얼굴로 배웅까지 하지 않았던가. 사실대로 복명하면 틀림없이 문책의 있을 것을 염려해 고민하던 두 사랑은 한 가지 계책을 짜냈다.

"어떤 놈이든 여진 사내 5백여 명을 잡아서 보내면 누가 알겠는가."

두 절제사는 자신들의 관할 구역에 있는 여진 마을로 통고를 보냈다.

"평소에 조선 백성과 사이좋게 지낸 점을 어여삐 여겨 한바탕 걸쭉한 잔치판을 벌일 예정이니 여진 사내들은 모두 절제사 군영으로 와서 기분 좋게 한잔해라. 절제사의 이 뜻을 거절치 않으리라 생각한다."

순박한 여진 사람들은 절제사에게 드릴 각종 선물을 손에 들고 모여들었다.

그들에게 독주를 잔뜩 먹인 두 사람은 어렵지 않게 5백여 명의 손발에 오랏줄을 걸 수 있었다. 억울하게 잡힌 여진인들은 무슨 영문인지도 모른 채 요동군에게 넘겨졌다. 울며불며 억울함을 호소해도 아무런 소용이 없었다. 요동군은 이들을 즉시 참형에 처한 후 명 조정에 보고했다.

모든 전말을 뒤늦게 알게 된 여진 마을에서 들고 일어났다. 그러나 그들은 조선 군병의 창칼 앞에 맥도 못추고 말았다. 뿐만 아니라 항명한다는 죄목으로 끌려가 애꿎은 볼기만 터지고 말았다.

이들은 자신들의 억울함을 건주위 이만주에게 호소했다. 명(明)을 칠때엔 자라처럼 모가지를 처박고 있던 이만주는 어깨를 펴며 휘하 장수들에게 호령했다. 조선 정도쯤은 한두 번 건드려 볼 만하다고 생각했고, 전번에 잃었던 수장(首長)으로서의 권위를 이번 기회에 되찾아 볼 요량에서였다.

"누가 우리 핏줄의 억울함을 풀어 주겠는가. 용맹 있는 장수는 앞으로 나서라."

왕충이 앞으로 나섰다. 이만주는 엄지를 치켜올리며 말했다.

"과연 건주위 제일 용사답소. 지금쯤이면 압록강이 얼음으로 변했을 터이니 어서 달려가 우리 백성들의 울분을 풀어 주시오."

왕충은 이만주가 내준 3백여 기를 거느리고 질풍처럼 압록강을 건넜다. 오랑캐들이 쳐들어온다는 급보를 받은 도절제사 문귀는 1천여 병마를 소집하여 김경, 박초와 더불어 왕충을 맞았다. 그러나 이들은 왕충의 적수가 못됐다. 몇 번의 접전 끝에 여연과 강계 등지의 수많은 조선인 가옥들이 불탔고 병마와 군량마저 뺏겼다. 뒤로 물러나 패군을 수습한 문귀는 위급한 상황을 조정에 알렸다. 평안도 관찰사의 장계를 본 세종의 머리 속엔 압록강과 두만강을 경계로 하는 조선의 지도가 그려지고 있었다.

한바탕 조선 군병들의 얼을 빼 놓은 왕충은 여연, 강계 등지의 여진인들을 모아 놓고 입을 열었다.

"동포 여러분! 다행히 이 왕충이 여러분이 당한 억울함을 다소나마 풀긴 했습니다만, 곧이어 조선 조정에선 대군을 보내 우리들을 칠 것이 분명합니다. 그리 되면 여러분들은 또 한 번 모진 박해를 받게 됩니다. 그러니 대대로 뿌리 박고 살던 이곳일 망정 훌훌 털고 떠나는 것이 상책이라 생각됩니다. 지금 당장 어디든 안전한 곳으로 떠나십시오. 가실 곳이 마땅찮은 분들은 저희 부족이 살고 있는 곳으로 모실 테니 같이 가십시다."

왕충의 말이 그럴듯하다고 생각한 여진인들은 보따리를 쌌다. 더러는 함길도 쪽으로 가기도 하고 더러는 깊은 산 속으로 들어가기도 했다.

그렇지만 대부분의 여진인들은 왕충을 따라 압록강을 건넜다. 동포들을 구하고자 한 왕충의 이 작전은 자신에게도 큰 도움이 되었다. 3천여 호가량 되는 이들을 흡수한 왕충 부족은 순식간에 세력이 강화되었고, 이로 인해 후일 자신의 아들이 건주위의 수장(首長)이 될 수 있는 기반을 마련했다.

한편, 여진인들이 이렇게 압록강 얼음판을 밟고 있을 때 두만강 얼음판을 넘어가는 한 떼의 인마가 있었다. 갑주에서 출발한 바로한 일행이 었다. 말을 타거나 마차에 몸을 실은 이들 행렬의 맨 앞에는 징옥과 말머리를 나란히 한 바로한이 있었다. 그 뒤를 날래게 보이는 10여 기마병이 따르고 있었다.

그 다음에는 마차 한 대가 뒤를 따랐다. 우야소가 모는 이 마차는 보통 마차와는 다른 특이한 점이 있었다. 나무로 깎은 새(鳥) 한 마리 밑으로 작은 북 일곱 개와 구리 방울 세 개가 달려 있는 높이 솟은 나무 기둥 하나를 마차 앞에 세우고 있는 점이었다. 그리고 마차를 둘러싼 포장 좌우에는 날개를 휘저으며 나르는 큰 새 한 마리가 각각 그려져 있었다.

이 마차의 좌우와 뒤쪽을 30여 기의 기마병이 옹위하고 있었고 그 뒤를 여러 대 마차와 기마 행렬이 따랐다. 기다란 뱀의 몸통처럼 꾸불꾸불한 이들 행렬은 방울 소리를 딸랑거리며 여러 날 동안 끝없는 대지를 지나갔다. 찬바람 몰아치는 노중(路中)에서, 또는 여러 마을을 거쳐 가면서 이들은 여러 무리의 사람들과 마주쳤다. 그렇지만 그때마다 마주친 사람들은 모두가 하나같이 길을 피해 주었고 존경 어린 시선을 보내 주었다. 솟대가 세워져 있는 특이한 그 마차 때문이었다.

정구런 신녀(神女)가 살고 있는 하다 마을에 도착한 이들은 짐을 풀었다. 제법 오랫동안 머물 예정인 것 같았다.

"아아……, 하늘이 무심치 않았구나."

맨발로 뛰쳐 나온 정구런은 말에서 내리는 바로한을 와락 껴안았다.

그날 밤 바로한은 자신이 살아나게 된 자초지종을 이모에게 말해주었다. 요동에서 초 통령을 죽인 일도 말했고 백홍 이매를 사로잡은 일도 말했다. 그러나 아버지를 만난 일만은 말하지 않았다. 그리움에 멍든 이모의 가슴을 또 한 번 저리게 할 수는 없었다.

이들이 하다 마을에 머문 지 사흘째 되는 날 깊은 밤이었다. 하다 마을 사람 중의 하나가 생전 처음 보는 이상한 일을 목격했다. 어디서 올랐는 지 알 수 없을 커다란 불덩이가 바람 닿는 저쪽 평원으로 사라지는 것이 었다. 소피 보러 나왔다가 이것을 보게 된 그는 이튿날 아침 이웃 사람에 게 그 사실을 떠들었다.

그래서 다음 날 밤 그 시간에 이웃 사람과 함께 지켜보기로 했다. 혹 시나 했는데 역시나였다. 함께 지켜본 그들은 그 다음 날 함께 떠들었고, 사흘째 되는 날에는 제법 많은 사람들이 그 시간을 기다리게 되었다. 사 흘째 되는 날 역시 그런 일이 일어나자 사람들은 저마다 한 마디씩 했다.

"이것은 도깨비불이야."

"아니야. 도깨비불은 저렇게 붉은 빛이 안 나고 저만큼 높은 곳에 있 지 않아. 이것은 불길한 일을 예고해 주는 혜성이야."

"이봐! 혜성 같으면 눈을 반짝이고 있는 저 별들처럼 높은 곳에 있어 야 할 것 아닌가. 내 생각 같아서는 요괴의 장난 같아. 틀림없이 우리 마 을에 변고가 있을 거야."

갑론을박하던 이들은 촌장에게 그 일을 알렸고 이내 소문이 온 마을 에 퍼졌다.

마을 사람들은 저마다 온갖 상상을 하는 동시에 별의별 말이 다 나왔 다. 불안과 공포를 느낀 사람들은 촌장을 앞세우고 정구런 신녀를 찾아 왔다.

그들을 맞은 정구런이 눈을 떴다.

"그것은 이 마을에 피비린내 나는 큰 재앙이 닥칠 것이란 예고올시다.

그러니 이제 곧 재앙이 닥칠 설날부터 사흘 간은 꼼짝 말고 집 안에만 있어야 됩니다. 무슨 소리가 들리더라도 말입니다. 특히 해가 지고 나면 절대 밖으로 나와선 아니 됩니다."

그렇게만 하면 아무 탈 없이 잘 넘어갈 것이란 말을 들은 마을 사람들은 가슴을 내리쓸며 돌아갔다.

드디어 설날이 되었다. 해질녘이 되자 마을은 쥐죽은듯 조용하기만 했다. 그러나 정구런이 거처하는 곳은 활기가 넘치고 있었다. 바로한은 돌에다 자신의 장검을 갈았다. 징옥은 활시위를 팽팽하게 조였고 모도리는 방패를 손질했다. 그 외 사람들도 제각기 자신들의 병기를 손질했다.

장검을 허리에 찬 바로한이 자리에서 일어서며 말했다.

"이모님의 계획대로 일은 감쪽같이 처리할 수 있게 되었소만 과연 그들이 모두 그곳에 모여 있을까 그것이 우려되오."

그랬다. 유황과 염초를 매단 연을 밤하늘 높이 올려 보내 태운 것은 마을 사람들의 동요를 막고 혈겁의 소문이 퍼져 나가는 것을 막기 위해 정구런이 짜낸 계책이었다.

바로한의 냉랭한 눈길을 느낀 홍매가 자신 있게 말했다.

"틀림없을 거예요. 그들은 평소에는 여러 곳에 흩어져 자신들이 맡은 일을 하지만 설날에는 이곳 장원으로 와 공동으로 다례를 올린답니다."

바로한이 밖으로 한 발 내디디자 모두들 자리를 털고 일어섰다. 그러나 백매와 홍매만은 머뭇거렸다. 자신들의 동료였던 사람들이 참살 당하는 것은 보고 싶지 않았기 때문이다.

그러는 백홍 이매를 향해 징옥이 말했다.

"이미 마음을 돌려 먹었으니 그대들도 반드시 가야만 하오. 그래야 모든 사람들이 그대들을 더욱 믿을 것이 아니겠소."

징옥의 눈짓을 받은 백홍 이매는 입술을 꼭 깨물며 일어섰다.

장원은 예전처럼 입을 굳게 다물고 있었다. 그러나 장원 안에서 순라를 돌던 사람들은 보이지 않았다. 심한 추위 탓이기도 했지만 설날이기 때문에 방심하고 있는 모양이었다.

담장 안의 동정을 살핀 바로한의 손이 움직였다. 미리 정해 둔 30여 명 중에서 20여 명은 대청 밖 창문 옆에 붙어 섰다. 그쪽으로 도망쳐 나오는 사람을 잡기 위해서였다. 잠깐 동안 문 앞에서 호흡을 가다듬은 바로한은 칼을 빼어 들고 발을 들어 올렸다. 꽝 소리와 함께 문이 입을 벌렸다. 바로한을 선두로 한 용사들이 와르르 쏟아져 들어갔다. 창졸간에 침입자를 맞는 금의위 위사들은 화들짝 놀랐다. 그러나 그것은 순간적으로 당황했던 것이고 모두들 방어 자세를 취했다. 가려 뽑은 고수다운 반응이었다. 자신의 허리에서 혹은 대청 한구석에 놓여 있던 무기를 집어든 그들은 모두 열두 명이었다.

"어라! 저자는……."

그들 중에서 놀라는 소리가 났다. 바로한을 감시했던 마·원 두 사람과 무산에서부터 바로한을 노렸던 위사 두 명이었다. 바로한과 그들의 눈이 마주쳤다. 바로한의 눈에 불꽃이 튀었다.

"임신부 뱃속의 태아를 걸고 내기를 벌였던 바로 그놈들이군. 어디 네놈들부터 먼저 황천으로 가거라."

바로한의 세찬 칼질이 덮쳐 오자 그들도 바쁘게 응수했다. 바로한이 손을 쓰자 모도리와 흑곰도 눈에 보이는 아무에게나 무기를 휘둘러 찍어 버렸다.

삽시간에 음식상이 엎어지고 술병이 날고 비명 소리, 무기가 부딪치는 소리가 뒤범벅이 되었다. 방 안에 들어온 사람 모두 짝을 찾아 이리 뛰고 저리 뛰었다. 그러나 대청 입구를 막아선 징옥은 그 난장판을 쳐다보며 활줄만을 퉁겼다. 그러던 징옥의 눈이 빛났다.

징옥의 화살을 맞고 제일 먼저 뻗어 버린 사람은 무산 주막에서부터 바로한을 노려봤던 바로 그자였다. 자빠진 동료를 본 마가의 눈에 죽음을 느낀 공포의 빛이 나타났다. 그 순간 마가의 손발은 어지러워졌고 그 틈을 노린 바로한의 칼이 심장을 꿰뚫었다. 그러나 마가는 쓰러지지 않았다. 마지막 남은 한 가닥 힘으로 바로한의 칼을 두 손으로 움켜잡고 놓지 않았던 것이다. 바로한은 칼을 힘껏 잡아당겼다. 그러나 마가의 몸이 앞으로 딸려 왔을 뿐 칼은 빠지지 않았다. 바로한의 얼굴에 당황한 빛이 얼핏 나타났고, 바로한과 마주하고 있던 원가의 얼굴엔 득의의 빛이 나타났다. 원가는 히죽 웃으며 바로한의 목을 향해 칼을 내리쳤다.

칼은 뽑히지 않고 칼을 놓고 뒤로 물러설 시간도 없었다. 그러나 비명을 지르며 푹 엎어진 것은 원가였다. 원가에게 벼락같이 뛰어든 바로한이 아랫도리 낭심에다 무릎치기를 올려붙였던 것이다.

이때 대청 안쪽에 있는 문이 열리며 위사 세 명이 바쁘게 들어섰다. 허술한 옷차림으로 보아 계집을 끼고 있다가 허둥지둥 뛰어나온 모양이었다. 심 장주와 주 학사, 그리고 제갈 약사였다. 재빨리 대청 안의 상황을 파악한 그들 중 하나가 등을 보였다. 달아나려는 것이었다. 그러나 등을 보인 자는 몇 걸음 뛰지도 못하고 퍽 엎어졌다. 그의 어깻죽지에 화살 하나가 박혀 있었다. 바로 징옥이 날린 화살이었다.

신음 소리와 함께 쓰러진 동료를 돌아본 심 장주와 주 학사는 입술을 깨물었다. '이얏' 하는 기합 소리가 심 장주의 입에서 터져 나왔다. 날카로운 소리와 함께 그의 몸뚱이 역시 싸움판으로 세차게 덮쳐 왔다. 그러나 주 학사는 섣불리 싸움판으로 덮쳐들지 않았다. 허리에 차고 있던 쇠로 만든 주판을 손에 든 그는 벽에 등을 기댔다. 그런 다음 싸움판을 쳐다보며 손가락으로 주판알만 탁탁 튕겼다.

두 사람에 불과하지만 이렇게 응원군이 나타나자 허둥대던 금의위 위사들의 몸놀림도 한결 안정되었다. 초 통령 다음 자리인 부통령의 직책을 맡고 있는 심 장주의 무술 솜씨는 뛰어났다. 그의 칼질에는 천 근 무게가 실려 있었고, 민첩했다. 두 마디 신음 소리가 들렸다. 장도(長刀)를 휘두르고 있던 여진 용사 두 명이 어깻죽지와 아랫배를 감싸 쥐고 내지른 소리였다. 바로한은 재빨리 심 장주 앞을 막아섰다. 징옥은 활시위에 화살 하나를 걸어 놓고 주 학사의 동정을 주시했다.

쉽사리 발톱을 드러내지 않는 주 학사의 태도에서 고수(高手)만이 풍겨 내는 어떤 냄새를 맡았기 때문이었다. 주 학사 역시 건너편에 있는 징옥을 의식하고 있었으나 곁눈질만 할 뿐 내색은 안 했다. 주 학사의 손가락 하나가 주판테를 벗겨 냄과 동시에 가볍게 튕겨졌다. 징옥의 눈에도 보이지 않을 만큼 은밀하고도 재빠른 움직임이었다.

그 순간 날카로운 파공성이 일었고 허벅지에 창상(創傷)을 입은 금의위 하나를 쑤셔 대려던 모도리의 입에서 '아이쿠' 하는 비명 소리가 나왔다. 이어서 또 한 번 '아이쿠' 하는 소리가 나왔다. 모도리는 왼쪽 눈두덩을 왼손으로 감싸고 있었는데 손가락 사이로 피가 흘러나오고 있었다. 두 번째로 비명을 지르며 뒤로 물러앉은 사람은 흑곰이었다. 새까만 주판알 하나가 박힌 그의 왼쪽 이마는 벌건 피를 토해 내고 있었다.

"아차! 저자가 들고 있는 쇠 주판에 이런 용도가 있었군. 일부러 달그락거리는 소리를 낸 것은 암습을 숨기려는 속임수였어. 어디 너도 한 번 속아 봐라."

의형제인 흑곰이 다친 것을 본 징옥의 눈에 불꽃이 확 일어났다. 징옥은 등을 돌려 밖을 향해 크게 소리 쳤다.

"여러 용사들! 밖은 별일 없소이까?"

징옥은 이 순간 활시위에 화살 하나를 더 얹어 팽팽히 당겼고 소리를 지름과 동시에 몸을 돌려 시위를 놓았다.

"흥! 그 정도는 이미 예측하고 있었지."

코웃음과 함께 주 학사는 쇠 주판을 들어올려 얼굴 쪽으로 날아드는 화살을 막으려 했다. 그러나 주 학사가 미쳐 예측 못한 것이 있었다. 당연히 하나뿐이라 생각되던 화살이 두 개였고 그것들은 동시에 자신의 상하를 노리고 날아오고 있었다. 몸을 틀어 피할 시간도 없었고 얼굴 쪽의 화살을 막은 다음 가슴팍으로 들어오고 있는 화살을 막을 겨를이 없었다.

"어……."

순간 '땅' 하는 소리와 '뚝' 하는 소리가 거의 동시에 들렸다. 하나는 쇠 주판이 화살을 막아내는 소리였고 하나는 가슴뼈를 파고드는 화살 소리였다. 가슴팍에 화살 하나를 맞은 주 학사는 한참 동안 징옥을 쳐다봤다.

크게 뜬 눈동자엔 죽음의 공포보다 도저히 믿을 수 없다는 듯한 놀라움의 빛이 가득했다. 쿵 소리를 내며 주 학사가 엎어지자 징옥은 싸움판으로 연달아 화살을 쏘아 댔다. 연달아 속사하는 징옥의 화살에 맨 먼저 맞은 사람은 심 장주였다. 바로한 하나만도 버거운 상대인데 징옥의 화살마저 날아왔으니 피할 도리가 없었다. 어깻죽지에 한 방 맞고 흐트러진 그에게 바로한의 매운 칼질이 떨어졌다. 머리통을 잃은 몸통에서 피가 솟구쳐 올랐고 떨어져 나간 머리통은 바닥에 굴렀다. 팔과 다리, 어깻죽지에 징옥의 화살을 맞은 금의위들을 격살시킨 바로한은 백홍 이매를 불렀다. 신원을 확인하기 위해서였다.

자빠지고 엎어진 시신들을 하나하나 확인한 백홍 이매는 고개를 갸웃거렸다. 한 명이 보이지 않는다는 것이었다. 바로한은 안으로 통하는 대청 문을 열고 안으로 들어갔다. 집안 구석구석을 수색할 요량에서였다. 핏자국도 있었다. 핏자국을 따라가 보니 약냄새 가득한 어느 방 안에 한 사내가 웅크리고 있었다. 심 장주와 같이 들어선 후 등을 보이고 도망가다 한 방 맞은 제갈 약사였다. 바로한은 칼을 높이 쳐들었다.

방 안 여기저기와 약사를 번갈아 쳐다보던 징옥이 얼른 손을 내밀어 바로한을 만류했다.

"이자의 약에 당했던 아우님의 심정은 알지만 이 자를 죽이는 것보다 살려두는 게 더 큰 용도가 있지 않겠소?"

징옥의 말을 들은 바로한의 머리 속에 태청과 함께 있을 백치 소녀의 모습이 떠올랐다. 칼을 거둔 바로한은 방마다 수색하기 시작했다. 바로한이 백홍 이매에게 당했던 그 방에는 여진 여인 여섯 명이 있었다. 모두들 젊었고 예쁜 자태를 지니고 있었다. 주방에는 살이 뒤룩뒤룩 찐 숙주 하나와 계집종 둘이 있었다. 모두들 잡혀 왔거나 팔려 온 사람들이었다.

심 장주의 방에는 값지고 귀한 물건이 수두룩했고 은붙이와 금붙이 동도 엄청나게 많았다. 창고에는 곡식과 모피가 가득 쌓여 있었다. 마구간에는 말 30여 필이 있었고, 허드렛일을 하는 마구간지기 여진 사내 다섯 명도 있었다. 바로한은 마차를 끌어내 장원의 재물을 가득 실은 다음 장원에 남아 있던 사람들에게 말했다.

"여러분의 처지는 말 안 해도 잘 알고 있소이다. 갈 곳 있는 사람들은 모두들 제 갈 곳으로 가시오. 그러나 갈 곳이 마땅찮은 사람들은 우리들과 함께 가도 좋소."

사람들은 모두 바로한 일행을 따라 나서겠다고 했다. 숙주 역시 기꺼이 따르겠다고 했다.

장원을 불태운 바로한 일행은 이튿날 길을 떠났다. 정구런 신녀 역시 바로한을 따라 나섰다. 해체되었던 솟대 마차가 복원되자 정구런과 신녀들이 마차에 올라탔다.

일행은 구리 방울을 딸랑대며 여러 마을을 거쳐 경박호로 갔다. 가는 도중 굶주린 마을을 만나면 곡식을 풀었고 병자가 있는 마을을 만나면 제갈 약사를 시켜 치료해 주었다. 이런 일들은 정구런 신녀가 앞에 나서서 주관했다.

그때마다 정구런은 말했다.

"여러분! 이 일은 압캐님의 아들인 바로한님이 압캐님의 뜻에 따라 행하는 일이라오."

이렇게 되자 솟대를 앞세운 이들 행렬과 바로한에 대한 소문은 행렬보다 빠르게 경박호 주변까지 전해졌다.

소문을 들은 태청은 해 뜨는 아침이면 동산에 올라 동쪽 벌판만을 쳐다봤다. 예전에는 환하게 솟아오르는 아침 해와 그 빛을 머금고 반짝반짝 눈을 뜨는 경박호를 바라보는 것이 하루의 일과였고 즐거움이었다.

그러나 지금은 동녘 햇살을 타고 바람처럼 날아와 안기는 바로한의 모습을 그려 보는 것이 하루의 일과가 되었다.

그림자처럼 언제나 붙어 다니는 백치 소녀도 이때만은 따돌렸다. 밤하늘 속에서 만족스런 웃음을 짓고 있던 보름달이 아직도 하늘 저쪽에 남아 있었다. 이대로 사라지기엔 너무나 억울하다는 듯 미련이 남은 희미한 눈동자로 솟구쳐 오르는 태양의 눈치를 보고 있었다. 눈 덮인 대지 저쪽 지평선 위에 까만 점이 나타났다. 태청의 가슴은 쿵닥쿵닥 두근거렸다. 한참 만에 그 점은 이내 기다란 꼬리를 지닌 행렬로 변했다.

마침내 바로한의 얼굴이 코 앞에 다가왔다. 그래도 태청의 발은 움직이지 않았고 입조차 열리지 않았다. 온몸이 얼어붙은 듯했다. 바로한 역시 별다른 말 한 마디 없이 그냥 씨익 한 번 웃었다. 태청의 인사를 받은 정구런은 두 사람의 혼인을 서둘렀다. 예식은 사흘째 되는 날 간소하게 치러졌다.

첫날 밤 바로한의 품 속에서 태청은 라마 사원에 묻혀 있는 보물에 대해 말했다.

이튿날 바로한은 징옥과 정구런에게 이 일을 말했다.

"이것은 너에게 큰 일을 하라고 내려 준 아보개님의 선물이다. 그러니 취하도록 해라."

정구런의 말이 있자 징옥도 거들었다.

"이때껏 말없이 묻혀 있었던 걸로 보아 아마도 아우님의 손길을 기다린 듯하구려. 당장 가서 파도록 합시다. 다만 소문나지 않도록 은밀히 행해야만 할 것이오."

이들은 사흘을 머물며 빈틈없는 발굴 준비를 한 다음 라마 사원으로 갔다. 허물어진 라마 사원에 도착한 일행은 보물이 묻혀 있는 곳을 깨끗이 쓸어 내고 그 위에 몽골식 겔을 세웠다. 보통의 겔보다 다섯 배나 더 큰 집이 완성되자 바로한은 무리들에게 말했다.

"여러분! 이곳에서 우리 모두의 복운을 빌어 주는 정구런 살만의 치성이 사흘간 계속될 것이오. 그러니 누구든 함부로 범접치 말 것이며 여러 용사들은 1백 보 밖에서 사방을 지켜 잡인들의 출입을 막아 주시오."

이렇게 한 다음 바로한은 징옥과 우야소, 그리고 모도리와 함께 보물을 파내 미리 집 안에 들여놓은 덮개 마차 세 대에 나누어 실었다. 이들이 작업하는 동안 정구런과 신녀들은 작은 북을 두드리고 구리 방울을 울리며 축원했다. 사람들은 밤낮으로 울리는 이 소리 때문에 별다른 의심을 가지지 않았다. 감쪽같이 일을 처리한 바로한은 장백산 쪽으로 방향을 잡았다.

선조의 발상지인 장백산 기슭에서 지금의 인원을 기반으로 해 자신만의 세력을 만들기 위해서였다.

이제 꽁꽁 얼어붙은 대평원 아래에서 파릇파릇한 기운이 용솟음 치고 있었다. 이들의 발길이 안도(安圖) 근방에 이르렀을 때였다. 선두에서 말을 달리던 바로한 곁으로 흑곰이 다가와 말을 걸었다.

"바로한님! 우리 조선 땅에는 양반과 상놈이란 차별이 있는데 여기 이 땅에도 그런 것이 있습니까?"

"양육강식의 세상이기에 이 땅 역시 종의 신분인 사람도 있고 주인이 되는 사람도 있소이다. 그러나 조선처럼 태어날 패부터 양반과 상놈이 딱 정해지는 그런 것은 없다오."

"정말입니까?"

"그렇소이다. 형만한 힘과 용맹이라면 이 땅 어디서나 존경받고 살 수 있지요. 형께서 여기 남고 싶으시다면 얼마든지 환영하겠소이다."

바로한의 말을 들은 흑곰의 얼굴에 동요가 일어났다. 이때 한 무리 사람들이 뭐라고 외치며 이들 쪽으로 다가왔다. 남녀노소 합하여 10여 명 정도였다. 행렬을 세운 바로한이 그들 쪽으로 달려갔다. 징옥도 바로한을 뒤따랐다. 지친 모습으로 가재 도구 등을 이고 진 그들 중 하나가 허리를 숙였다. 늙은 노인이었다.

"우리들은 이틀 동안 굶었소이다. 약간이나마 음식을 나눠 주시면 고맙겠소."

"음식은 얼마든지 드리겠소. 그런데 어찌하여 살던 곳을 떠나 이 고생을 하게 되었소?"

그들의 딱한 몰골을 훑어보며 바로한이 묻자 중년 여인 하나가 얼른 입을 열었다.

"젊은이! 집을 떠나면 고생인 줄 누가 모르겠어요. 다만 그놈의 전쟁 때문에 할 수 없이 피난민 신세가 된 것이지요."

드디어 세종 임금의 건주위 정벌이 시작된 것이었다. 조선과 건주위 간의 싸움 얘기를 들은 징옥이 바로한의 어깨에 손을 얹었다.

"아우님! 여기서 이만 작별하기로 합시다. 내 비록 떠나지만 마음만은 항상 아우님 곁에 있을 거요. 자, 그럼 나는 가오. 모도리 형과 여러 용사들도 안녕히……"

징옥은 작별 인사가 끝나기가 바쁘게 파저강 쪽으로 말을 달렸다. 백매와 홍매도 미련없이 징옥을 뒤따랐다. 그러나 흑곰은 몇 번이나 행렬을 뒤돌아보며 느릿느릿 말을 몰았다. 파저강이 가까워질수록 어린애의 손목을 잡고 남부여대한 피난민들이 많이 보였다. 파저강을 따라 남쪽으로 한참 동안 달리자 벌판 저쪽에 한 떼의 인마가 뒤엉켜 있는 모습이 눈에 들어왔다. 가까이 다가갈수록 징징 울어대는 징 소리와 급박하게 두드리는 북 소리, 그리고 그것에 맞춰 내지르는 인마(人馬)들의 살기 띤 함성이 확연히 들렸다.

백매와 홍매는 이맛살을 찌푸리며 코를 감쌌다. 불어오는 남풍(南風) 속엔 이미 구역질나는 피비린내가 실려 있었다. 싸움판을 굽어볼 수 있는 자그마한 야산으로 올라간 징옥은 정황을 살펴봤다. 대략 2천여 명 정도의 병력이 이리저리 뒤엉켜 혼전을 벌이는 양상이었으나 전세는 조선군이 불리했다.

5백여 보병과 백여 기병으로 구성된 조선군의 진용이 이미 흐트러져 있었고 그나마 몇 토막으로 끊겨 건주위 1천2백여 기의 포위 속에서 허우적거리고 있는 형국이었다.

"허허! 이대로 두면 우리 조선군은 저들 여진인한테 전멸당하겠군."

이마에 손을 얹고 관전하던 징옥은 안장에 달린 활집에서 활을 꺼내 들었다. 이제나저제나 징옥의 눈치만 살피고 있던 흑곰은 자신의 손바닥에 침을 한 번 뱉은 다음 철추를 움켜잡았다.

"가세."

징옥의 한 마디가 떨어졌다. 그러자 기다렸다는 듯 흑곰은 철추를 휘두르며 앞장서 달렸다. 그러나 징옥은 백홍 이매와 말머리를 나란히 한 채 느릿느릿 말을 몰았다. 마치 풍경 좋은 곳에 미인과 더불어 유람하고 있는 한량 같았다.

조선군 기병들을 포위하고 있는 건주위 병사들도 등 뒤로 달려오는 흑곰을 봤다. 그렇지만 아랑곳하지 않았다. 적이라 해도 기껏 한 명이고 뒤늦게 싸움판에 끼여들어 피맛을 보고자 하는 여진 용사 정도로 생각했던 것이다. 그러나 그들은 곧바로 깜짝 놀라며 허둥지둥 흩어지기 시작했다. 뜻밖에도 필마로 달려든 그는 자신들의 뒤통수를 향해 무지막지하게 쇠뭉치를 휘둘러 대는 무서운 적이었던 것이다.

"휙휙."

"툭툭, 퍽퍽."

삽시간에 네댓 명의 건주위 기병이 피를 토하며 말에서 떨어졌다. 순간 포위 대열이 흔들렸다. 흑곰은 더욱 신이 났다. 좌충우돌 닥치는 대로 철추를 휘둘렀다. 또 서너 명이 말에서 떨어졌다.

시커먼 얼굴에 우람한 몸통, 지옥에서 뛰쳐나온 야차 같았다. 뒤늦게 이런 힘상궂은 흑곰의 모습을 본 건주위 장수 하나가 소리 쳤다.

"저자와 맞붙지 말고 창을 던져라."

호령에 따라 건주위 용사 세 명이 장창을 꼬나 잡았다.

호흡을 가다듬은 건주위 용사들이 창을 날릴 찰나였다.

"흑 흑 흑."

외마디 소리가 연달아 터져 나왔고 창은 힘없이 땅에 떨어졌다. 뒤쫓아온 징옥이 연달아 쏘아 낸 화살 세 방이 그들의 목젖을 꿰뚫었기 때문이었다.

"아우! 저들에게 바짝 붙어서 싸우게."

투창을 피할 수 있는 방법을 일러준 징옥은 환도를 휘두르며 건주위 장수 쪽으로 달려들었다. 여진군의 포위 대열에 혼란이 오자 포위망 속에서 힘겨운 싸움을 하던 조선 기병들도 힘을 냈다.

"여러분! 최윤덕 장군의 본진이 이미 이만주를 쳐부수고 이리로 오고 있는 중이오. 우리는 그 선발대로 왔소이다."

징옥이 소리 친 거짓말이었다. 건주위 병사들에게 겁을 주고 조선군의 사기를 올려 주기 위한 말이었다.

"와……."

"이때야말로 공을 세울 절호의 기회다."

힘찬 함성이 조선군 속에서 크게 터져 나왔다. 순식간에 전세는 역전되었다.

"삐익 삐이릭."

여진군 대열 속에서 뿔피리 소리가 세 번 올려 나왔다. 후퇴하라는 군호였다. 썰물처럼 흩어져 도망 가는 여진군 뒤를 조선군이 얼마 동안 추격하다가 돌아왔다. 미목(眉目)이 수려한 조선군 장수가 흑곰 곁으로 다가왔다.

"나는 대호군 박호문이외다. 장사들은 도대체 뭐 하는 사람들이오?"

용맹무쌍한 이 사내의 정체가 뭘까 하고 의아한 눈빛을 보내는 박호문에게 흑곰은 죄 진 사람 마냥 뒤통수만 긁으며 머뭇거리다가 더듬더듬 입을 열었다.

"저어, 저…… 쇤네는 양주골 출신 갖바치로 남들에게 흑곰으로 불리고 있습죠."

머리를 굽실대며 말하는 흑곰에게 박호문은 수염을 한 번 쓰다듬은 후 고개만 한 번 끄덕이고 말았다. 천한 백정 출신과는 입 섞어 말하는 것 자체가 더러운 일인 듯했다.

거만하게 고개를 돌린 박호문의 눈으로 한 떼의 군마가 달려오고 있는 모습이 들어왔다. 복색과 휘날리고 있는 군기로 보아 조선군이 분명했다. 가까이 다가온 군마 속에서 검은 말을 타고 장창을 비껴 든 장수가 앞으로 나섰다.

"대호군께서 승전하셨군요. 최윤덕 장군의 명을 받고 후원을 오던 중 뜻밖의 복병을 만나 이렇게 지체되었습니다."

"하하하, 도절제사의 공연한 근심으로 조전장(組戰將)만 수고롭게 했군요. 그래 본진의 전황은 어떠하오."

박호문은 너털웃음을 터뜨리며 말에서 내리는 장수의 손을 잡았다. 이때 박호문의 등 뒤에서 '성님' 하는 소리와 함께 징옥이 손을 흔들며 뛰어왔다. 1천여 군마를 이끌고 나타난 사람은 바로 징옥의 형인 징석이었다.

"아니 이게 누구고? 징옥이 아이가!"

몇 달 만에 뜻하지도 않은 자리에서 만난 두 형제는 서로 얼싸안으며 기뻐했다.

"아하! 뉘신가 했더니 바로 조전장의 제씨(弟氏)였군."

옆에 있던 박호문이 이렇게 말하며 새삼스레 징옥의 아래 위를 뜯어봤다.

'이상하다. 한 편이 되어 오랑캐와 싸운 것 같은데 서로 모르고 있었다니.'

박호문의 말에 고개를 갸우뚱거린 징석이 입을 열었다.

"아우야! 이분이 그 유명한 대호군 박호문 장군이시란다. 어서 인사를 올리도록 해라."

"이징옥이라 합니다."

징옥이 고개를 숙이자 박호문은 징옥의 손을 잡아 주며 호탕한 웃음을 지었다.

"하하하, 참으로 그 형에 그 동생이로다. 내 일찍이 젊은이의 용맹을 들은 바 있는데 과연 명불허전(名不虛傳)이로군."

"대호군께서 너무 과찬하시는 군요."

징석이가 아우를 대신해서 겸사했다.

징옥과 박호문의 인연은 참으로 묘했다. 뒷날의 얘기지만 개인적으로는 서로의 운명에 결정적인 영향을 끼쳤고, 역사적으로도 커다란 흔적을 남겼으니 말이다.

여하튼 징옥 일행은 건주위를 소탕한 개선군을 따라 한양으로 돌아왔다. 백매와 홍매는 흑곰이 마련해 준 집에서 기거했고, 징옥은 그해 9월에 열린 무과(武科)에 응시하여 장원 급제를 했다.

건주위를 토벌하고 사군(四郡)을 설치한 세종은 이듬해가 되자 동북면(東北面) 쪽으로 눈을 돌렸다. 그리하여 김종서를 함길도 절제사로 삼아 그 임무를 맡겼다. 막중한 일을 짊어진 김종서는 여진인들의 실상을 잘 알고 있는 박호문에게 자문을 구했다.

자신의 경험과 보고 들은 바를 김종서에게 일러준 박호문은 입에 침이 마르도록 한 사람을 칭찬하며 천거했다. 박호문이 천거한 사람을 만나 그의 지략과 무용(武勇)을 시험해 본 김종서는 흡족한 마음으로 세종에게 아뢰었다.

"전하! 한 사람을 저의 부장으로 쓸까 하오니 윤허해 주소서."

"그래, 어떤 인물인지 말씀해 보시구려."

"경상도 양산 사람으로 이징옥이라 하는 젊은이올시다."

이징옥이란 이름이 나오자 세종은 "경이 사람 하나는 잘 봤구려."하며 흔쾌히 허락해 주었다. 세종 역시 그를 만나 본 적이 있기 때문이었다.

이리하여 징옥은 하루 아침에 영북진 절제사라는 벼슬을 얻게 되었고 김종서를 따라 함경도로 떠나게 되었다. 흑곰과 백매, 홍매도 함께 한양을 떠났다. 운종가의 왈패였던 또쇠 역시 형의 권유에 따라 군복을 입고 종군했다.

훈민정음은 완성되나 날던 새는 떨어지다

김종서의 선봉장이 되어 함길도로 들어간 이징옥은 휘하 2천 군마를 부거(富居)에 주둔시킨 후 후군(後軍)을 기다렸다.

부거는 오늘날의 부령으로서 산간 지방과 회령 쪽에 있는 여진인들이 수성 평야가 있는 경성군 쪽으로 내려오지 못하도록 막아 주는 최전방 방어 진지였다. 이 소식은 함길도 지방에 살고 있는 여진인들에게도 전해졌다.

"여연, 강계 등지의 여진 사람들처럼 우리도 추운 북쪽으로 쫓겨나는 것이 아닐까?"

"그렇다면 참으로 큰 일이로군. 조상 대대로 살아온 곳인데 이젠 어디로 가지……."

여진 마을마다 동요가 일어났다. 그러나 그들은 불안한 마음으로 징옥의 동정만을 살필 뿐 아무런 행동도 취하지 못했다. 이미 장백산 저쪽 건주위가 조선군에 박살났다는 소문도 들었고 그 동안 입에서 입으로 전해진 이징옥의 용맹과 지략을 알고 있기도 했지만 그들을 이끌어 줄 지도자가 없었다.

원래 그곳 여진인들은 아르무하(회령)에 본거지를 둔 건주좌위 위장인 통맹거 티무르의 지휘를 받고 있었다. 그런데 이 통맹거가 그동안 척을 지고 있던 두만강 저쪽 우디거족과 싸우다 패하여 후계자도 없이 죽어버렸던 것이다. 이들이 이렇게 갈팡질팡하고 있을 때 부거에 도착한 김종서는 재빨리 희령을 점령토록 징옥에게 하명했다

징옥의 3천 군마는 별다른 저항을 받지 않고 순식간에 회령을 접수했다, 회령에 본진을 둔 김종서는 쉴 참 없이 종성, 은성, 경흥, 경원 등지로 군사를 보내 점령한 후 성(城)을 쌓도록 했다. 바로 6진(六鎭) 개척이 시작된 것이다.

그러던 어느 날 여진 마을의 대표 몇 명이 징옥을 찾아왔다. 예물과 함께 정중한 인사를 올린 그들은 울면서 말했다.

"장군께선 조선 제일의 용사로 의기 있는 대장부라 들었습니다. 또 우리 여진인과도 돈독한 정을 맺고 있다고 들었소이다. 그래서 부탁인데 우리들이 예전처럼 자유롭게 이 땅에서 살도록 해 주시오, 장군께서도 아시다시피 이 땅은 조상 대대로 살아온 우리들의 땅이 아니오? 단지 몇몇 부족이 새로이 두만강 이쪽으로 옮겨왔지만 말이오."

하루 아침에 정든 땅을 떠날 수밖에 없는 그들의 처지를 누구보다도 잘 알고 있는 징옥이었다. 징옥은 한숨과 함께 그들의 손목을 잡아 주며 말했다.

"내 어찌 그대들의 처지와 심정을 모르겠소만 이 일은 조정에서 하명

한 일이라 일개 절제사인 내 힘으론 어쩔 수 없다오. 혹시 김종서 장군이라면 그대들의 딱한 처지를 구해 줄 어떤 방도가 있을지 모르니 한 번 찾아가 사정해 보시구려."

징옥에게 귀띔을 받은 그들은 한 가닥 희망을 지니고 김종서를 찾아갔다. 그러나 답은 이러했다.

"이 땅에서 그대로 눌러살게 해 달라고? 좋소! 그러나 한 가지 조건이 있소. 그대들 여진인들이 한 달 안에 조선인이 되어야 하오. 조선 백성들처럼 관법에 복종해야 하는 것은 물론이고 언어와 예절, 그리고 복색까지 모두 말이오."

김종서가 내건 조건은 한 달이 아니라 10년을 준다 해도 여진인들로서는 도저히 받아들일 수 없는 일들이었다. 힘없는 발길로 김종서의 군막을 나온 그들을 징옥이 불렀다.

"하회가 궁금하여 그대들을 불렀소이다. 그래 뭐라 합디까?"

따사로운 정이 가득 찬 징옥의 말을 들은 그들의 눈에서 왈칵 눈물이 쏟아져 나왔다. 아무 말없이 그저 울고만 있는 그들을 쳐다보던 징옥의 입에서 한 마디 탄식이 나왔다.

"아……, 원래는 한 뿌리인데 어쩌다가 이렇게 남남이 되어 이런 슬픔을 맛보게 한단 말인가. 여러분, 그만 눈물을 거두고 힘을 내시오. 대금(大金)의 후손인 여러분이 이렇게 나약해서야 어떻게 조상님을 볼 수 있겠소. 천지(天地)가 다 내 집이건만 무슨 걱정이오? 갈 곳이 마땅찮은 분들은 장백산 자락 정우평으로 가시오. 여러분들도 잘 아시는 부그런 살만의 아들 바로한님이 그곳에서 여러분을 따뜻하게 맞아 줄 것이오."

바로한이란 말을 들은 그들의 눈동자에서 비로소 반짝 희망의 빛이

났다. 여진인들은 하나 둘 보따리를 싸기 시작했다. 두만강 나루마다 강을 건너는 여진인들로 북새통을 이루었다. 김종서의 육진 개척이 순조롭게 진행되는 듯했다.

그러던 어느 날, 나루를 지키던 흑곰의 예하 부대가 어디서 나타났는지 알 길 없는 한 무리의 여진인들로부터 기습을 받았다. 군막이 여러 채 불탔고 많은 조선병이 죽고 다쳤다. 급보를 받은 징옥은 서둘러 현장으로 갔으나 기습을 한 여진인들은 이미 사라지고 없었다. 사상자(死傷者)부터 확인한 징옥은 흑곰을 불렀다.

"여보게 아우! 고분고분 물러가던 여진인들이 뭣 땜에 사나운 이리처럼 덮쳐들게 됐는가? 그리고 어느 정도의 병력인지, 그 지휘자는 누구인지 아는가?"

흑곰은 두 손을 비비며 '면목없구먼요' 하는 소리만 연달아 했다. 야밤에 기습을 당한 흑곰으로서 그것까지 파악할 겨를이 없었던 것이다. 징옥은 남아 있는 여진 족장 몇 명을 불러 어찌 된 영문이냐고 물었다. 그러나 여진인들은 묵묵부답으로 앉아만 있었다. 그러다가 여진 노인 하나가 내키지 않는다는 투로 겨우 입을 열었다.

"우리는 오래 전부터 이 장군을 존경해 왔소이다. 그래서 순순히 정든이 땅을 버리고 새 터전을 찾아 떠나고 있는 중이었소. 그런데 어찌 이럴수가 있단 말이오. 장군께선 지렁이도 밟으면 꿈틀거린다는 옛말도 모르시오?"

힐책하는 듯한 노인의 말에 뭔가 있다고 느낀 징옥은 더욱 정중한 태도로 다음 말을 재촉했다.

"어른의 말씀인즉 저희들이 무슨 못할 짓을 한 것 같군요. 도대체 무슨 일인지 속 시원히 말씀해 주십시오. 만일 우리 조선군이 잘못을 저질러 이번 일을 야기시켰다면, 내 틀림없이 그 잘못을 바로잡은 다음 여러분께 사죄하겠소."

그제야 뾰루퉁했던 여진인들의 볼이 약간 퍼졌다.

"그렇게 된 연유는 우리들에게 듣는 것보다 당사자인 장군의 수하들에게 들어 보시오. 다만 우리는 이 일의 하회만 보고 있겠소."

'내 수하 때문이라고? 누가 도대체 무슨 일을 저질렀을까……?'

여진인들을 전송하고 생각에 잠겨 있는 징옥 앞으로 급한 말발굽 소리가 들려 왔다. 김종서 장군으로부터 온 전령이었다. 경원 절제사 송희미의 군대가 일단의 여진인들에게 정면 공격을 받아 위급한 지경에 이르렀으니 급히 출동하라는 급보였다.

"그래, 우선은 급한 불부터 끄고 보자."

징옥은 즉시 군병들을 소집한 후 말등에 몸을 실었다. 경원에서 북쪽으로 10여 리 되는 지점에 목책이 있었다. 송희미의 군대는 목책을 의지하여 방어진을 펴고 있는 모양이었다.

"저들의 병력은 어느 정도 되오?"

서로 인사를 나누기도 전에 징옥은 그것부터 물었다.

"처음 부딪쳤을 땐 겨우 이삼백 명 정도밖에 안 됐는데 싸움이 계속될수록 여기저기서 여진인들이 호응하여 지금은 1천여 명이 넘소이다."

"적장(敵將)은 어떤 자요?"

"홍안의 미소년인데 무예가 출중합디다."

이들의 문답이 여기까지 계속되었을 때 어지러운 말발굽 소리가 들렸고 이어서 함성이 크게 일어났다.

"또 공격이군."

중얼거리며 자리에서 벌떡 일어나려는 송희미의 팔을 잡으며 징옥이 말했다.

"장군께선 좀 쉬고 계십시오. 제가 나가 보겠습니다."

목책 밖에서 말 탄 여진인들이 이리저리 내닫으며 활을 쏘아 대고 있었다. 조선군 역시 간간히 응사하고 있었으나 여진인들의 기세에 눌려 있었다. 쌍뿔 투구를 쓴 여진인 하나가 목책 가까이까지 다가와 장검을 휘두르며 소리 쳤다.

"야! 이 조선 겁쟁이들아! 언제까지 그렇게 자라 새끼처럼 움츠리고 있을 거냐. 어서 이리 나와 한 판 신나게 싸워 보자."

목책 밖으로 고개를 내민 징옥은 슬그머니 활시위를 당겨 호기롭게 외치는 그자를 향해 화살 하나를 쏘아 보냈다. '텅'하는 소리가 났고 그자의 머리에 얹혀 있는 투구가 흠짓했다. 깜짝 놀란 여진인은 토끼 눈을 하고 허겁지겁 뒤로 몸을 뺐다. 활을 쏘아 대던 여진인들도 대장의 낭패를 알아차리곤 활쏘기와 함성을 멈추었다. 그 틈에 징옥이 크게 소리 쳤다.

"나는 영북진 절제사 이징옥이다. 너희들 중에 특출한 영걸이 있다기에 예까지 달려왔노라. 허명(虛名)인지 참된 영걸인지 내 오늘 시험해 보고자 하니 그대들은 잠시 기다려라."

"조선 제일 용사라던 그 이징옥이 저 사람인가?"

"일찍이 부거 책장으로 있을 때 맨손으로 호랑이를 잡았다던 그 사람이 바로 저 사람인가?"

이징옥이란 이름이 들리자 여진인 사이에도 가벼운 동요가 일어났다. 백마를 탄 이징옥이 책문(柵門)을 열고 휘하 군사들과 함께 밖으로 나왔다. 그러자 기다렸다는 듯 쌍뿔 투구를 쓰고 있던 자가 징옥 앞으로 나섰다. 조금 전의 낭패가 분한 듯 씩씩거리고 있었다.

흰 얼굴에 코는 오똑했고 입술은 붉었으며 흑백이 뚜렷한 눈동자를 반짝이고 있는 자였다.

"그대가 그 사람? 과연 뛰어난 풍모를 지녔군. 여보시오! 난전을 벌여 아까운 목숨만 잃게 할 것이 아니라 우리 둘이서 승부를 가리도록 함이 어떻겠소?"

영준한 징옥의 풍모를 뜯어보며 속으로 찬탄을 하고 있던 그 역시 고개를 끄덕였다.

"좋소이다. 나 역시 원하던 바요. 그러나 그냥 싸울 것이 아니라 내기를 하도록 합시다."

아까와는 달리 무척 앳된 적장의 목소리를 들은 징옥은 빙긋 웃었다.

"듣던 중 반가운 소리올시다. 그래, 내기 조건을 말해 보시오. 내 어떤 조건이라도 승낙하겠소이다."

"그대가 지면, 아니 반드시 지겠지만, 내 요구 조건은 두 가지요. 첫째, 그대는 내 종이 되어 평생 나를 섬길 것, 둘째는 우리 여진인들에게 악독한 짓을 한 조선 병사들을 우리 손에 넘겨줘야 한다는 것이오. 어떻소?"

적장의 조건을 들은 징옥은 속으로 한 마디 괴로운 신음을 뱉어 냈다. 수하 군사 중의 어떤 자가 여진인들에게 악행을 저질렀고, 그것이 빌미가 되어 이런 사태가 야기된 것을 확실히 알았기 때문이었다. 징옥은 침중한 소리로 대답했다.

"좋소, 내 약속하겠소. 이젠 내가 조건을 말할 차례요. 그대가 지게 되면 그대는 내 종이 되어 내가 시키는 일이라면 뭐든지 해야만 하오. 됐소이까? 됐다면 이제 우리 신나게 한 판 겨뤄 봅시다."

약속을 한 두 사람은 이내 맞붙었다. 여진 장수도, 징옥도 환도로 상대했다. 이리저리 말을 몰며 두 사람은 수십 합을 겨뤘다. 여러 차례 틈이 있었으나 징옥은 일부러 살수를 쓰지 않았다. 적의 마음부터 굴복시켜야 이 사태를 쉽게 해결할 수 있다고 생각했기 때문이었다. 그래서 애당초부터 적장의 투구만을 쏘아 맞힌 것이었다.

어깻죽지로 내리쳐 오는 적의 칼을 맞받아친 징옥이 말을 뒤로 물리며 입을 열었다.

"수십 합을 겨뤘으나 막상막하로 승부가 나지 않는구려. 날도 이미 저물기 시작했으니 우리 내일 다시 겨뤄 봄이 어떻겠소?"

'여러 번의 틈이 있었음에도 매서운 공격을 하지 않다가 이제 내가 지쳐 허덕일 때 싸움을 그만두자 하다니…… 이자의 속셈이 뭘까?'

눈을 동그랗게 뜨고 징옥을 쳐다보던 여진인도 고개를 끄덕거리고 자리에서 물러났다.

이튿날 날이 밝기가 무섭게 여진인들이 다시 몰려왔다. 적장은 이번에는 장창을 들고 나왔다. 장검으론 상대가 되지 않음을 알았던 것이다. 창과 환도가 어울린 한 판 드잡이가 벌어졌다. 긴 창이 징옥의 틈을 노리고 뱀의 혓바닥처럼 뻗어 나올 때마다 뒤에 도열해서 있는 여진인들은 북을 둥둥 두드리며 함성을 질러 댔다. 조선군들도 가만 있지 않았다. 징옥의 환도가 적의 창을 후려치며 공격을 퍼부을 때마다 징을 징징 울리며 마주 고함쳤다.

이렇게 20여 합이 지났을 때 적장의 창끝이 징옥의 백마 옆구리를 스쳤다. 아픔을 느낀 백마가 히힝 울었다. 징옥의 자세도 흐트러졌다.

'이때다.'

속으로 쾌재를 부르짖은 적장은 이를 악물고 징옥의 가슴 한복판으로 창을 내뻗었다. 조선군들의 입에서 '어어' 하는 소리가 나왔고, 여진인들의 얼굴에는 기쁜 빛이 나타났다.

그러나 전세는 순식간에 뒤집혔다. 가슴팍으로 쑤시고 들어오는 창을 몸을 틀어 피한 징옥이 창대를 잡아 쥐었기 때문이었다.

여진 장수는 믿을 수 없다는 듯이 놀란 눈빛으로 헉헉거렸다. 징옥은 빙굿 웃으며 창대를 끌어당겼다. 여진인도 온 힘을 다해 창대를 놓지 않았다. 둘 사이에 잠시 동안 줄다리기가 계속되었다.

'밀어도 당겨도 도무지 꼼짝을 하지 않아……, 참으로 이 사내의 힘은 대단하군.'

당황한 표정을 짓던 여진 장수는 창대를 놓고 말머리를 돌렸다.

"와아!"

조선 군사들의 입에서 환호성이 터져 나왔다.

그 순간이었다. 말머리를 돌려 달아나는 시늉을 하던 여진인이 몸을 돌리며 징옥을 향해 화살 하나를 쏘아 보냈다. 비교적 가까운 거리에서 날벼락처럼 날아드는 화살, 누구도 예측 못한 화살이었다.

방패를 들어 막기에도, 몸을 틀어 피하기에도 이미 늦었다. 말 안장에 앉아 날아드는 화살을 바라보고 있던 징옥의 몸이 앞으로 푹 수그러졌다.

"우와아!"

여진인들이 함성을 질렀다.

말에 엎드린 징옥 곁으로 적장이 다가왔다. 의기양양한 그의 손에는 장검이 들려 있었다. 징옥의 목을 따려는 것이었다.

그러나 그 순간, 지척지간으로 다가와 칼을 쳐든 그에게 몸을 세운 징옥이 빙긋 웃으며 손에 든 화살을 쑥 내밀었다.

'이 자가 날아오는 화살을 손으로 잡고 나를 속였군.'

적장의 얼굴은 이내 새파란 놀람의 빛에서 시뻘건 분노의 색깔로 변했다.

"에잇! 죽어라."

빙긋 웃는 징옥을 향해 적장의 칼이 내리쳐졌다. 놀림감이 되었다고 생각한 분노의 칼질에는 천 근 무게가 실려 있었으나 그 무게만큼 허점이 있었다. 슬쩍 말을 몰아 칼질을 쉽게 피한 징옥은 환도를 들어 적장의 투구를 후려갈겼다. 적장의 머리가 흔들했고 투구는 벗겨져 땅에 떨어졌다.

일부러 투구에다 한 칼을 먹인 징옥의 눈이 크게 떠졌다. 벗겨진 투구 속에 감춰졌던 삼단 같은 검은 머리칼이 적장의 얼굴로 흘러내렸기 때문이었다.

'이 사람이 여자라니!'

징옥은 순간적으로 본색이 드러난 여자의 허리를 잡아챘다. 보라매가 참새를 낚아챌 때처럼 전광석화 같은 동작이었다.

"와…… 와, 과연 이징옥이다."

손뼉을 치며 질러 대는 조선 군사들의 환호성 속에서 한쪽 팔에 적장을 낚아챈 징옥은 말을 달렸다. 그러나 또 이해 못 할 일이 벌어졌다. 신이 나서 바라보던 조선 군사들과 아연실색해 있던 여진인들 모두 놀라기는 마찬가지였다. 징옥의 말발굽이 여진인 쪽으로 향하고 있기 때문이었다. 멍한 표정을 짓고 있는 여진인 대열 앞에 다가선 징옥은 한쪽 팔에 안겨 있는 여인을 내려 주며 큰 소리로 말했다.

"그대가 잠시 방심한 탓에 이 몸이 이길 수 있었소이다. 그러나 이 몸은 그대에게 약속을 강요할 마음이 없기에 그대를 이곳으로 모셔온 것이오. 내 뜻이 거짓이 아님을 이로써 증명하려 하오."

말을 마친 징옥은 활을 들어 하늘을 가리켰다. 하늘에는 피냄새를 맡고 모여든 독수리 서너 마리가 선회하고 있었다.

활시위에 화살 두 개를 쌍으로 먹인 징옥은 시위를 힘껏 당겼다가 놓았다.

'와' 하는 함성이 조선 군사들과 여진인들 속에서 똑같이 흘러나왔다. 활질 한 번에 독수리 두 마리가 동시에 떨어져 내렸다. 여진인들과 생활해 본 징옥은 이런 방법만이 여진인들을 심복시킬 수 있다는 것을 잘 알고 있었다. 아무 일 없었던 것처럼 돌아가는 징옥의 뒷 모습을 쳐다보는 여진 여인의 얼굴에 분홍빛이 일어났다.

진영으로 돌아온 징옥은 철저하게 조사를 했다. 과연 여진인들이 말한 악행이 여러 차례 있었고 그 주범은 흑곰의 동생 또쇠였다.

평소 이징옥의 의형제 행세를 하며 거들먹거리던 또쇠가 동료 군사 몇 명을 꼬드겨 나루를 건너는 여진인들을 죽이고 재물을 약탈했던 것이었다. 징옥은 또쇠와 그 일당을 잡아 가둔 후 흑곰을 불렀다.

"여보게, 아우! 군율이란 사정(私情)이 없으니 이 형을 원망 말게."

전말을 알게 된 흑곰은 아무 말 없이 눈물만 흘렸다.

"이징옥 장군이 온다!"

망을 보던 여진 용사 하나가 말을 달려 오며 소리 쳤다.

여진인들은 자리에서 벌떡 일어났다. 여진 여장부도 군막을 들치고 밖을 내다봤다. 함거를 실은 수레 두 대를 뒤따르게 한 징옥의 백마가 천천히 다가오고 있었다.

기다리는 여진인들 앞에 당도한 징옥은 정중한 언사로 사과부터 했다. 그런 다음 그들이 보는 앞에서 또쇠 일당을 참형에 처했다. 여진인들은 모두 엄지를 치켜들며 정정당당한 징옥의 처사를 칭송하고 스스로 창칼을 거두겠다고 다짐했다.

돌아서려는 징옥에게 족장인 듯한 늙은 여진인 하나가 다가와 소매를 잡았다. 늙은이 뒤에는 고개를 살풋 숙인 여진 처녀 하나가 따르고 있었다.

"장군! 어제 내기한 대로 이 아이를 데리고 가셔야지요. 장군께선 그 내기 약속을 없었던 일로 하자 하셨지만 우리들로서는 결코 그럴 수 없었소. 평생 마음의 빚을 지고 살 수 없다는 말이외다. 그러니 내 딸 도린나(都林那)를 데리고 가시오."

징옥이 뭐라고 대꾸하기도 전에 도린나는 이미 말등에 오르고 있었다.

도린나를 데리고 돌아온 징옥에게 백매가 말했다.

"상공께선 저 여진 여인을 어떻게 처리하시렵니까? 자칫 잘못 처리하면 남의 입방아에 오르내릴 수 있으니 김종서 장군에게 보내는 것이 좋을 것 같습니다."

고개를 끄덕인 징옥은 도린나를 불러 그 뜻을 물었다.

고개를 숙이고 한참 동안 생각에 잠겨 있던 도린나가 징옥의 얼굴을 빤히 쳐다봤다.

"장군의 종이 된 몸으로 뭐든지 시키는 대로 따라야 하는 이 몸의 처지를 내 어찌 모르리까. 그렇지만 보잘것없는 한 마리 새일지라도 어떤 나무인지 살펴보고 보금자리를 짓는 법이 아니오니까. 이몸 역시 한 번쯤 그 사람을 살펴본 후에 결정하고 싶으니 허락해 주실는지요."

징옥은 말없이 고개만 끄덕였다. 벌떼처럼 들고 일어나던 여진인들이 스스로 흩어졌다는 보고를 받은 김종서는 술자리를 마련했다.

징옥을 비롯한 여러 장졸들의 노고를 치하하기 위해서였다.

"그 동안 노고가 컸소. 자, 우리 모두 한 잔 쭉 듭시다."

제장(諸將)에게 술을 권한 김종서도 술잔을 입에 댔다. 그 순간 술잔이 박살나며 흩어져 나온 술이 김종서의 앞섶을 적셨다. 난데없이 날아온 화살 하나가 김종서의 술잔을 맞힌 것이었다.

창졸간에 벌어진 이 사태에 장수들은 깜짝 놀랐다. 벌떡 일어나 두리번거리는 사람도 있었고 상 밑으로 고개를 처박는 사람도 있었다. 눈을 크게 뜨고 멍한 표정을 짓고 있는 사람도 있었다.

그러나 김종서는 태연했다. 마치 아무 일도 없었던 것처럼 새 잔을 집어 들곤 옆에 있는 기생에게 다시 술 한 잔을 따르라고 시켰다. 태연한 사람은 또 있었다. 징옥이었다. 그의 얼굴엔 살풋한 웃음기마저 어려 있었다.

징옥의 미소 띤 얼굴을 쳐다본 김종서는 단숨에 잔을 비웠고, 그 뒤론 아무 일도 일어나지 않았다. 주연을 파하고 돌아온 징옥에게 도린나가 말했다.

"한 마리 큰 새가 둥지를 틀 만한 굳건한 나무를 봤습니다."

그 화살은 도린나가 쏜 것이었다.

이렇게 하여 도린나는 김종서에게 갔다. 김종서는 도린나를 끔찍히 사랑했다. 그리하여 이름마저 들에 핀 들꽃 같다는 뜻으로 야화(野花)라고 지어 주었다.

야화! 청순한 아름다움을 지녔을 뿐 아니라 그 당시 사대부(士大夫)가의 그 어느 여인보다 훌륭한 부덕(婦德)을 갖추고 있었고 시(詩)·서(書)·음악 (音樂)에 뛰어났다고 했다.

이런 여인을 어느 사내가 마다하랴. 도린나를 사로잡을 때부터 징옥 역시 마음을 주고 있었다. 그러나 백매의 말을 따른 덕분에 그보다도 더 큰 것 두 가지를 얻을 수 있었다. 바로 김종서의 신임을 철저하게 얻게 된 것이 그 하나요, 여진인들을 비롯한 동료 장수들의 신망을 얻게 된 것이 둘이었다. 이로 인하여 그는 후일 김종서의 뒤를 이어 함길도 절제사가 될 수 있었으며, 후금(後金)의 황제 자리에 오를 수 있었던 것이다.

스승과 이별한 지 어언 5년의 세월이 지난 어느 날 저녁.

집현전 학자가 되어 있는 삼문을 찾아온 사람이 있었다. 여전히 스님 도 속인도 아닌 모습을 한 스승 김 처사였다. 달라진 것이 있다면 어깨 밑까지 흘러내리던 머리카락이 더욱 하얗게 변색되어 있는 것뿐이었다.

스승과 함께 기거하던 그 초당에서 차 한 잔을 앞에 놓고 벗과 담론을 하고 있던 삼문은 버선발로 뛰어나갔다. 초당으로 들어서는 김 처사에게 삼문의 벗도 가벼운 예를 표한 후 삼문에게 하직을 고했다.

"여보게, 근보! 귀하신 손님이 오신 듯하니 나는 이만 물러가겠네."

"보한재(保閑齋)께선 살펴 가시게."

벗을 보낸 삼문은 스승 앞에 무릎을 꿇고 대례(大禮)를 올렸다.

"애야! 이젠 헌헌장부가 되었구나. 그런데 지금 나간 네 벗은 누구냐?"

김 처사, 즉 김알은 눈썹을 찌푸리며 물었다.

"그의 이름은 신숙주(申叔舟)이고, 호는 보한재라 합니다. 스승님께선 심기가 불편하신 듯한데 혹시 그 사람 때문인지요?"

"서로간에 오늘에야 처음 만난 사인데 무슨 까닭이 있겠느냐. 다만 그 사람의 상(相)과 이름자를 본즉 너와는 다른 길을 갈 사람 같아서 잠시 언짢았을 뿐이니라. 애야! 앞으론 그 사람을 깊이 사귀지 말아라. 특히 마음 속에 담아 둬야 할 중요한 말은 절대 하지 말거라."

삼문은 눈을 동그랗게 뜨며 스승께 물었다.

"스승님! 저는 관상에 대해선 알아들을 수 없지만 문자 해석만은 조금 이해할 수 있을 것 같습니다. 그러니 그의 이름자에 대한 풀이를 말씀해 주십시오."

김알의 얼굴에 미미한 미소가 어렸다.

"애야! 그의 이름이 지니고 있는 뜻과 그 모양은 아재비(叔)를 태운 배가 돛을 활짝 펴고 항해하는 상이란다. 앞으로 십수 년 후 그때의 조정 상황과 그의 이름이 지닌 의미를 결부시켜 보면 이런 말을 하게 된 내 뜻을 잘 알 수 있을 것이니라."

'그래 맞다. 신(申) 자에는 펼친다는 뜻이 있고 글자의 형상은 돛을 펼친 모양과 같다. 여기에 숙주(叔舟)라는 글자의 뜻을 더해 보면 그런 뜻이 있긴 있군. 그런데 이 뜻이 어째서 그와 내가 갈 길이 다르다는 운명으로 연결되는 것일까?'

삼문은 한참 동안 머리 속에다 글자를 그려 가며 그 뜻을 더듬어 보고는 고개를 갸우뚱거렸다. 후일의 일이지만 삼문은 결국 신숙주와의 교제를 끊게 되는데 그 대강을 미리 옮겨 보면 이러하다.

자신의 거센 야망을 알고 밖으로 내치기만 하던 부왕(父王)이 죽고 형님인 문종(文宗)이 왕위에 오르자 수양대군은 조정 대신들을 끌어들여 세력 확장을 꾀했다. 이때 집현전 출신의 정인지와 신숙주도 단종의 아재비(叔)인 수양대군의 편에 서게 되고 결국 계유정난(癸酉靖難)을 일으켜 단종 폐위에 가담하게 되었다.

유응부, 하위지, 이개 등과 더불어 단종 복위를 꾀하다 잡힌 삼문은 국문 자리에서 이렇게 신숙주를 꾸짖었다.

"그대는 일찍이 선왕(先王)으로부터 어린 임금을 잘 보살피라는 부촉을 받지 않았던가. 그런데 어찌 선왕의 믿음을 저버리고 고약한 아재비를 태운 거룻배 노릇을 하는가."

이 말을 들은 신숙주는 슬며시 자리를 피했다. 삼문은 그제야 '아…….스승님의 선견지명은 참으로 놀랍구나' 하고 탄식을 했다.

생각에 잠겨 있는 삼문을 굽어보던 김알은 바랑 속에서 종이 뭉치 하나를 꺼냈다. 삼문도 그 종이 뭉치를 알아보았다. 일찍이 구월산 스승의 동굴에서 본 바 있는 탁본들이었다.

"스승님께선 드디어 이 글자를 쓸 수 있는 방법을 알아 내셨군요."

탁본 뭉치를 쳐다보는 삼문의 눈이 호기심으로 빛났다.

"그래. 이제야 겨우 이 글자들이 지니고 있는 뜻을 알아 낼 수 있었단다. 이제 그 뜻을 설명해 줄 테니 귀담아듣도록 해라. 너도 보았다시피 금인과 스승님의 사리가 담긴 물 단지만을 쳐다보며 그 보름날 긴긴 밤을 지새웠으나 별다른 성과를 얻지 못했단다. 너희들을 내려 보낸 나는 그 다음 보름 날도, 또 그 다음 보름 날 밤도 무려 서른다섯의 보름 날 밤을 오직 그것 만을 쳐다보며 흘려보냈지. 그렇지만 신비스런 현상은 나타나지 않았고 아무것도 얻은 바가 없었단다.

그런데 서른여섯 번째 보름날 밤이었어. 그것을 뚫어져라 쳐다보고 있던 내 머리 속에 별안간 한 생각이 떠오르지 않겠니.

'진리란 멀리 있는 것도 아니고 복잡하고 신기한 것도 아닌 평범하고 간단한 것이야.' 하는 스승님의 말씀이었단다.

그 순간 그 물 단지 속에서 일어날 신비한 조화만을 기다리고 있었던 나 자신이 참으로 어리석었구나 하는 생각이 들었다. 스승의 참뜻을 깨닫게 된 거지. 보름 날 밤 금인(金人)과 스승의 사리 다섯개를 물 단지 속에 넣고 쳐다 보라고 하신 스승의 뜻은 이러했다.

하늘에 걸린 보름달은 하늘(天)을 의미하는 것이고 물 속에 비친 달 그림자는 땅(地)을 뜻한다. 이것은 천지(天地), 그리고 허실(虛失) 유무(有無)가 본래 둘(二)이 아닌 하나(一)임을 깨달으라는 뜻이었다.

그리고 금인(金人)은 바로 사람을 뜻하는 것으로 달 그림자가 나타나 있는 물 속에 금인을 넣으라는 것은 천(天), 지(地), 그리고 사람(人) 이 셋이 하나라는 삼즉일(三卽一) 일즉삼(一卽三)의 이치를

알려 주기 위함이었단다. 그리고 다섯 개의 사리는 셋(三, 天 地 人)이 하나 되어 움직임에 따라 다섯(五, 五行)의 변화상이 나타나는 것을 일깨워 주려는 것이었다.

또 가림토 38자는 역(易)의 삼극 원리에 따라 이루어졌고 다섯 소리(五

音)를 지니고 있다는 가르침이었단다. 이것을 깨닫게 된 나는 다시 한 번 가림토 38자를 살펴봤다. 그 결과 하나의 점인 ·[아래아 天]가 옆으로 길게 움직여 ㅡ(으 地) 자가 되었고 아래로 길게 나아가 ㅣ(이 人) 자가 되었으며 이 ·, ㅡ, ㅣ 자가 모든 글자를 이루는 3요소(三要素), 즉 삼극(三極, 天·地·人)임을 알 수 있었단다. 따라서 ·자와 ㅡ자, ㅣ자가 이리저리 서로 어울려 나타난 ㅏ, ㅑ, ㅓ. ㅕ, ㅗ, ㅛ, ㅜ 등의 글자는 양(陽)이 되고 선(線)의 변화체인 ㄱ, ㄴ, ㄷ. 등의 글자는 양에 따른 음(陰)이 됨을 알 수 있었지."

김알은 호흡을 가다듬고 종이에 적힌 글자 한 자를 가리켰다.

"애야! 낫을 눕혀 놓은 형상을 한 이 글자를 봐라."

김알은 탁본 뭉치 속에서 ㄱ자가 들어 있는 종이를 끄집어냈다.

"이 글자 ㄱ은 위(上, 天)에서 오른쪽으로 진행되던 운동이 아래(下, 地)로 내려왔음을 나타내며 수순(手順)으로는 하나(一)가 될 수밖에 없지 않느냐. 이번엔 이 글자를 봐라."

김알이 찾아 낸 것은 ㄴ자가 적혀 있는 종이였다.

"이 글자의 형상은 아까 번의 글자(ㄱ자)를 거꾸로 뒤집어 놓은 모양으로 위에서 내려온 운동이 땅에 닿아 오른쪽으로 움직여 나간 형상이 아니냐.

그러므로 이 글자(ㄴ자)는 아까 적의 글자(ㄱ자)와 일체이용(一體二用)의 관계가 되며 하늘에서 비롯된 운동이 땅에서 이루어지도록 운동하고 있다는 뜻이 되고, 수순(隨順)으로는 두 번째(二)가 될 수밖에 없는 것이지."

잠시 말을 끊던 김알은 ㄷ자가 찍힌 종이를 삼문 앞에 펼쳐 놓았다.

"애야! 이젠 내가 해석한 것을 참작하여 이 글자의 형상이 지닌 의미를 말해 보거라."

"위쪽 선(線)과 아래쪽 선이 왼쪽에서 연결되어 있으므로 하늘과 땅이 서로 합해진 형상이군요. 따라서 하늘과 땅 사이에 생겨난 사람을 뜻할 수 있으며 순서로는 세 번째가 되겠군요."

"잘 봤다, 바로 그 뜻이니라. 그러나 좀더 구체적으로 말하면 음양상합(陰陽相合)에 의해 비로소 하나의 생명이 그 형체를 이루기 시작한 상태라 할 수 있느니라. 따라서 첫 번째 글자(ㄱ자)와 두 번째 글자(ㄴ자), 그리고 이 세 번째 글자(ㄷ자)가 바로 음(陰)에 속하는 나머지 모든 글자(닿소리 字)들을 이루는 세 요소(三要素, 三極)가 된단다. 이 점을 염두에 두고 이 글자 두 가지를 살펴봐라."

세 번째 글자의 뜻을 보충 설명해 준 김알이 내민 글자는 ㄹ과 ㅁ이었다.

글자를 들여다보던 삼문의 입가에 웃음꽃이 피었다. 단순한 것 속에 들어 있는 묘리(妙理)를 알아본 흡족함이 배어 있는 웃음이었다.

"스승님! 꾸불꾸불한 글자(ㄹ자)는 수순(隨順)은 네 번째가 되겠군요. 그러나 네모진 글자(ㅁ자)는 천(天)에 속하는 글자(ㄱ자)와 지(地)에 속하는 글자(ㄴ자)가 서로 완전히 입을 맞춘 것으로 보입니다. 네모진 글자(ㅁ자)의 수순(隨順)은 짐작하지 못하겠습니다."

"그래, 천(天)에 속하는 글자(ㄱ자)가 1수(數)이고 인(人)에 속하는 글자(ㄷ자)가 3수이니 꾸불꾸불한 글자의 수순은 4가 되는 게 틀림없다 (3+1=4). 그러므로 이 글자는 형체를 이루기 시작한 것이 계속 자라고 있다는 뜻을 지니고 있단다.

네모진 글자 ㅁ은 네 번째 글자 ㄹ까지 진행되어 오던 운동이 1단계로 완료된 상태를 나타내고 있단다. 그러므로 수순은 다섯이 되고 천지

(天地) 합덕(合德)하여 이루어진 것이니라."

역(易)에서는 하나에서 다섯까지를 소성수(小成數) 혹은 생수(生數)라 하고, 여섯에서 열까지를 성수(成數)라 한다. 김알의 설명은 바로 생수 과정을 말한 것이다.

잠시 호흡을 가다듬은 김알은 하나하나의 글자가 지닌 뜻을 모두 설명해 나갔다. 모두 28개 글자로 다음과 같았다.

ㅏ, ㅑ, ㅓ, ㅕ, ㅗ, ㅛ, ㅜ, ㅠ, ㅡ, ㅣ

ㄱ, ㄴ, ㄷ, ㄹ, ㅁ, ㅂ, ㅅ, ㅇ, ㅈ, ㅊ, ㅋ, ㅌ, ㅍ, ㅎ, ㆆ, ㆁ, ㅿ

원래 가림토 문자는 38자였으나 28자만으로 충분히 우리 말을 담아 들일 수 있다고 생각한 김알이 10자를 빼 버린 것이다.

'아……, 참으로 신기하구나. 누가 28개의 글자 속에 천지의 운동에 따른 사물의 순차적인 진행 변화가 모두 들어 있다고 믿을 것인가!'

밤새워 스승의 설명을 듣고 난 삼문의 눈엔 경이의 빛이 가득했다.

"삼문아! 너는 이 28개의 글자를 품 속에 지니고 있다가 조용한 기회를 봐서 상감께 올리거라.

운종가에서 점을 치던 김알이란 사람이 '이 글자 하나하나는 자연의 축소판이요, 소천지(小天地)입니다. 그러므로 이 글자의 모양과 소리는 우리 몸과 일치될 수밖에 없는 것입니다.' 라고 했다고 말씀드리면 금세 알아들으실 것이다. 조심할 것은 조정 여러 대신들뿐 아니라 그 어느 누구도 알지 못하게 은밀히 해야만 한다. 그리고 어느 땐가 문자 활용법에 대해 답답해하던 상감께서 네게 그 방법을 들은 바 없느냐고 물어보실 것이다. 그땐 절대 내가 말해 준 지식을 함부로 내놓지 말고 슬며시 표시 나지 않게 전해 드려야만 하느니라. 알아듣겠느냐?"

"스승님! 만백성을 밝게 깨우치는 거룩한 이 일을 왜 이렇게 은밀히 해야만 합니까?"

김알은 탄식을 한 번 뱉은 후 천천히 그 까닭을 말했다.

"얘야! 지금 조정 사대부들의 머리 속엔 모화사대 사상이 가득 차 있어 우리 것은 모두 천하게 여기고 명나라 것은 무조건 떠받들고 있지 않느냐. 또 사대부들은 자신들의 종(從)에 불과한 일반 백성들이 밝게 깨우쳐 힘을 지니게 되는 것을 싫어한단다. 자신들의 자리가 흔들릴까 봐 두렵기 때문이지. 이런 두 가지 이유 때문에 그들은 기를 쓰고 이 일을 저지하려 들 것이다. 그리고 지금의 이 세상은 군(君)은 주(主)요, 신민(臣民)은 종(從)의 위치에 있다. 그러므로 모든 공은 주(主)에 돌아가야만 그 공이 오래도록 빛나는 법이란다. 너나 나나 이 글자의 주인이 될 수가 없다."

김알은 길게 탄식하고 나서 시 한 수를 읊었다.

하늘(天)도 공(空), 땅(地)도 공(空)인데 삼라만상이 그 가운데에 있구나.
아침에 떴다 저녁에 지는 해[日]와 달[月]도 공(空)이니,
분주하게 오고 가나 무슨 공(功)이 있을까.
정겨운 처(妻)도 살가운 자식도 공(功)이니 죽음 길에 있어선 서로 만나지 못하는구나.
부(富)함도 귀(貴)함도 공(空)이라
아침에 피었다가 저녁에 지고 마는 영산홍 같구나.

≪대집경(大集經)≫에선 공(空)이 바로 색(色)이라 했고

≪반야경≫에는 색(色)이 바로 공(空)이라 했으니

대장부라면 마땅히 보결(宝訣)을 수련하면서 참된 공[眞空] 가운데서 깨달음을 얻어 이 풍진 세상을 벗어날 것인저.

예부터 지금까지 이름과 이득을 좇는 것이 인생이었지만 그것은 흡사 꽃 속에서 꿀을 따는 한 마리 벌과 같구나.

백 가지 꽃 속에서 꿀을 따 모은 후에 이때까지 매운 고생이 한 마당의 헛됨으로 끝나는 것처럼.

여기까지 읊은 김알은 긴 한숨을 내쉬며 말했다.

"얘야! 다시 한 번 더 이 반문(牛文)을 네게 부촉하겠다. 이것을 합자(合字)하여 세상에 쓰이도록 하는 것이 네 일임을 명심하라."

삼문에게 일러줄 것을 다 일러준 김알은 자리에서 일어섰다. 먼동이 틀 무렵이었다.

"이젠 어디로 가야 스승님을 찾아 뵐 수 있을는지요?"

아쉬움이 가득 담긴 삼문의 말에 김알은 아직도 컴컴하기만 한 하늘 한쪽을 쳐다보며 말했다.

"얘야! 너와 내 인연은 이것으로 끝났구나. 따라서 애써 찾을 필요가 없느니라. 너와 내 마음이 흩어지지 않는다면 어디 있은들 함께 있는 게 아니겠느냐?"

하는 수 없었다. 성삼문은 아쉬운 이별을 해야만 했다.

그후.

김알이 정리해서 보낸 가림토 28자를 전해 받은 세종은 밤낮으로 그 연구에 심혈을 쏟았다. 삼문은 스승으로부터 전해 받은 지식을 표나지 않게 조금씩 흘려보냈다. 세종이 스스로 문리를 터득할 수 있도록, 갑자기 생각난다는 듯이, 혹은 그런게 아닐까 하고 반문하듯이 말했다.

이리하여 세종 25년(1443), 합자된 문자꼴이 겨우 이뤄졌고, 각 글자에 음(音)이 붙었다. 세종은 이 문자를 활용하기 위해 그해 12월 언문청을 설치했다. 그리고 새로 된 글자로 중국 어음(語音)을 번역하기 위해 명(明)의 한림학사 황찬에게 신숙주를 보내 자문을 얻게 했다. 그때 황찬은 죄를 지어 요동에 유배차 와 있었다.

드디어 세종 28년(1446), 세종의 명을 받은 정인지는 훈민정음에 이렇게 꼬리말을 달았다.

천지(天地) 자연에 따른 소리가 있다면 반드시 천지 자연에 따른 문자도 있는 법이다.(有天地自然之聲 則必有 天地自然之文)

31

목각 인형

파르스름한 실연기가 퇴색한 그림 세 점을 휘감고 있었다.

'우리 어른과 삼문 도련님의 소망이 하루 빨리 이루어지도록, 또 어딘 가에 있을 엄마와 동생이 편안하도록 보살펴 주옵소서.'

오늘도 하니는 지나간 5년여의 세월처럼 아침 축원을 올리고 있었다. 세 번 절을 하고 일어난 하니는 신당골로 통하는 길목에 앉았다.

'어른께서 그토록 심혈을 기울이시던 일도 한 매듭 지어졌으니 앞으로는 우리 둘만의 시간도 많아질 거야. 뭘 할까……. 월칵 쏟아질 것 같은 초롱한 하늘의 눈을 보며 옛 이야기나 해 달라고 할까? 아니야, 그건 너무 어린애 같애. 낮에는 이 산 골짝골짝에 피어 있는 이름 없는 들꽃이나 한 아름 꺾어 달라고 해 보고, 밤에는 달빛 안고 누워 있는 오솔길을 같이 걷자고 하는 것이 더 좋을 거야. 그리고 또…….'

한양으로 간 김 처사를 기다리고 있는 하니의 눈동자는 알록달록한 꿈에 젖어 있었다. 그러나 한 달이 지나고 두 달이 지나고 또 석 달이 지나도 그는 나타나지 않았다.

'아무리 늦더라도 보름 정도면 충분히 갔다 올 거리인데 왜 여태 안 오실까. 혹시 그 여진 여인을 찾아 나선 것은 아닐까? 그럴지도 몰라. 평생의 심원(心願)으로 삼고 있는 일을 매듭 지은 이 마당에 남은 일이라곤 그것밖에 더 있겠어. 틀림없을 거야. 그런데 그 여인은 아직도 나으리를 그리며 홀몸으로 있을까? 아닐 거야. 10년이면 강산도 변한다는데 보름밖에 안 쌓은 정을 간직하며 30여 년을 기다리고 있을 미련한 여인이 있을 턱이 없어. 아무튼 어른께서 빨리 돌아오셨으면 좋겠는데.'

하니는 파란 하늘 저쪽을 쳐다봤다.

그러나 여섯 달이 지나고 겨울이 되어도 그는 나타나지 않았다. 때문은 솜덩이 같은 하늘은 하니의 아침 축원이 끝날 무렵 함박눈을 쏟아 내고 있었다. 삼성사 처마 끝에서 까치 한 마리도 덩달아 울었다.

'하얀 눈이 오고 까치가 우니 오늘은 틀림없이 오실거야.'

몇 번이나 들어 본 실없는 까치 소리지만 애써 의미를 부여한 하니는 머리를 매만진 후 자신의 발자국이 깊이 새겨져 있는 그 자리로 뛰어 나갔다.

얼마쯤 기다렸을까. 온몸에 하얀 눈을 뒤집어쓴 채 입김으로 손을 녹이고 있는 하니의 눈 속에 언뜻 그림자 하나가 들어왔다. 반가움에 들떴던 하니의 눈 속에 실망의 빛이 어렸다.

눈 막을 뚫고 다가오는 그림자는 방갓을 쓰고 잿빛 승복을 입은 사람이었다. 가까이 다가온 그 사람을 확인한 하니는 일순 의아한 표정을 지었으나 이내 바삐 앞으로 마주 달려갔다. 하얀 도포에서 잿빛 승복으로 바뀌었지만 사람은 그 사람이었던 것이다.

한 아궁이 가득 불을 지피고 방으로 들어온 하니에게 김알은 바랑 속에서 보퉁이 하나를 꺼내 밀어 주며 말했다.

"지난 수년간 보살펴 준 그대의 정성에 비하면 만분의 일도 안 되지만……. 몸에 맞는지 모르지만 한 번 살펴나 보시오."

빙그레 웃으며 말하는 김 처사를 쳐다보는 하니의 얼굴에 홍조가 일었다. 보퉁이 속엔 꽃신 한 켤레와 비단 옷 한 벌이 들어 있었다.

'평생 처음으로 받아 보는 값진 물건, 그것도 사모하는 사람에게서 받아 보는 마음에 쏙 드는 선물…….'

윤이 자르르 흐르는 치마 저고리를 펼쳐 보는 하니의 두 뺨은 더욱 빨개졌고 손마저 바들바들 떨렸다.

옆방으로 들어간 하니는 꽃신을 신어 보았다. 노란 저고리와 초록색 치마도 입어 보았다. 모두 맞춤처럼 잘 맞았다. 이리저리 몇 발짝쯤 걷기도 하고 몸을 뱅그르르 돌려 보기도 하는 하니의 눈동자엔 오색 무지개가 서렸다.

옷을 갈아입고 나온 하니를 쳐다보는 김 처사도 그 아름다움에 깜짝 놀랐다. 수없이 보아 왔지만 이때처럼 아름다운 하니의 모습은 처음이었다. 무릎을 세우고 수줍은 표정으로 앞에 앉은 하니에게 김알은 하얀 명주 수건에 싸인 물건 하나를 더 내밀었다.

'이것만 해도 내 가슴은 터질 것처럼 벅찬데 또 무엇을 주시는 겐가?'

김 처사를 그윽이 쳐다본 하니는 명주 수건을 풀었다. 수건 속에서 모습을 드러낸 것은 목각 인형이었다. 남자 하나와 여자 둘이 서로 손을 맞잡고 웃고 있는 인형이었는데, 살아 있는 사람의 얼굴을 보는 것처럼 정교하게 다듬어진 것이었다.

인형을 손에 들고 쳐다보던 하니의 눈에 그렁그렁 눈물이 고이기 시작했고 눈물과 함께 큰 울음 소리가 터져 나왔다. 한참을 대성통곡한 하니는 목각 인형을 가리켰다.

"나으리! 이것은 도대체 어디서 났나요?"

김알은 하니의 등을 토닥거려 준 후 입을 열었다.

성삼문에게 가림토 28자를 전해준 김알은 성승을 찾았다. 하니의 가족에 대해 알아 보기 위해서였다. 성승은 노비를 관할하고 있는 관서로 사람을 보내 하니의 내력을 쉽게 알아 낼 수 있었다.

하니의 모(母) 되는 허 씨는 아직 전주 감영의 관비(官婢)로 있으며, 동생은 동래부의 관노(官奴)로 있다는 것이었다.

김알은 동래부로 하니의 동생을 찾으러 갔다. 그런데 동래부의 문 앞에는 큰 자명고가 달려 있었다.

'참으로 신기한 물건도 다 있군. 누가 저런 것을 만들었을까?'

김 처사가 찾아온 목적마저 잠시 잊고 북만 쳐다보고 입술을 달착거리고 있을 때 수직 군졸 하나가 말을 걸어왔다.

"여보시오, 스님! 넋 나간 듯 자명고를 보고 있는 것을 보니 이 동래부엔 초행인 모양이구려."

"그렇소이다만, 저 신기한 북은 도대체 누가 만들었소이까? 정말 신통스런 일이구려."

어깨를 한 번 으쓱거린 수직 군졸은 창 자루로 땅을 찍어 가며 자랑스럽게 말했다.

"이 조선 땅뿐 아니라 대국 땅에도 저런 것은 없을 거요. 바로 우리 동래부의 관노로 있는 아이가 만들었는데, 이것뿐 아니라 제 혼자 움직여 땅 밑의 물을 끌어올리는 수차(水車)와 아주 편리한 농기구(農器具)도 만들었답니다. 참으로 신통스런 재주를 지녔으나 사대부 자식으로 못 태어난 것이 애석하지요. 그런데 스님께선 무슨 일로 이 관아 문을 기웃거리고 있소이까?"

"아 참! 사람을 찾아왔소이다. 이곳에 관노로 있는 영실이란 사람을 말이외다."

"실이 그 아이를 찾아왔다고요? 하하하, 스님께서 찾으시는 그 아이가 바로 이 자명고를 만든 장본인입지요."

사람 좋아 보이는 군졸은 말을 마치자마자 안으로 통기를 했다.

잠시 후 떠꺼머리에 흰 수건을 질끈 동여맨 20세 가량 되어 보이는 총각 하나가 눈을 두리번거리며 나왔다. 별 같은 눈빛을 지닌 잘 생긴 총각이었다.

김알은 영실을 주막으로 데리고 갔다. 하니와 어미의 소식을 들은 영실은 눈물부터 주르륵 쏟아 낸 후 엎드려 큰 절을 올리며 입을 열었다.

"머나먼 천릿길을 달려와 어머님의 행방과 누님의 면천 소식을 전해 주셔서 정말 고맙습니다. 당장 달려가 어머님과 누님을 뵙지 못하는 제 신세가 너무나도 원망스럽구만요."

영실을 일으켜 앉힌 김알은 그의 생김을 찬찬히 뜯어보며 위로했다.

"여보게 살아만 있다면 언젠가는 만나는 법이네. 그러니 어서 눈물을 거두게."

그러나 영실은 고개만 절레절레 흔들 뿐이었다. 고삐에 매인 소나 말

같은 자신의 신세를 잘 알고 있기 때문이었다. 김알은 그날 밤을 영실과 함께 지냈다.

이튿날 한 달음에 자신의 거처로 뛰어 갔다온 영실은 물건 하나를 내밀며 말했다.

"어느 해 유달리 추운 겨울날 밤, 어머님과 누님의 따뜻한 품이 무척이나 그리웠습니다. 그래서 밤새워 이것을 깎았습니다. 그때부터 이것은 저의 허전한 잠자리 한쪽을 차지하고 있었습니다. 이젠 누님께 전해주십시오."

김 처사의 얘기가 여기에 이르자 하니는 또 한 번 목각 인형을 쓰다듬으며 흐뭇하고 대견스럽다는 표정과 함께 눈물을 흘렸다.

김 처사가 하니의 표정을 보며 잠시 말을 멈추자 하니는 사뿐히 일어나 김 처사에게 큰 절을 올리며 말했다.

"나으리! 소녀의 심원(心願)을 위해 2천 리(二千里)의 노독(路毒)을 마다하지 않는 그 은혜를 무엇으로 갚으리이까. 소녀 평생 나으리 곁을 떠나지 않기로 작정했지만 이제 잠시 동안 말미를 얻을까 합니다. 허락해 주실는지요?"

몽매에도 못 잊을 동생의 소식을 들은 하니의 급한 마음을 짐작한 김알은 빙그레 웃으며 손을 저었다.

"그만한 일이 어찌 지난 수삼 년간 알뜰히 보살펴 준 그대의 정성과 비교될 수 있겠소이까. 그러나 지금 길을 떠나 동래부로 가는 것은 그만두는 게 좋을 듯하오"

"……."

하니의 의아로운 눈빛을 지그시 바라보며 김알은 말을 이었다.

"한양으로 올라온 나는 일찍이 교분이 있던 공조참판 이천을 찾아 갔소이다. 신통한 재주를 지닌 장영실 그 아이를 천거하기 위해서였지요. 세종 임금의 백성 사랑하는 큰 뜻을 알고 있는 이천 역시 흔쾌히 승낙했답니다. 그러니 지금 동래부로 간다 해도 서로 길이 엇갈릴 수 있지 않겠소이까. 하하하!"

'그렇다면 우리 영실이도 면천이 되는구나. 아……, 이게 꿈이냐 생시냐!'

김 처사를 그윽히 쳐다보는 하니의 눈에서 또다시 눈물이 주르륵 흘러내렸다.

'아, 너무 고마운 어른……'

하니는 '흑' 하는 울음 소리와 함께 김 처사의 품 속으로 몸을 던졌다.

"기쁨에도 눈물이 나고 슬픈 일에도 눈물을 흘리니 기쁨과 슬픔은 본시 한 뿌리였던가……."

나직이 중얼거린 김알은 하니의 등을 토닥거려 주었다.

아스라한 기억밖에 없는 아버지의 품 속이 이처럼 따뜻하고 편할까. 하니는 스르르 눈을 감고 말았다. 한동안 감겨 있던 하니가 문득 눈을 떴다. 동생 얘기를 듣느라 깜박했던 어머니 생각이 났기 때문이었다.

"나으리! 소녀의 어머님은 어떻게 지내시던가요?"

"자당께선 어……"

말을 더듬던 김알은 눈꺼풀을 몇 번 깜박거리더니 또박또박 말했다.

"전주 감영의 관비로 있던 자당께선 이씨 성(姓)을 가진 아전의 후실로 들어가 아들딸 낳고 잘 살고 있다더군."

하니의 모 허 씨는 이미 오래 전에 병들어 죽었는데 하니의 상심을 두려워한 김 처사가 거짓말을 한 것이었다. 이제 안심한다는 표정을 지은 하니가 또 말했다.

"나으리! 언제쯤이면 동생을 만나 볼 수 있을는지요?"

상감의 부름을 받은 영실이가 한양으로 오면 성승 댁으로 연락을 해 달라고 이천에게 부탁해 놓았으니, 늦어도 내년 봄쯤이면 만날 수 있을 거요.

어느 새 앙상한 나뭇가지에 파릇한 새순이 움트기 시작했다. 하니는 또다시 김 처사를 기다리던 그 자리를 밟고 섰다.

열흘째 되는 날 사시(巳時, 오전 9~11시) 무렵, 검은 갓을 쓰고 남색 도포를 입은 선비 하나가 올라왔다.

20세 가량 될까 말까 한 앳된 얼굴이었는데 손에는 불을 켠 초롱 하나가 들려 있었다.

'아……, 드디어 기별이 왔구나. 그런데 저 양반은 실성기도 없어 보이는데 이 백주 대낮에 뭣 땜에 등불을 들고 다니지?'

하니의 고운 눈에서 반가움과 함께 의혹의 빛이 흘러나왔다. 하니의 안내로 김 처사가 기거하고 있는 동굴로 들어서며 선비가 중얼거렸다.

"태양은 환하게 비치고 있지만 어둠은 여기에도 이렇게 도사리고 있구나. 등불을 들고 오길 정말 잘 했군."

혼자말인지 남에게 들으라고 하는 말인지는 분명하지 않았지만 안하무인(眼下無人)의 태도였다.

방석에 앉아 있던 김 처사가 빙긋 웃으며 입을 열었다.

"수천 개의 등불을 켠다 해도 마음 불 하나 밝히는 것만 못한데도 어리석은 사람들은 진실을 찾는답시고 부질없는 짓만 하는구나."

선비와 같은 투의 중얼거림이었다. 그 말에 선비가 깜짝 놀랐다. 제법 인데 하는 눈빛이었다.

서슴없이 김알 앞에 마주 앉은 선비가 입을 열었다.

"묻겠소이다. 일찍이 불조(佛祖)께선 일체유심조(一切唯心造, 모든 것은 마음의 조화에서 비롯된다)라 했는데 맞습니까, 틀렸습니까?"

당돌한 선비의 태도에 역시 빙긋 웃으며 김 처사가 되물었다.

"그대는 어찌 생각하시오?"

"맞다고 생각하외다."

"그렇다면 내 하나만 더 묻겠소. 저 산봉우리 위에 큰 바위 하나가 있는데 과연 있는 것이오, 없는 것이오?"

잠시 생각하던 선비는 시원스레 대답했다.

"있소이다."

"어디 있소이까?"

"내 마음에 있소이다."

대답을 마친 선비의 입 끝에 웃음이 살짝 매달렸다.

"허허, 참. 그 무거운 바위를 마음 속에 담고 있다니 참으로 마음 고생이 막심하셨겠소."

입을 닫는 김 처사를 쳐다보는 선비의 눈동자에 당혹스러워하는 빛이 나타났다. 그러나 그것도 잠시였다. 얼른 얼굴빛을 바꾼 선비는 또 한 번 당돌한 질문을 내뱉었다.

"무엇이 역(易)의 모습이외까?"

이번 물음에도 김 처사의 대답은 거침없었다.

"용구(用九)와 귀공(歸空)이지."

이 대답은 역(易) 원리는 자연수인 10수로 구성되어 있는데 용구(用九)는 9수를 쓴다는 말로 역의 변화를 말하는 것이다. 그리고 귀공(歸空)은 공(空), 즉 완전수인 10수로 되돌아간다는 말로써 역(易)의 불변성을 말한 것이다.

김 처사의 이 말을 듣고 한참 동안 눈을 깜박거리던 선비는 황망히 무릎을 꿇으며 큰 절을 올렸다.

"과연 듣던 대로 하해와 같은 지혜를 지니신 어른이시군요. 저는 근보 형의 전갈을 지니고 온 김시습(金時習)이라 하옵니다. 앞으로 잘 가르쳐 주셨으면 합니다."

"하하하. 세 살 때 이미 시(詩)를 지을 줄 알았고 다섯 살 때 신동(神童)으로 소문났던 천재가 바로 그대? 날마다(日) 절(寺)에서 공부를 익히고(習) 있다는 이름인데, 그래 어느 절에서 공부하고 있는가?"

'내 이름을 풀어 절(寺)에서 공부하고 있는 사정을 알다니!'

삼각산 중흥사에서 학문을 닦고 있던 시습은 또 한 번 눈을 크게 떴다.

하니와 장영실의 만남은 그해 봄 운종가의 팥죽집에서 이뤄졌다. 김 처사가 점을 친 돈으로 헐벗은 아이들을 돌봐 줬던 바로 그 집이었다.

오랫 동안 떨어져 있던 두 혈육은 만나자마자 한 덩어리가 되어 끝없는 눈물부터 쏟아 냈다. 쌓이고 쌓인 한(恨)과 그리움, 그리고 기쁨이 어린 눈물이었다. 두 혈육이 서로의 얼굴을 어루만지며 이 말 저 말을 주고받을 때쯤 김 처사가 나타났다는 소식을 들은 사람들이 우르르 찾아왔다.

주막집 내외도 돼지 한 마리를 잡아 술 한 항아리를 함께 들고 와 잔치판에 얹었다.

"도사님! 그간 별래무양하셨습니까. 쇤네들은 도사님 덕분에 이렇게 잘 먹고 잘 살고 있습니다요."

제법 문자까지 써 가며 넙죽 절을 올린 주모가 호들갑을 떨었다.

"에구머니나! 연기처럼 종적을 감추셨기에 옥황상제의 부름을 받고 천상(天上)의 문창성(文昌星)이 되신 줄 알았는데, 이제 보니 고기도 못 먹고 뜨거운 여자를 안아 주지도 못하는 돌덩이 같은 스님이 되셨군요."

주모의 호들갑에 모두들 싱긋 웃으며 한쪽 귀로 듣고 한쪽 귀로 흘렸다. 덩달아 수줍게 웃던 하니의 얼굴이 어두워졌다. 혈육을 만난다는 기쁨에 들떠 잠시 잊었던 잿빛 승복을 뚫어질 듯이 쳐다보았다.

'중이 된다는 것은 속세의 모든 것을 버리고 떠난다는 것인데…… 그렇다면 그 여진 여인과 이 몸 중 누구를 택할까. 선택이 어려워진 저이가 다 포기한다는 그 뜻이 아닐까? 그렇다면 왜 아직도 저 긴 머리털을 훌훌 깎아 버리지 않고 그대로 달고 다니는 걸까? 혹시 어떤 미련이 남아 있어서가 아닐까?'

하니가 이런 생각에 잠겨 있는 동안 비슷한 나이 또래인 시습과 삼문, 그리고 영실은 금방 친해져 여러 가지를 묻고 답하며 술잔을 주고받았다.

두 사람과의 만남은 영실에게 많은 도움을 주었다.

나중에 영실은 세종으로부터 자격루(물시계), 혼천의(천체 관측 기구), 측우기 등의 제작을 하명받게 되는데, 그때 삼문은 집현전의 서고를 뒤져 참고 자료를 찾아 주었고 시습은 의논 상대가 되어 주었다.

김알은 팥죽집 안채에 두 남매의 거처를 잡아 준 다음 곧바로 구월산으로 돌아갔다.

하니는 1년쯤 뒤 영실이가 짝을 짓게 되자 김 처사를 뒤쫓아 구월산으로 돌아갔다.

32

날개 꺾인 봉황새

세월은 흘러……. 검은 닭(癸酉, 癸는 黑水이고 酉는 닭)이 울고 있는 10월 초 열흘 날.

초저녁 무렵 홍윤성이 김종서를 찾아왔다. 수양대군과 더불어 모의를 한 다음 그 예비 행동으로 김종서의 허실을 살피러 온 것이었다.

그 검은 마음을 알 리 없는 김종서는 호방한 윤성의 기개가 마음에 들었다. 그래서 아끼는 활 하나를 그에게 주었다. 구하기 어려운 여진 각궁(角弓)을 손에 쥔 윤성은 회심의 미소를 지으며 물러갔다.

그를 보낸 종서는 야화(野花)가 기거하는 후원으로 발길을 옮겼다. 그의 발걸음은 유난히 무거워 보였다. 어깨마저 축 처져 있었다.

홍윤성의 너털웃음 속에 감춰진 사신(死神)의 냄새를 맡았기 때문일까. 아니면 어수선한 시국을 일도양단(一刀兩斷) 식으로 처리하지 못하고 있는 자신의 한계를 느꼈기 때문일까. 이도 저도 아니면 예전의 호방함을 잃은 노쇠한 자신에 대한 서글픔 때문이었을까.

우울한 종서의 얼굴을 본 야화는 방 한구석에 세워 두었던 가야금을 안았다. 명쾌한 음률로 종서의 마음을 위로하려는 것이었다.

"야화야! 가야금을 내려 놓고 내 옆에 바짝 다가와 앉아라."

종서는 야화의 탄력 있는 무릎을 베고 누웠다. 야화는 종서의 흰 머리 칼을 쓰다듬었다. 아이를 잠재우는 어머니의 손길 같았다. 젊고 고운 야화의 얼굴을 쳐다보던 종서의 입에서 한숨이 나왔다.

"야화야! 네 무릎을 베고 누워 있으니 참으로 편안하구나. 그런데 너는 이 늙은이가 싫지 않으냐. 망설이지 말고 말해 보렴. 그러면 내 서둘러 건장한 젊은이와 짝을 지어 주마."

"대감! 무슨 섭섭한 말씀을 하세요. 이 야화는 대감께서 살아 계시는 한 절대 대감 곁을 떠나지 않겠어요. 뿐만 아니라 대감께서 이 세상을 떠나신다 해도 평생 혼자 살겠어요."

야화는 종서의 손을 꼭 쥐어 주며 야무지게 말했다.

그날 밤 이슥한 때에 느닷없는 불청객이 종서를 찾았다. 졸개들을 거느린 임운, 양정, 유수 등 세 사람이었다. 이들은 수양대군의 급한 전갈을 전하러 왔다며 종서를 마당으로 불러냈다.

희미한 달빛 아래 종서는 그들이 전해준 수양대군의 서신을 펴들었다. 그 틈에 뒷잔등에 숨겨져 있던 임운과 양정의 철퇴가 휙 바람을 갈랐고, 종서는 부릅뜬 눈으로 땅바닥에 쓰러졌다. 종서의 죽음을 확인한 이들은 종서의 두 아들과 손자까지 처치한 후 사라졌다. 피바람 몰아치는 계유정난(癸酉靖難)이 시작된 것이다.

종서의 죽음을 뒤늦게 안 야화는 북방에 있는 징옥에게 달려가 이 억울한 일을 알리려 했다. 그러나 성문은 이미 굳게 닫혀 있었다.

수양대군은 자신의 왕위 찬탈에 걸림돌이 되는 모든 조정 대신들을 도륙한 후에야 성문 봉쇄를 풀었다. 남장을 한 야화는 종서의 사내종과 함께 가까스로 한양을 벗어났다. 그러나 북쪽으로 통하는 모든 길에는 기찰이 심했고 특히 함길도 쪽으로 향하는 길은 모두 막혀 있었다. 한양의 피냄새가 함길도 쪽으로 전해지는 것을 두려워 한 수양대군의 엄명 때문이었다.

"여보게, 아우! 벌써 11월인데 아직도 한양 땅에선 아무 소식도 없던가?"

10월 안으로 틀림없이 내직(內職)으로 승차시켜 주겠다던 김종서의 약속을 기다리던 징옥은 10월이 지나자 하루에도 몇 번씩 남쪽 하늘과 흑곰의 얼굴만 쳐다봤다.

"10월 중순 이후론 좌의정 대감의 기별은커녕 장사치 한 명조차 보지 못했다우."

이런 대답만을 하던 흑곰이 희색만면한 빛으로 징옥에게 달려왔다.

"성님! 드디어 한양에서 한 떼의 사람들이 오고 있소."

징옥의 얼굴에도 기쁜 빛이 나타났다. 그러나 사람은 분명 한양에서 왔지만 뜻밖의 사람이었다.

"아니! 대호군(大護軍)께서 여긴 웬일로?"

그는 대호군 박호문이었다. 순간 징옥의 얼굴엔 두 가지 빛이 나타났다. 한 가지는 오랜만에 만난 박호문에 대한 반가움이었고, 또 한 가지는 의아함이었다. 이런 징옥에게 박호문은 단종 임금의 옥쇄가 찍힌 명령서를 내밀었다. 명령서를 읽어 본 징옥의 고개가 갸우뚱거렸다.

'김종서 대감이 약속을 어길 리는 만무한데 어떻게 된 일인가? 내 후임으로 박호문을 앉힌다면 내가 가야 할 자리가 어디라는 지시가 있어야 하지 않는가? 참으로 이해할 수 없군. 혹시 변고가 생긴 것이 아닐까?'

의혹의 눈알을 굴리던 징옥은 박호문을 숙사로 안내했다.

이튿날 아침 한양에서 또 한 사람이 달려왔다. 비록 말을 타고 왔지만 행색이 말이 아닌 도린나였다.

눈물을 흘리며 말하는 도린나에게서 자초지종을 들은 징옥은 이빨을 갈며 칼을 빼어 들었다.

'어째 이상타 했더니 그런 일이 있었군.'

한달음에 달려간 징옥은 박호문 일당을 포박한 후 맨땅에 꿇어 앉혔다.

"박가 이놈아! 내 이때껏 너를 당당한 사내 대장부라 여기고 있었다. 그런데 어찌하여 역적들과 한 통속이 되어 나를 기만하는 것이냐. 내 너에게 사사로운 정이 없는 것은 아니지만 대역의 무리는 처단되어야 하는 것, 나를 정 없다고 원망 말아라."

징옥의 당당한 꾸짖음에 박호문은 단 한 마디 변명도 못했다.

수양대군의 계유정난은 누가 봐도 흑심을 감춘 엄연한 모반이었다. 수양대군의 밀명을 받고 징옥의 군권(軍權)을 빼앗으러 온 박호문의 머리는 즉시 회령 성문 앞에 내걸렸다.

박호문과 그의 부장들을 참수한 징옥은 즉시 격문을 닦아 함길도 곳곳의 수장(守將)과 방백(方伯)에게 보냈다.

수양대군은 역심을 품고 어린 임금이 계신 남령위궁(宮)을 포위한 후 김종서 대감을 비롯한 조정 대신들을 모살(謀殺)했다. 이 땅 이 임금의 신하 된 자 어찌 임금의 은혜를 저버릴 수 있겠는가. 모두들 한 마음이 되어 역신(逆臣)들을 주살하여 이 땅에 군신(君臣)의 도가 살아 있음을 만천하에 보이자.

　격문을 읽어 본 여러 수령 방백들은 분연히 징옥에게 달려왔다. 평소 징옥을 추앙하던 두만강 밖 야인(野人)들도 군마와 군기(軍器) 등을 보내왔다. 바로한도 용사 5백 명과 함께 달려왔다.

　"역신들을 소탕하고 공을 이루자. 그리고 이 참에 떠나 왔던 고향 땅도 밟아 보자."

　"우리가 누구냐! 가려 뽑은 조선 제일의 날랜 군사들이 아닌가. 단숨에 한양으로 달려가 김종서 대감의 원한을 풀어주자."

　창자루를 꼬나잡고 칼을 휘두르는 5만여 장졸들의 사기는 하늘을 찌르는 듯했다. 삽시간에 함길도 일대는 징옥의 세력권으로 들어갔다. 이렇게 되자 함길도와 인접한 평안도 여러 고을도 동요하기 시작했다. 백성들은 곧이어 닥칠 전란에 대한 걱정은 접어 둔 채, 불의를 응징하려 기병(起兵)한 징옥에게 은근한 박수를 보냈다.

　이 소식은 곧바로 한양성 안으로도 전해졌다. 수양대군 일파의 얼굴이 새파래졌다. 한명회 등과 대책을 논의한 수양은 화급히 각지의 군마를 소집해 북으로 보내라는 명령을 내렸다.

　이제 얼마 후면 동족 상쟁, 골육상잔의 대 비극이 벌어질 참이었다. 이럴 때 스님의 행색을 한 늙고 젊은 두 사람이 징옥의 군영으로 찾아왔다.

"아이구, 스승님!"

이들을 본 징옥은 후다닥 달려와 엎드렸다. 징옥을 일으키며 김알은 옆에 서 있는 젊은 중을 쳐다봤다.

"얘야! 인사하거라. 바로 이 사람이 징옥이란다."

젊은 중이 먼저 합장(合掌)을 했다.

"나무 아미타불 관세음보살! 사형뻘 되는 장군께 소승 문안 올립니다."

'스승께선 언제 불문(佛門)에 귀의하셨다지? 별 같은 눈동자를 지닌 저 젊은 중의 정체는 무얼까? 그리고 불문에 귀의한 몸이라면 응당 머리를 깎아야만 하는데 무슨 까닭으로 긴 머리칼을 자랑이나 하는 듯이 달고 다니나?'

스승과 젊은이의 행색, 그리고 젊은이의 범상치 않은 풍모를 본 징옥은 순간적으로 인사말도 잊어버린 채 우물쭈물했다.

웃음 띤 얼굴로 징옥의 이 모양을 본 김알이 젊은 중을 향해 핀잔하듯 말했다

"얘야! 너나 나나 아직 중도 아니고 속(俗)도 아닌 그런 몸이 아니냐. 그런데 그 무슨 공연한 염불이냐. 어서 네 본명을 일러주거라."

그제서야 젊은 중은 자신의 본명을 말했다,

"김시습이라고 하옵니다."

"아니! 불세출의 신동(神童)이라 짜하게 이름났던 김시습이 바로 그대!"

징옥은 다시 한 번 눈을 크게 뜨고 김시습의 요모조모를 뜯어봤다.

"그래! 그 사람이 바로 이 사람이다. 이 애 역시 나처럼 속세의 미련 하나를 못 버린 까닭으로 아직도 거추장스러운 머리칼을 달고 다니는 것이

지. 하하하!"

이번에도 김알은 빙긋 웃기만 하는 김시습을 대신했다.

한편.

"뭐라고! 아바께서 이곳에 오셨다고!"

흑곰한테서 소식을 들은 바로한은 부리나케 달려와 김알의 품 속으로 와락 뛰어들었다. 이렇게 오랜 세월 동안 떨어졌던 혈육은 또 한 번 서로의 체취를 맡았다.

남자들이 만나면 으레 술판이 벌어지게 마련이고, 이들 혈육과 사제지간의 만남에도 예외는 없었다.

"징옥아! 네 기병(起兵) 소식을 듣고 부랴부랴 달려왔단다. 너도 잘 알다시피 이길 수 없는 싸움은 시작하지 않는 법, 그래 이길 수 있는 조건은 갖춰졌겠지?"

"예, 그렇습니다. 이제야 이길 수 있는 세 가지 조건이 갖춰진 것 같습니다. 스승님께서도 알고 계시겠지만 저의 휘하 장졸들은 원래 조선 팔도에서 추려 낸 힘세고 날랜 자들인 데다 실전과 다름없는 조련을 수 년간 받아왔습니다. 그러기에 조선의 최정예 부대라 할 수 있습니다. 이런 5만 명에다 군비(軍備)와 군량 또한 넉넉하고 사기(士氣) 또한 드높습니다. 이것이 첫째 조건입지요. 두 번째는 군사를 일으키는 데는 합당한 명분이 있어야 되는데, 우리에겐 역신(逆臣)을 제거한다는 만인의 공감을 얻을 명분이 있습니다. 그리고 세번째는 군사를 부릴 장수의 전략이 뛰어나야 되는데, 제갈공명보다 더 신기막측한 지혜를 지니신 스승님께서 저를 도우러 오셨으니, 어찌 이 싸움이 질 수 있겠습니까."

징옥은 호기롭게 말하며 술잔을 비웠다.

"그래, 그만하면 충분히 이길 조건이 갖춰졌다. 그러나 혈육끼리 벌이는 이 큰 싸움에 피는 흘러 개천을 이룰 것이고, 지아비와 자식, 그리고 아버지를 부르며 호곡하는 소리가 온 천지를 슬프게 할 것인데 이 점은 생각해 보았느냐?"

혈육끼리 벌이는 피비린내 나는 싸움? 혈육을 찾는 슬픈 메아리?

징옥과 바로한, 그리고 흑곰의 눈시울이 뜨거워졌다. 모두들 어려서 혈친을 잃고 외롭게 자라난 사람들이기 때문이었다. 술자리엔 한참 동안 아무 소리도 들리지 않았다.

이 잠시 동안의 침묵은 김시습에 의해 깨졌다.

그가 시 한 수를 읊은 것이다.

　　　　콩대로 불을 때어 콩을 삶는다(煮豆燃豆箕)
　　　　삶은 콩 걸러 콩국을 만들려고(漉鼓以爲汁)
　　　　콩대는 솥 밑에서 타고 있고(箕在釜下然)
　　　　콩은 솥 속에서 울고 있네(豆在釜中泣)
　　　　본래 같은 뿌리에서 난 것이지만(本是同根生)
　　　　서로 들볶는 게 어찌 그리도 심한가(相煎何太急)"

※ 김시습이 젓가락으로 상을 두드려 운율을 맞추며 읊어낸 이 시에도 사연이 있다.

《삼국지》의 주인공인 조조(曹操)의 큰 아들 조비(曹丕)는 자신의 아우인 조식(曹植)을 죽이려 했다.

자신의 왕위(王位)를 노린다고 생각했기 때문이다.

조비가 조식을 불러 말했다.

"네가 일곱 걸음을 걸을 동안 시 한 수를 지어 내면 목숨을 살려 주마."

그때 조식은 한 발 내디딜 때마다 한 구절씩을 읊었고 이 시의 내용을 들은 조비는 눈물을 흘렸다. 새삼 혈육의 정을 뭉클하니 느낀 조비는 조식을 살려 주었다.

낭랑하게 울려 퍼진 김시습의 읊음을 들은 흑곰의 눈이 축축 해졌다. 징옥과 바로한도 고개를 푹 숙였다. 축축 해진 자신의 눈두덩을 보이기 싫어서였다.

한참 만에 징옥의 입에서 한 마디 절규가 터져 나왔다.

"스승님! 혈육이 찢겨 나가는 그 아픔을 이 제자는 누구보다 더 잘 알고 있습니다. 그렇지만 대(大)를 위해 소(小)는 희생될 수밖에 없는 법, 이미 칼은 칼집에서 나왔고 당겨진 시위에 화살은 얹혀 있습니다. 이런 상황인데도 싸움을 그만두라 하심은 이 제자를……"

"얘야! 내 어찌 지금의 네 처지를 모르겠느냐. 그러나 네가 기병(起兵)의 명분으로 내세우는 대의(大義)는 참된 대의가 아니란다. 내 일찍이 너에게 대무(大武)는 만사람을 위함에 있다고 했지 않느냐. 얘야! 차라리 이렇게 함이 어떻겠느냐. 이 좁은 땅 안의 조정(朝廷)을 위한 대의(大義)만을 따질 게 아니라 주인 없는 더 넓은 북녘 땅으로 들어가 잃었던 우리 옛 땅을 되찾자는 말이다."

김알이 말을 마치자 고개를 끄덕이던 김시습이 입을 열었다.

"사형! 닭 꽁지보다 용 머리(龍頭)가 되는 게 더 대장부답지 않겠소? 스승님께선 사형을 위해 금빛 나는 사람 한 분을 품 속에 품고 오셨다오."

시습의 말을 들은 징옥의 눈에 번쩍 한 줄기 섬광이 일어났다. 흑곰의 얼굴에도 기쁜 빛이 나타났다. 그러나 바로한의 얼굴엔 섭섭한 빛이 어른거리다 사라졌다.

품 속에서 금인을 꺼낸 김알은 눈을 감고 한참 동안 말없이 앉아 있었다. 무엇인가 더듬어 보고 있던 김알의 얼굴에 안타까운 빛이 나타났다.

눈을 뜬 김알은 금인을 징옥에게 넘겨 주고 침중한 목소리로 말했다.

"얘야! 이 금인이 지닌 뜻은 더 이상 말 안 해도 잘 알고 있을 것이다. 이것을 물려받은 네가 우리의 오랜 꿈을 이루어 줘야 한다. 따라서 매사에 근실하고 조그만 일이라도 소홀하게 넘기지 말아라."

징옥에게 당부를 한 김알은 바로한과 흑곰을 따로이 불러 뭔가 지시했다. 아버지의 지시를 받은 바로한은 바삐 두만강을 건너 여러 여진 부락을 순방했다.

김알과 김시습이 떠나고 난 그 이튿날부터 회령성 안에는 출처를 알수 없는 말이 떠돌았다.

어젯밤 장백산 신령님이 백호(白虎)를 타고 내려와 징옥 장군에게 황제가 될 수 있는 보물 하나를 바치고 갔다. 그 보물을 얻은 징옥 장군은 머지않아 고구려의 옛 땅이기도 하고 대금국(大金國)의 땅이었던 요동과 만주를 호령하는 황제가 된다. 이리 되면 징옥을 도운 사람은 창업공신(創業功臣)이 되어 평생 부귀영화를 누리게 된다더라.

이 소문은 마른 들판에 붙은 불길처럼 회령성뿐 아니라 인근 고을로 순식간에 퍼져 나갔다. 그러자 나중에는 백호를 탄 장백산 산신(山神)이 징옥의 군막에서 나오는 것을 목격했다고 주장하는 사람도 생겨났다. 이럴 때에 여진 마을의 족장들이 하나둘 두만강을 건너왔다. 값진 예물을 들고 징옥을 찾아온 그들의 입에서도 소문 같은 말들이 흘러나왔다.

막상 일이 이렇게 번져 나가자 징옥의 휘하 장졸들도 술렁거렸다. 드디어 흑곰이 여러 장수들을 충동질했다.

"여러분들도 떠도는 소문을 들었을 것이오. 그리 되면 얼마나 좋겠소만, 직접 절제사 나으리를 찾아 뵙고 소문의 진위를 알아봅시다."

징옥은 무리 지어 찾아온 휘하 장수들에게 금인을 보여 주며 말했다.

"대의(大義)를 위해 군사를 일으켰으나 동족끼리 피를 흘려야 된다는 사실 앞에 가슴 아파 하고 있었소. 그러던 차에 백두산에서 온 어떤 도인으로부터 이 물건을 받긴 받았으나 어찌해야 할지 망설이고 있던 차요. 여러분의 뜻은 어떠하오?"

징옥의 말을 들은 여러 장수들은 징옥의 손에 들린 금인을 유심히 쳐다봤다. 정교하게 만들어진 것이었고 신비스러운 느낌을 갖게 하는 물건이었다. 모두들 경탄하며 말했다.

"장군께서 이런 천하의 기보(奇寶)를 얻은 것은 대업을 이루라는 하늘의 뜻인 것 같소이다. 우리 모두 기꺼이 장군을 따르겠소."

여러 장수들은 모두 징옥 앞에 무릎을 꿇었다. 모두들 진심인 것 같았다. 그러나 그 중 한 사람의 눈빛만은 탐욕에 젖어 이글거렸다.

바로 종성(鍾城) 부사 정종(鄭宗)이었다.

이렇게 되어 징옥은 회령성에서 황제(皇帝) 즉위식부터 올리고 국호(國號)를 후금(後金)이라고 선포했다. 대금(大金)의 뒤를 잇겠다는 뜻이었다.

그러나 여러 벼슬 자리에 대한 인선(人選)은 보류했다. 그런 일은 두만강을 건너 바로한이 준비해 줄 황궁(皇宮)으로 들어간 다음에 해도 늦지 않다고 생각했기 때문이었다.

기다리던 바로한에게서 연락이 왔다.

오도리족뿐 아니라 목단강변의 우디거족까지도 새 나라 건설에 동참하겠다는 다짐을 했으며 황궁으로 쓸 건물까지 준비했으니 종성에서 두만강을 건너오면 마중하겠다는 전갈이었다. 바로한의 서신을 읽은 징옥은 즉시 회령을 떠나 종성으로 향했다. 이제 막 날개를 펴고 날려는 봉황새 한 마리가 수놓아진 임금 복장을 한 징옥이 선두에 섰다. 종성을 10여 리 남겨 둔 지점에서 징옥이 명을 내렸다.

"이미 해가 기울기 시작했으니 여기서 야영을 한다."

그래 놓고 징옥은 세 아들과 함께 종성으로 말을 달렸다.

"황제가 되신 몸으로 가볍게 움직이시면 아니 되오."

흑곰과 백매, 홍매가 징옥을 뒤따르며 말했다.

그러나 징옥은 호통을 쳤다.

"이 사람들아! 이 종성뿐 아니라 두만강 저쪽 야인들도 이제는 모두 내 신하인데 무엇이 두렵단말인가. 자네들은 되돌아가 수하 군사들이나 잘 보살피게. 그것이야 말로 더없이 중요한 일일세."

그랬다. 천부부당(千夫不當)의 용맹과 무예를 지닌 징옥이 아닌가. 그런 데다가 종성의 장졸 역시 징옥의 손때가 묻은 수하(手下)들이 아닌가.

흑곰과 백홍 이매는 그래도 안심이 안 되어 멀어져 가는 징옥의 등짝만을 쳐다봤다.

　묘향산 이름 없는 암자 처마 끝에서 땡그랑땡그랑 풍경이 울고 있었다. 징옥과 헤어져서 구월산으로 돌아가던 김알과 시습이 잠시 머물고 있는 곳이었다.

　'금강산 유점사의 풍경도 땡그랑거리고 이곳 풍경도 땡그랑땡그랑 울고 있으니 모습은 달라도 소리는 하나로군. 그런데 오늘 새벽 좌선(坐禪) 때 내 감은 눈 앞에 생생하게 보이던 그 그림은 도대체 내 마음 속 어느 구석에서 솟아오른 것일까?'

　사시(巳時) 공양을 얻어먹고 풍경 소리를 들으며 생각에 잠겨 있던 시습은 침중한 안색으로 눈만 껌벅거리고 있는 스승에게 다가갔다.

　"스승님! 존안이 평소와 달리 어두워 보이는데 무슨 까닭이 있사옵니까?"

　"네 눈에도 그렇게 보이느냐? 그래, 맞다. 징옥이 일로 자꾸 내 마음이 불안하구나."

　"그러시다면 능통하신 주역팔괘(周易八卦)를 뽑아 보시지요?"

　"무슨 까닭인지 신통한 풀이가 나오질 않는구나. 휴……."

　"아마도 징옥 사형에 대한 깊은 관심이 스승님의 맑은 마음을 어지럽게 한 탓이 아닐까요? 중이 제 머리를 깎지 못한다는 말처럼 말입니다. 그런데 스승님! 새벽 좌선 때 제 눈 앞에 홀연히 생생하기 짝이 없는 그림 한 장면이 나타나 보이던데, 그것은 어떤 연유로 또 어디에서 나타난 것입니까?"

　"이제 네 마음 공부가 제법 깊어진 것 같구나. 그것은 말이다, 네 마음이 천지(天地)의 마음과 일치되었을 그 시점에 나타나는 것으로 이 세상에 있는 어떤 사물의 본모습이기도 하고 어떤 일이 생길 것을 미리 알려 주는 것이기도 하단다. 그래 어떤 것을 보았느냐?"

"큰 나무 밑에 쥐(子) 한 마리가 있는 것이 보입디다. 그런데 에……에."

시습은 여기까지 말하고 생각을 더듬느라 말을 멈추었다.

"나무(木) 밑에 쥐(子)라, 그것은 이(李) 자인데……, 그래! 어떻게 되었는지 빨리 말해 보거라."

김알은 평소답지 않게 시습의 다음 말을 재촉했다.

"에……, 그 쥐가 나무 위를 오르더니 나무 위에 앉아 있던 까마귀 등짝에 올라타는 것이었습니다. 그러자 까마귀는 '까악까악' 울며 날개를 퍼드덕거렸습니다. 까마귀는 오색 찬란한 날개를 펼친 한 마리 거대한 봉황새로 변했습니다. 이제 막 등에 쥐를 태운 봉황새가 날갯짓을 하고 하늘로 오르려는 그때였습니다. 갑자기 큰 언덕에서 닭 여덟 마리가 날아들더니 봉황새의 목덜미를 물고 늘어졌습니다. 봉황새는 좌우로 고갯짓을 몇 번 하더니 땅바닥에 풀썩 떨어지고 말았습니다. 이런 그림이었습니다."

시습이 말을 끝내자 김알은 떨리는 목소리로 물었다.

"얘야! 징옥은 종성으로 해서 두만강을 건널 것인데, 혹시 종성 부사의 이름을 아느냐?"

"정종(鄭宗)이라고 알고 있사옵니다."

시습의 입에서 정종이란 말이 나오자 김알은 벌떡 일어섰다. 그러고는 품 속에서 축지(縮地) 부적 두 장을 꺼내어 시습에게 주며 화급한 소리로 말했다.

"얘야! 이 부적 두 장을 네 종아리 어림에 동여매거라. 오늘 밤까지 종성에 닿을 수 있을지 어떨지는 어림할 수 없다만 기를 쓰고 달려가 보는 수밖에 없구나."

축지법을 쓴 김알과 시습의 발길이 경성군에 있는 수성벌에 닿았을 때 이미 일은 벌어지고 있었다.

해시(亥時, 밤9시~11시 사이) 무렵이었다. 정종이 권한 술 몇 잔을 기분 좋게 마시고 일찌감치 잠자리에 들었던 징옥은 심상찮은 소리를 듣고 잠에서 깼다. 장정들이 뛰어다니는 소리였고, 무언가 호령하는 소리였다.

'웬 놈들이 이 야밤에 감히 겁도 없이?'

징옥은 엎드린 채 방문을 열고 밖을 내다봤다.

밖에는 칼을 쳐든 정종이 횃불을 든 수십 명의 군졸들과 함께 서 있었다. 의아한 눈빛으로 쳐다보는 징옥을 향해 한 마디 호령이 떨어졌다.

"누가 저 역적놈의 목을 베겠느냐?"

정종의 호령이었다. 머뭇거리는 군졸들 사이에서 제법 엄장한 군교 두 명이 칼을 빼어 들고 징옥에게 다가갔다.

'아차! 저놈이 나를 배반했구나.'

상황을 깨달은 징옥은 재빨리 칼을 찾아 들었다. 공을 세우고자 덮쳐든 군교 두 명은 징옥의 적수가 못되었다. 칼질 몇 번에 두 명이 맥도 못 추고 징옥의 칼밥이 되고 나자 정종의 수하들은 모두들 뒤로 꽁무니를 빼며 나서려 하지 않았다.

"궁수들은 앞으로 나서라."

정종의 호령이 있자 담장 뒤에 매복하고 있던 수십 명의 궁수(弓手)들이 앞으로 나섰다. 쳐 들렸던 정종의 팔이 아래로 떨어지자마자 동시에 수많은 화살이 징옥에게 쏟아졌다. 칼을 휘둘러 화살을 막던 징옥의 입에서 짧은 신음 소리가 나왔다. 어깨에 한 방, 다리에 한 방 맞았던 것이다. 점점 징옥의 몸놀림은 둔해졌고 그에 따라 하나씩 하나씩 화살은 징옥의 몸에 더 꽂혔다. 가슴에 꽂힌 화살을 부여잡은 징옥이 피를 물고 탄식했다.

"아……, 소인놈 하나를 믿은 덕분에 대장부의 큰 뜻이 덧없이 사라지고 마는구나."

고슴도치가 된 징옥은 칼을 짚고 꼿꼿이 서서 눈을 부릅뜨고 있었다. 숨이 끊어진 사람 같지 않았다. 조심조심 다가간 정종이 칼을 찔러 죽음을 확인했다. 징옥의 세 아들마저 남김없이 죽인 정종은 끝으로 징옥의 목을 베어 냈다. 그런 후 수하 군졸들에게 말했다.

내 지금 곧바로 한양으로 달려가 대역 죄인을 친 너희들의 공을 아뢸 것이니라. 그런즉 당분간 몸을 숨기고 있다가 부름이 있으면 즉시 나타나도록 해라."

수하 군졸들이 사라지자 징옥의 수급과 금인을 챙긴 정종은 심복 두명과 함께 경흥 쪽으로 말을 달렸다. 회령 쪽에 있는 징옥의 본군(本軍)을 피해 한양으로 갈 참이었다.

달빛 속에 희끄무레하게 드러난 길 위를 그림자 두 개가 쏜 살처럼 날아가고 있었다. 축지법을 쓰고 있는 김알과 김시습이었다.

스승의 등짝만을 쳐다보고 바람처럼 내닫던 시습의 귀에 수상쩍은 소리가 들려왔다.

수성 벌판에 들어섰을 때부터 들리던 소리였다. 사람의 발걸음 소리 같기도 했고 작대기로 땅바닥을 찍는 소리 같기도 했다. 등 뒤에서 들려오는 소리였다.

'도대체 무슨 소리일까?'

왈칵 섬뜩한 느낌이 든 시습은 고개를 홱 돌려 봤다. 대여섯 걸음쯤 뒤에 무언가 따라오고 있었다. 희미하게 보이는 그것은 작대기를 쥐고 있는 사람의 그림자였다.

'여느 사람 같으면 축지법을 쓰고 있는 우리를 그림자처럼 따를 수 없을 텐데? 저 그림자의 정체는 무엇이지? 왜 우리를 뒤따르는 것일까?'

이런 의문을 안고 내닫는 시습의 귀에 이번에는 제법 또렷한 소리가 들려왔다. 그림자처럼 따르고 있는 사람이 노래처럼 읊어 대는 소리였다.

"말하는 새(鳥)는 이미 날지 못하고 떨어졌고, 말 못하는 노란 새(黃鳥)는 남의 품에 안겨 이리로 오고 있건만, 중도 아니고 속도 아닌 두 사제(師弟)는 부질없이 길 재촉만 하는구나."

앞장섰던 김알이 우뚝 자리에 섰다. 그도 뒤에서 들려오는 그림자의 소리를 들었던 것이다. 김시습도 따라서 걸음을 멈추었다.

왼쪽으로 가면 회령으로 해서 종성으로 갈 수 있고 곧장 가면 경흥으로 통하는 두 갈래길이 있는 지점이었다. 고개를 돌린 두 사제의 눈 속으로 길가 저쪽에 있는 성황당으로 가고 있는 그림자 하나가 들어왔다. 손에 작대기로 땅을 찍어 가며 걷고 있는 허리 굽은 노파의 모습이었다.

김알을 한 번 힐끗 쳐다본 노파는 나지막한 소리로 한 마디 읊조렸다. 김시습도 똑똑히 알아들을 수 있는 소리였다.

"지령(地靈)이 곧 인걸(人杰)이라지만 혼(魂) 없는 영(靈)의 조화(造化)는 한

계가 있다네. 영(靈)은 음(陰)이요, 혼(魂)은 양(陽)이라. 영혼을 지닌 까막새(까마귀, 玄鳥)만이 해님 속에 들어앉아 세 발(三足)을 내보일 수 있음이니 음양의 도를 깨우쳤다면서 어찌 이런 도리를 모르는고."

옮기를 마친 노파는 사당 쪽 당산나무 즈음에서 흔적을 감추고 사라졌다.

노파가 사라진 사당 쪽을 멍하니 쳐다보고 있던 김알의 입에서 한숨과 함께 한 마디 탄식이 나왔다.

"내 어찌 그대가 말한 그런 음양지도(陰陽之道)의 묘함을 모르리이까. 일찍이 징옥의 꿈을 통해 그 뜻을 전해 받았으나 이때껏 그대를 찾지 않았음은 피와 살로 된 이 육신(肉身)에 어떤 미련이 있어서가 아니었소. 다만 지극한 인도(人道)로 하늘의 감응을 얻어 보고자 하는 한 가닥 뜻 때문이었다오. 이제 마지막 한 줄기 소망마저도 물거품이 되었으니 천도(天道)에 순응하여 그대를 찾아가겠소."

말을 마친 김알은 품 속에서 손칼 하나를 끄집어 내어 자신의 긴 머리를 싹둑싹둑 자르기 시작했다.

'아……아! 나는 거짓과 불의(不義)가 진실과 정의를 이기는 이 세상이 미워 아직까지도 거추장스런 긴 머리칼을 달고 다니지만 스승님께서는 인간의 힘으로 운명을 이겨 보려는 그 의지 때문에 중(僧)도 아니고 속(俗)도 아닌 어중간한 삶을 사셨구나.'

떨어져 흩날리는 스승의 머리칼을 바라보는 김시습의 가슴 한복판에서 뜨거운 기운이 뭉클 치솟아 올랐다.

"얘야! 새벽 바람이 차니 저 당집 안에 들어가 그들이 지나치기를 기다리도록 하자."

빤질빤질하게 머리를 밀어 버린 김알의 손이 김시습의 소매를 잡았다. 당집에 불을 밝힌 김시습은 아궁이 속에도 가득 불을 지폈다.

그런 다음 스승을 향해 물었다.

"스승님! 징옥 사형이 어젯밤 정종에게 변을 당했다는 것을 어떻게 알았습니까? 그리고 아까 그 할미는 누구지요? 또 해(日) 속의 까마귀가 세 발(三足)을 내민다는 말은 무슨 뜻입니까?"

"어제의 일진(日辰)은 닭 날(酉日)이었지. 또 여덟 마리의 닭과 큰 언덕을 글자로 나타내면 팔(八), 닭(酉), 대(大), 부(阜, 阝)가 되는데 이것을 합자(合字)하면 정(鄭) 자가 되지 않느냐. 그리고 그 할미는 이 땅 백두대간(白頭大幹)의 지령(地靈)으로 용왕담(天池)의 음정(陰精)이란다. 일반 백성들은 마고 할미라 부르고 있지. 얘야! 현오(玄鳥)라는 말을 들어 보았느냐?"

"스승님! 은(殷)과 진(秦), 그리고 조(趙)나라의 시조 설화엔 현조(玄鳥)가 떨어뜨린 알(卵)을 먹은 여인이 그들 시조를 낳았다고 되어 있는데, 그 현조(玄鳥) 말입니까?"

"그렇다. 그 현조(玄鳥)가 바로 까마귀(烏)이니라. 그리고 해(日)는 밝음을 뜻하는 것일 뿐 아니라 천도(天道)를 뜻하기도 하며 세 발[三足]은 바로 삼극지도(三極之道)를 의미하는 것이란다.

우리 피붙이들은 오랜 옛날부터 밝, 즉 광명을 숭상해 왔다. 그렇기에 박달(밝다, 밝은 땅), 밝머리산(白頭山), 박달재 등의 지명이 생겨났고 우리의 건국 시조 이야기에도 밝에 대한 뜻이 들어 있단다."

총명한 김시습은 대번에 말귀를 깨우쳤다.

벌써 동녘이 밝아 오기 시작했다.

눈을 감고 돌부처처럼 앉아 있던 김알의 귀가 쫑긋했다.

멀리서부터 달려오는 말발굽 소리를 들었던 것이다. 눈을 뜬 김알은 바랑 속에서 지필묵을 꺼냈다. 손바닥만한 종이 두 장을 펼쳐 놓은 김알은 동쪽의 생기(生氣)를 세 모금 들이마셨다. 그런 다음 종이 위에 글자 두 자를 썼다.

붙일 부(附) 자와 호랑이 호(虎) 자였다.

이때서야 김시습도 새벽을 흔드는 말발굽 소리를 들었다.

"그들이 온 것 같습니다."

시습은 스승을 쳐다봤다.

"얘야! 너는 여기 있거라."

김알은 부적 두 장을 소맷자락에 넣고 밖으로 나갔다.

"어서 가자! 해가 뜨기 전에 좀더 멀리 벗어나야 한다."

허연 거품을 물고 헐떡거리는 말 궁둥이에 채찍을 퍼부어 대던 정종 일행이 깜짝 놀라 말을 세웠다. 무리들은 넋나간 사람처럼 입마저 헤하니 벌렸다.

사람 뿐 아니라 말들도 놀라 두 발을 치켜들고 '히잉' 울었다. 눈 앞길 위에 황소만 한 호랑이 한 마리가 딱 버티고 앉아 있었던 것이다.

'저 무시무시한 것을 피해 가야지.'

간신히 정신을 수습한 세 사람은 말머리를 옆으로 돌리려 했다. 그러나 말들은 세차게 잡아당기는 고삐에 끌려 고개만을 돌릴 뿐 한 발짝도 움직이려 하지 않았다.

몇 번이나 말 배를 차며 고삐를 더 세게 잡아 쳤다. 그래도 말은 움직이지 않았다. 세 사람은 말등에서 내렸다. 말을 끌고 갈 생각에서였다. 땅바닥에 발을 디딘 이들의 얼굴이 흑색으로 변했다. 발바닥이 땅에 붙어 떨어지지 않는 것이었다. 세 사람은 용을 썼다. 그래도 발바닥은 떨어지지 않았다.

"어흥!"

새벽 어스름을 몽땅 깨 버리는 듯 호랑이는 크게 포효하고 나서 어슬렁어슬렁 다가왔다.

세 사람의 안색은 더욱 샛노래졌고 바지가 축축 해졌다. 자신들도 모르게 찔끔 오줌이 나왔던 것이다.

'이젠 호랑이 발톱에 갈가리 찢겨진 한 점 고깃덩이가 되고 마는구나.'

세 사람은 눈을 질끈 감고 주저앉았다. 이런 그들의 귓속으로 근엄한 목소리 하나가 들려왔다.

"내 그대들이 살 길을 열어 줄 테니 눈을 뜨시오."

마치 지옥에서 들려오는 부처님 목소리 같았다. 번쩍 뜬인 그들의 눈동자 속으로 한 노승이 들어왔다.

"그대들은 해서는 안 될 일을 했고, 차지하지 않아야 될 물건을 차지한 탓으로 이 지경에 떨어지게 된 것이오. 자, 말 등에 실린 몸뚱이 잃은 머리 하나와 정종 그대의 품 속에 들어 있는 물건을 이리 주시오. 그래야만 그대들은 살 수 있고 이 노승은 저 호랑이를 타고 백산으로 올라갈 수 있다오."

노승은 형형한 눈빛으로 세 사람을 노려봤다.

'아! 저 노승이 이 장군에게 보물을 가져다 주었다던 그 백두산 신령님이구나. 그렇다면 어쩔 수 없는 노릇!'

겁먹은 얼굴로 정종은 고개를 끄덕였다.

아침 해는 힘차게 솟아올랐다. 간밤의 어둠에 잠겨 있던 대지는 언제 그랬느냐는 듯 환하게 웃고 있었다. 그러나 징옥의 수급을 들고 휘적휘적 걸어오고 있는 스승의 발길은 술 취한 사람 같았다. 어깨마저 축 늘어져 있었다. 평소에는 볼 수 없었던 모습이었다.

'스승의 삶을 지탱해 왔던 피 맺힌 염원이 신기루처럼 사라진 지금, 스승께서는 분명 이 속세를 등 지시겠구나. 그리 되면 부처를 섬기는 비구니처럼 스승님 만을 바라보며 꽃다운 청춘을 홀로 보낸 하니 누님은 어떻게 될꼬? 그리고 스승님의 손에 들린 저 금인은?'

당집 문 앞에 서 있던 김시습은 얼른 달려나가 김 처사를 부축했다.

33

마지막 제천 금인

반질반질하게 깎은 김 처사의 두상이 길 저쪽에 나타났다. 언제나처럼 기다리고 있던 하니의 가슴이 '쿵'하고 내려앉는 순간이었다. 승복을 입은 김 처사를 보고 운종가의 주모가 한 마디 농담을 할 때 떠올랐던 불길한 생각이 눈 앞의 현실로 다가왔다.

반가움과 실망의 빛이 한데 섞인 하니의 마중에 김알은 말문을 닫았고, 대하는 표정마저 싸늘해졌다. 그러나 같이 온 김시습에게는 여전하게 대했다.

김 처사의 돌변한 태도를 이해할 수 없는 하니는 우울한 나날을 보낼 수밖에 없었다. 그렇지만 김시습은 이해하고 있었다.

이듬 해 청명 날, 김알은 써 놓았던 편지 몇 통을 시습에게 주며 가야 할 곳을 일러주었다. 시습이 떠나자 김알은 아버지 대불의 묘를 파 유골을 수습했다. 유골이 담긴 항아리를 들고 산봉우리에서 내려다보는 김 처사를 본 하니는 이별이 성큼 다가왔음을 느꼈다. 그리고 김 처사의 차가운 태도가 자신을 위한 것이었음을 깨달았다.

'아! 이토록 나를 생각해 주시다니……'.

김 처사를 한눈에 넣을 듯 바라보는 하니의 눈에 뜨거운 눈물이 가득 고였다.

북방으로 갔던 시습은 7월 중순이 되어 돌아왔다. 김알은 지니고 있던 책 몇 권을 시습에게 물려주었다. 그런 다음 뚫어질 듯 자신의 얼굴만 쳐다보고 있는 하니를 가리키며 입을 열었다.

"얘야, 저 하니 처자를 한양에 있는 영실이 집으로 데려다 주거라. 그리고 내가 이제껏 전해 준 도맥(道脈)이 세세손손 끊기지 않도록 명심해야 하느니라."

스승의 유언에 시습은 공손히 고개를 숙였으나 하니는 힘차게 고개를 가로 저었다.

"어르신! 소녀는 북녘 땅 저쪽으로 가시는 어르신의 뒤를 따르기로 마음을 정했사옵니다."

"허허, 따라오면 뭐 하겠소? 결국은 헤어질 것인데."

"그렇더라도 가겠습니다. 가서 어떤 여인이기에 수십 년간 어르신의 따뜻한 가슴 속에 남아 있을 수 있었는지 보고 싶기도 하고요."

생긋 웃으며 말하는 하니의 얼굴이었지만 눈빛만은 경의에 차 있었다.

"정 그러하다면 뜻대로 하시오."

한숨을 내쉰 김 처사의 시선이 허공을 향했다. 잠시 동안 생각을 하던 김알은 목에 걸린 가죽 주머니를 풀어 시습에게 내밀었다.

"애, 시습아! 이것은 내가 수십 년간 품 속에 간직하고 있었던 것으로 아주 귀한 물건이란다. 지니고 있다가 바로한의 이모에게 전해주도록 해라."

'소년 시절 근보 형이 그 천진한 상상력으로 생각했던 신척(神尺)이라는 이 물건!'

스승의 표정은 여전히 굳어 있었다.

이듬 해 8월 보름.

백두산 용왕담 주변에는 아침부터 많은 사람들이 모여들기 시작했다. 바로한과 모도리, 그리고 흑곰과 백매, 홍매의 모습도 보였고, 여러 명의 신녀들과 장정들에게 무언가 지시하는 정구런 살만(巫師)의 모습도 보였다. 도린나와 장백산 백돌부 사람들의 모습도 보였고, 일족 몇 명과 함께 온 왕청의 모습도 있었다.

해가 중천에 떠오르자 정구런 살만의 손이 어느 한 곳을 가리켰다. 하늘못(天池)이 내려다 보이고 높고 큰 바위가 뒤를 막아 주고 있는 평평한 지점이었다.

기다렸다는 듯 장정들은 삼태기에다 붉은 흙을 담아 그곳에 깔기 시작했다. 평평한 땅이 붉은 흙으로 뒤덮이자 이번에는 한 아름이 넘고 하늘을 찌를 듯한 나무 하나를 그곳에 세웠다. 나무 꼭대기엔 나무로 깎은 새 한 마리가 앉아 있었고, 그 주위를 둘러 가며 작은 북과 구리 방울이 매달려 있는 생명의 나무(박달나무)였다.

이렇게 솟대(蘇塗)가 세워지자 그 옆에 황토를 다져 단을 쌓았다. 단 위엔 갖가지 제물이 차려졌다. 부여 때부터, 아니 그 이전 아득한 옛날부터 전해지고 있던 천제(天祭) 준비는 해가 서쪽으로 자취를 감출 때쯤 되어서야 끝이 났다.

꿩 깃이 달린 챙이 넓은 모자를 쓰고 금국(金國)의 대신(大臣) 차림을 한 정구런은 구리 거울을 가슴 앞에 달았다.

그런 후 몇 번이나 자신의 몸맵시를 되 살펴보고는 하늘과 산 아래쪽을 번갈아 바라보았다. 하얗게 분단장을 하고 연지까지 찍은 정구런의 얼굴에 봄을 기다리는 소녀의 설렘이 나타났다.

30여 년 만의 해후! 이 얼마나 기다렸던 세월인가?

'그가 나타나면 맨 먼저 무슨 말을 해 줄까? 사무치게 그리웠다고, 그래서 머리엔 흰 털이 났고 이렇게 주름 잡힌 얼굴이 되었다고 말할까? 아니야, 무정한 사람! 참으로 밉살스러웠던 사람이라고 한 마디만 해 줄까?'

정구런은 공연히 두 손 만을 조용히 비벼 댔다. 어둠이 깔리고 횃불들이 하나둘 밝혀졌다. 그래도 기다리는 사람은 오지 않았다.

'혹시 못 오시는 것은 아닐까?'

조바심이 난 정구런은 아래쪽만 쳐다보고 있는 바로한에게 다가갔다.

"얘야! 사람들이 이렇게 다 모여 있는데 정작 이 모임을 준비하라고 서신을 보내 온 네 아바는 왜 여태껏 오지 않는 것이냐?"

"틀림없이 오시기로 하셨으니 좀더 기다려 보시지요."

바로한으로서도 이해할 수 없었다.

앉았다 섰다 하던 백돌부 사람들도 웅성거렸다.

"아골타님의 후예로서 우리와 동족이라 자칭하던 그자는 왜 아직 얼굴을 보이지 않는 거요? 여기에 오면 우리들의 가보(家寶)를 틀림없이 돌려주겠다고 해 놓고 말이오. 혹시 그자의 마음이 변했거나 우리를 우롱한 것이 아니오?”

“그럴지도 모르지. 그렇지 않고서야 이제껏 나타나지 않을 리 없지.”

“아니야, 그럴 리 없을 거야. 30여 년 전에 금인을 품고 달아나 행방을 감추었던 그자가 무엇 때문에 새삼스럽게 서신을 보내어 여기로 오라 했겠어? 조금 더 기다려 보세.”

드디어 둥근 보름달이 하늘 저쪽에서 떠오를 때 늙고 젊은 세 사람이 나타났다. 중의 행색을 한 김알과 시습, 그리고 하니였다.

정구런이 맨 먼저 앞으로 달려 나갔다. 행색은 달라졌으나 그 얼굴 그 눈빛만은 30여 년 전과 다를 것이 없었다. 두근대는 가슴의 고동을 느끼며 정구런은 김 처사의 얼굴을 뚫어질 듯 쳐다보았다. 김알도 정구런의 얼굴로 눈길을 맞추었다. 두 사람은 꽤 오랫동안 서로의 눈길을 주고 받았다. 그러나 두 사람의 입에서는 끝내 말 한 마디 나오지 않았다.

‘저 늙은 만신이 바로 그 여진 여인이던가?’

김알에게 눈빛을 쏟고 있는 정구런의 이모저모를 하니는 열심히 뜯어봤다. 여자의 본능이었다. 시습도 가죽 주머니를 살며시 쥐고서 정구런을 바라봤다.

이윽고 김알은 고개를 돌려 아들 바로한을 바라보았다. 손에는 바랑 속에서 끄집어낸 항아리 하나가 들려 있었다.

“얘야, 여기 이것은 네 할바의 유골이란다. 이제 네가 자리 잡고 있는 곳에 잘 모시도록 하여라. 조상을 잊지 않는 일이야 말로 금인을 얻는 것보다 더 중요한 일이니라.”

말을 마친 김알은 자신을 바라보고 있는 여러 사람들을 둘러 보았다.

그들에게서는 놀라움의 빛이 감돌았으나 더러는 탐욕의 빛도 보였다.

"여러분! 이 금인을 전해주기에 앞서 제천 의식부터 거행해야 하오. 이것은 밝음을 숭상하여 스스로 태양의 자손이라 칭하며 살아온 우리 전래의 법이며 풍습이기 때문이오."

쩌렁쩌렁한 목소리로 말을 마친 김알은 금인을 제단 위에 세워 놓고 정구런을 향하여 고개를 끄덕여 눈짓을 주었다.

신도를 치켜든 정구런이 제단 앞으로 나갔다. 술 한 잔을 바치고 절 세 번을 올렸다. 신녀 하나가 징을 울리자 북 소리와 요령 흔드는 소리, 그리고 피리와 제금이 울기 시작했다. 이와 함께 신녀들의 입에서 무가(巫歌)가 흘러나왔고 정구런의 춤이 시작되었다. 정구런은 그 어느 굿판보다 더 정성을 들였고 신명을 냈다. 춤사위 하나하나뿐 아니라 얼굴 표정까지도 신경을 써 더 맵시 있고 아름답게 보이려 했다. 굽어보고 있는 아보개(하늘)님과 조상들의 영혼이 아니라 김알에게 보이기 위함이었다.

은은히 환하게 비춰 주는 보름달에 이글거리는 수많은 횃불들이 보태져 주위는 온통 빛으로 가득했다. 그 속에서 무가(巫歌)와 음악 소리에 장단 맞추어 한 마리 봄 나비처럼 춤을 추던 정구런이 드디어 신칼(神刀) 둘을 하나로 합쳤다. 아보개(天神)님과 조상들의 영혼을 기쁘게 해 드리려는 한 마당 굿판이 끝난 것이다.

김알이 제단 앞으로 갔다. 절 세 번을 올리고 술 한 잔을 올린 김알이 금인을 집어 들었다.

"이제 조상님들의 뜻을 받들어 이 금인을 후손에게 물려줄까 하옵니다. 하늘님 그리고 조상님께선 언제나 후손들을 보살펴 주소서."

축원을 마친 김알은 바로한과 완안 일족(完顏一族)의 대표자를 불러 제단 앞에 꿇어앉게 했다.

'아니, 금인은 하나인데 두 사람을 불러 내다니?'

시습은 어리둥절했다. 바로한과 백돌부 사람도 마찬가지였다. 보고 있던 다른 사람들 역시 같은 눈빛이었다. 금인을 치켜들고 밤하늘의 보름달을 쳐다 본 김알은 또다시 밤 공기를 가르는 쩌렁쩌렁한 목소리를 뽑아 냈다.

"여러분! 여기 모인 분들은 모두 한 핏줄이외다. 따라서 조상님들의 유물인 이 금인은 여기 있는 사람이라면 모두가 이어받을 자격이 있소이다. 그렇지 않습니까?"

아닌 밤중에 홍두깨 같은 김알의 말에 바로한과 백돌부 사람들은 눈을 동그랗게 떴고, 그곳에 있던 사람들은 이구동성으로 소리 쳤다.

"그 말이 맞소이다."

"대사님 말씀이 참으로 지당하외다."

"그렇소. 한 핏줄인 이상 당연한 일이고 말고요."

뒷전에서 뒷짐만 지고 서 있던 왕충도 우렁차게 소리를 질렀다.

'저분이 대체 무엇 때문에 평지풍파를 일으키려 하시나?'

정구런과 흑곰, 그리고 시습까지도 납득이 가지 않는 일이었다. 잠시 동안 그 소란한 광경을 지켜보던 김알은 손을 들어 여러 사람의 입을 막았다.

"여러분! 진정으로 이 금인을 갖고 싶소이까?"

"그렇소. 그걸 말이라고 하오?"

사람들은 두서없이 떠들어 대며 금방이라도 김 처사의 앞으로 덮쳐들 것처럼 발을 구르며 주먹을 휘둘렀다.

"여러분의 뜻이 그러하다면, 내 여러분 모두에게 이 금인을 드리도록 하겠소. 그러나 그 전에 내가 하는 말을 귀담아 들어 보시오."

"……"

"어스름한 달빛 속에서도, 또 캄캄한 어둠 속에서도 찬연한 빛을 발하는 이 금인은 원래 우리 밝족의 혼(魂)을 상징하는 것이라오. 그럼에도 사람들은 그 혼을 이어받기보다는 거죽에 불과한 황금덩이에 눈이 멀어 피붙이를 서슴없이 죽이는 끔찍한 일까지 저질렀소이다. 내가 만일 이 금인을 저기 던져 놓고 누구든지 갖고 싶은 자가 그것을 가져가라 한다면 당장이라도 이곳에 피비린내 나는 살육전이 벌어지게 될 것이오."

김알은 여러 사람들을 쏘아보며 말을 이었다.

"저기를 보시오. 달빛 아래 신비로운 그 모습을 드러내고 있는 저 용왕담의 물은 아득한 옛날부터 우리 피붙이들의 젖줄이었으며, 영혼의 모태였소. 따라서 저 하늘못(天池)이 마르지 않는 한 우리 피붙이들의 가슴 속엔 언제나 이 금인이 들어앉아 밝고 환한 빛을 토해 내게 될 것이오."

말을 끝낸 김알은 천지(天池) 쪽으로 고개를 숙이고 있는 높은 바위로 훌쩍 날아올랐다. 한 마리 잿빛 두루미의 비상 같은 김알의 움직임을 본 사람들의 입이 벌어졌다. 곧 이어서 탄식과 경악의 외침이 터져 나왔다.

바위에 오른 김알이 금인을 가슴에 안고 서슴없이 천길 만길 아득한 벼랑 아래 용왕담으로 몸을 던졌던 것이다. 그 누구도 예상치 못했던 일이었다. 그러나 마고 할미와 김알의 대화를 들은 시습만은 이 일을 예상하고 있었고, 하니 역시 어렴풋이나마 짐작하고 있었다.

사람들은 잠시 동안 멍하니 있다가 곧바로 정신을 수습하고 분분히 용왕담이 보이는 곳으로 달려갔다. 김알이 뛰어든 그곳에는 황금빛 물거품이 무수히 피어오르고 있었다.

"무정한 사람!"

"아아! 아바!"

정구련의 입에서 비명 같은 한 마디가 튀어나오고, 바로한이 가슴을 쥐어짜는 신음을 토해 냈다.

"아아, 스승님! 우리 피붙이들을 위해 일신의 해탈마저 버리시고 스스로 천지에 붙박힌 한 조각 혼령의 길을 택하시다니!"

시습의 눈시울도 뜨거워졌다.

김알의 뜻을 깨달은 백돌부 사람들과 왕충도 바로한의 등을 감싸안았다.

"슬퍼만 할 것이 아니라 존친의 거룩한 뜻이 헛되지 않도록 의논을 해야 할 것이오. 자, 형제들이여, 어서 일어나시오!"

바로한의 손을 잡아 쥔 흑곰도 울먹이며 말했다.

"바로한님! 스승님께서 어떤 분이신데 쉽사리 돌아가셨겠습니까? 아마도 도를 닦기 위해 용왕담 물 밑으로 들어가신 것일 테죠."

흑곰의 말이 끝났을 때였다.

"저기 누군가가 또 바위 위로 올라간다!"

누군가가 소리 쳤다.

고개를 돌려 본 사람들의 눈에 가냘픈 체구의 여자 하나가 김 처사가 뛰어올랐던 그 바위로 기어오르는 모습이 보였다. 김알이 사준 옷과 꽃신을 신은 하니였다. 깜짝 놀란 시습이 재빨리 바위로 다가갔으나 한 걸음 늦고 말았다. 바위에 서서 잠시 용왕담을 굽어보던 하니는 이내 치마를 덮어 쓰고는 훌쩍 아래로 몸을 던졌다. 바위 위엔 세 사람이 활짝 옷으며 손잡고 있는 목각 인형만이 덩그러니 남아 있었다.

녹색 잎사귀에 싸인 한 송이 노란 꽃처럼 떨어진 하니를 본 사람들은 모두들 의아한 표정을 지었다. 다만 정구런만이 긴 한숨을 내 쉬고는 오열하기 시작했다.

"무정한 사내, 무정한 사내! 같이 죽을 만큼 따르는 여자가 있음에도 그렇게 혼자 떠나갔단 말이오? 그래서 나 같은 건 찾아올 생각도 하지 않았구려. 참으로 잔인도 하오".

용왕담을 향해 눈물을 흘리고 있는 정구런을 일으켜 세우는 손길이 있었다. 시습이었다. 눈물 젖은 정구런의 눈 앞으로 시습은 가죽 주머니를 내보였다.

"스승님께서 지난 수십 년간 가슴 속에 품고 있던 귀중한 것이었다며 전하라고 하셨습니다."

조심스레 가죽 주머니를 받아 든 정구런은 가죽 주머니를 열고 그 속의 물건을 꺼내어 손에 올렸다. 그것은 바로 이 용왕담가에서 정구런이 김알에게 신표로 주었던 하얀 옥돌이었다.

"이, 이것은, 30여년 전……."

그것을 손에 받아 든 정구런은 눈을 감았다. 조용히 감은 눈으로 눈물이 길게 흘러내렸다.

'아, 저 주머니엔 신통 조화를 부리는 신척도 아니고 희귀한 보물도 아닌 그보다 더 값진 진정(眞情)이란 것이 들어 있었구나.'

비로소 주머니 속의 실체를 알게 된 시습은 묵묵히 용왕담을 쳐다볼 뿐이었다. 눈에서 눈물이 그치는가 했더니 정구런이 또 한 번 눈을 번쩍 떴다.

신칼(神刀)을 찾아 든 정구런은 애끓는 목소리로 알아듣지 못할 주문 같은 것을 외면서 칼을 휘두르며 춤을 추었다. 갑자기 미친 듯이 춤을 추는 모습은 마치 죽은 이의 넋거리를 하는 것 같았다.

"뎅그렁."

격렬한 춤사위가 멈추고 정구런의 손에 들려 있던 신칼이 땅에 떨어졌다.

"당신이 제 사랑을 일생 간직하고 있었던 것처럼 저의 삶 역시 당신에 대한 기다림 그것이었습니다. 그런 당신이 이 세상에 없는데, 이 목숨에 더 이상 무슨 가치가 있겠습니까?"

신칼을 떨어뜨린 정구런은 무엇에 홀리기라도 한 듯 용왕담 쪽으로 휘적휘적 걸어갔다. 이때 정구런의 뒷덜미를 억세게 잡아채는 손길이 있었다. 시습이었다.

그는 넋을 잃은 듯한 정구런을 향해 일갈하였다.

"만생명의 귀중함을 중생에게 일깨워 주어야 할 살만이 어찌하여 자신의 목숨을 그리 가볍게 여기오! 이승에 남아 가신 분의 뜻을 이어 받드는 것이야 말로 그분을 영원히 살게 하는 것임을 어찌 모르신다 말이오!"

"이모! 제발 진정하세요. 우리가 살고 우리 후손들이 이 땅에 사는 한, 아바의 영혼은 우리 속에 영원히 살아 있을 거예요."

뒤늦게 달려온 바로한도 눈물을 글썽이며 거들었다. 감정의 격랑으로 이성을 잃고 그저 한 여자의 감정에만 휩싸여 있었던 정구런의 눈빛이 바로한의 얼굴을 보고서야 다시 살만의 그것으로 돌아왔다.

이때였다. 바로한의 말에 대답이라도 하듯 청아한 울부짖음이 들려왔다.

"오…… 아 어응."

낮은 풀피리 소리의 음색을 닮은 그 소리는 울부짖음이라기보다는 선도(仙道)를 수련한 도인의 단전에서 터져 나온 웅혼한 한 마디의 영가(詠歌)였다.

"누가 이런 소리를 지르는 것일까?"

보름달을 살짝 가리고 있는 한 조각 구름 덩어리마저 흩날려 버릴 것 같은 그 소리를 들은 사람들은 일제히 용왕담 쪽으로 시선을 보냈다. 달빛 속에 드러난 그 실체의 몸통은 소의 잔등 같았으나 머리는 용의 그것 같기도 하고 어찌 보면 염소의 모습을 닮기도 했다. 잠시 동안 보름달을 보며 청아한 소리를 토해 내던 그 신비한 짐승은 홀연히 용왕담 검은 물 속으로 자취를 감추었다.

"도대체 무엇이었을까?"

"지금껏 한 번도 보지 못한 짐승인데 어디서 갑자기 나타난 것일까?"

평소 수없이 용왕담을 오르내리던 백돌부 사람들도 고개를 갸우뚱했다.

"음령(陰靈)과 양혼(陽魂)이 어우러져 금방 신이(神異)한 영물(靈物)이 생겨난 것이로고."

마고 할미와 스승 간에 오고 간 대화를 들은 바 있는 시습만이 그 정체를 짐작하였다. 김알의 숭고하고 지극한 혼이 만들어 낸 영물이 사라진 용왕담에는 검은 물결만이 출렁이며 밝은 달빛을 어지러이 휘젓고 있었다.

[금인 끝]

후기

정구런은 남은 생을 바로한의 일족을 위해 살았고 도린나는 자신의 부족을 설득하여 바로한의 일족이 되었다. 돌쇠 역시 바로한의 곁에 남아 흑곰 장군으로 명성을 떨치다가 우디거족과 싸우던 중 유시(流矢)를 맞고 세상을 떠났다. 바로한의 일족이 세력을 떨치던 곳은 지금의 연변 일대였다.

바로한은 매년 8월 보름이 되면 어김없이 천지로 가서 제사를 지내고 고인의 넋을 자식들에게 깨우쳐 훈계했다.

"······ 뿌리 없는 나무는 쉬 쓰러지는 법. 너희들은 세세손손 이 천지에 어린 조상님의 넋을 전하여 결코 잊지 말도록 하라!"

바로한의 가르침은 대대로 이어졌고 천지를 중심으로 한 백두산 일대는 누르하치가 제위에 오른 후 나라의 성지(聖地)로 선포되어 잡인의 출입이 금지되었다.

한편 아버지 성승과 함께 수양대군을 모살하고 어린 단종을 복위 시키려던 삼문은 동지였던 김질의 배신으로 일족 몰사의 참변을 당했다. 후일 사육신(死六臣)이라 불리는 박팽년, 하위지, 유응부, 유성원 등과 함께 삼문은 새남터에서 목이 잘렸다. 이때 읊은 시 한 수가 지금까지 전해오고 있다.

　　　올리는 북 소리는 내 목숨을 재촉하는데
　　　돌아보니 서산에 붉은 해가 걸리었구나.
　　　황천 길엔 주막도 없다는데
　　　내 오늘 밤에는 어디서 쉬어 가나.

　김시습은 수양대군이 왕위에 오르자 사흘 동안 대성통곡하다 자취를 감추었다. 그러다가 새남터에서 목이 잘린 사육신의 시신이 그대로 방치되어 있다는 소식을 듣고는 곧바로 달려갔다. 비가 억수같이 쏟아지는 밤에 시습은 사육신과 삼문 일족의 시신을 수습하여 강 건너 노량진에 묻었다.

　그 후 시습은 한 번씩 미친 중의 행색으로 나타나 신숙주, 한명회, 정찬손 등을 해괴한 짓거리로 놀려 주고 조롱하곤 했다. 남은 생애 동안 그는 주옥같은 시를 수없이 지었으나 대부분은 물에 띄워 흘려보내거나 불에 태워 없애 버렸다.

　그렇지만 피붙이에 대한 스승의 큰 사랑과 저승까지 따라가 사랑을 이루려던 하니와 정구런의 지극한 정을 기려 쓴 책 한 권만은 없애지 않았다. 바로 경상도 금오산 기슭 용장사에서 쓴, 후일 최초의 한문 소설이라고 알려진 ≪금오신화(金鰲神話)≫가 그것이다.

　조정에서는 그의 재능과 뛰어난 학식을 아껴 몇 번이나 불렀지만 시습은 그런 조정의 부름에 상대조차 하지 않았다. 미친 중 또는 거지의 모습으로 세상을 조롱하며 유랑하던 그는 몇 번 환속도 했고, 마흔일곱 되던 해엔 결혼까지 했다. 그러나 불의와 거짓이 횡행하고 있는데도 불구하고 입을 꼭 다물고만 있는 세상에 도저히 견딜 수가 없어진 시습은 다시 속세를 떠났다. 그는 쉰아홉 되던 해 충남 부여에 있는 무량사에서 생을 마치고 절 옆에 매장되었다.

후일 그의 시신을 이장하기 위해 관을 열었는데 신기하게도 그의 시신은 오랜 시간이 지났음에도 전혀 부패되지 않은 모습 그대로였다 한다. 사람들은 그의 시신을 불교식으로 다비했는데, 오색의 사리가 무수히 나왔으나 현재에 이르러 단 1과만이 부여 박물관에 남아 있다.

매월당 김시습, 그는 승려 생활을 하면서도 진실된 세상을 보고 싶다는 미련 때문에 죽을 때까지 그의 긴 머리털을 자르지 않고 그대로 남겨 두었다 한다

한편 우리 나라에 큰 일이 닥칠 때마다 김알의 혼(魂)이 화(化)한 그 영물은 언제나 용왕담 물 밖으로 고개를 내밀었다고 한다. 임진왜란이 터지기 전 어느 보름 날 밤, 물 위로 떠오른 영물이 밤새도록 울분에 찬 슬픈 울부짖음을 토해 내는 바람에 온 산의 짐승들이 벌벌 떨었다 한다.

김알의 후손인 누르하치가 명군(明軍)을 대파하고 대칸(大汗)으로 추대되던 때에도 나타났는데, 그 소리는 흥에 겨운 청아한 음색이었다 했다.

그러나 얼마 지나지 않아 닥친 병자년(丙子年)과 정묘년(丁卯年)의 사변 때에도 어김없이 나타나 울었는데 그때의 소리는 심히 우울하고 슬펐다고 전

해진다.

근세에 들어 용왕담의 영물은 신해년(辛亥年) 청나라가 망할 때와 경술년(庚戌年) 조선이 망할 때, 1950년 한국 전쟁이 터지던 해에 나타나 사흘 밤낮을 피를 짜내듯 애달프게 울었다 한다.

[3권 마침]

금인의 전설 3권

인쇄일	2023년 1월 12일
발행일	2023년 1월 17일
저 자	김용길(010-4119-5482)
발행처	뱅크북
신고번호	제2017-000055호
주 소	서울시 금천구 가산동 시흥대로 123 다길
전 화	(02) 866-9410
팩 스	(02) 855-9411
이메일	san2315@naver.com